Die

Joseph Roth zählt fraglos zu den bedeutendsten deutschsprachigen Autoren des 20. Jahrhunderts. Seine Romane, allen voran ›Radetzkymarsch‹ und ›Hiob‹, sind weltberühmt. Seine ebenso meisterhaften Erzählungen greifen die großen Themen des Schriftstellers auf. Als Wanderer zwischen den Welten, dessen eigenes Schicksal nur wenige Glücksmomente bereithielt, erzählt Joseph Roth darin vom Ringen der Menschen um ein lebenswertes Dasein in Zeiten des Untergangs. Immer wieder stellt sich für seine Protagonisten die Frage nach persönlicher Schuld, nach Wahrheit und Gerechtigkeit. Aber der Autor zeigt in seinen Geschichten vor allem auch die desaströsen Einflüsse einer Gesellschaft, die vom Verlust aller Werte gezeichnet ist.

Joseph Roth war »ein Spezialist für verlorene Menschen« und als glänzender Stilist »einer der besten deutschen Erzähler im zwanzigsten Jahrhundert«. *Hermann Kesten*

Joseph Roth, am 2. September 1894 als Sohn jüdischer Eltern in der Nähe von Brody, Ostgalizien, geboren, studierte deutsche Literatur in Lemberg und Wien. Er nahm am Ersten Weltkrieg teil und arbeitete später als Journalist in Wien und Berlin. Ab 1933 war er gezwungen, im Exil zu leben. Seine letzten Jahre verbrachte er in ärmlichen Verhältnissen in Paris, wo er am 27. Mai 1939 starb. Seine Hauptwerke sind bei dtv im Taschenbuch lieferbar.

Joseph Roth

Die großen Erzählungen

Mit einem Nachwort
von Joseph Kiermeier-Debre
und einer Zeittafel

Von Joseph Roth
ist bei dtv außerdem lieferbar:
Radetzkymarsch
Hiob
Hotal Savoy
Die Kapuzinergruft
Das Spinnennetz
Die Legende vom heiligen Trinker
Juden auf Wanderschaft
Beichte eines Mörders, erzählt in einer Nacht

Originalausgabe 2014
5. Auflage 2023
dtv Verlagsgesellschaft mbH & Co. KG, München
© 2014 dtv Verlagsgesellschaft mbH & Co. KG, München
Umschlagkonzept: Balk & Brumshagen
Umschlagfoto: Imagno/Austrian Archives
Gesetzt aus der Apollo MT Std 10/12,25·
Satz: Greiner & Reichel, Köln
Druck und Bindung: Druckerei C.H.Beck, Nördlingen
Printed in Germany · ISBN 978-3-423-14297-7

INHALT

Der Vorzugsschüler

Des Briefträgers Andreas Wanzls Söhnchen, Anton, hatte das merkwürdigste Kindergesicht von der Welt. Sein schmales, blasses Gesichtchen mit den markanten Zügen, die eine gekrümmte, ernste Nase noch verschärfte, war von einem äußerst kargen weißgelben Haarschopf gekrönt. Eine hohe Stirn thronte ehrfurchtgebietend über dem kaum sichtbaren weißen Brauenpaar, und darunter sahen zwei blaßblaue, tiefe Äuglein sehr altklug und ernst in die Welt. Ein Zug der Verbissenheit trotzte in den schmalen, blassen, zusammengepreßten Lippen, und ein schönes, regelmäßiges Kinn bildete einen imposanten Abschluß des Gesichtes. Der Kopf stak auf einem dünnen Halse, sein ganzer Körperbau war schmächtig und zart. Zu seiner Gestalt bildeten nur die starken roten Hände, die an den dünn-gebrechlichen Handgelenken wie lose angeheftet schlenkerten, einen sonderbaren Gegensatz. Anton Wanzl war stets nett und reinlich gekleidet. Kein Stäubchen auf seinem Rock, kein winziges Loch im Strumpf, keine Narbe, kein Ritz auf dem glatten, blassen Gesichtchen. Anton Wanzl spielte selten, raufte nie mit den Buben und stahl keine roten Äpfel aus Nachbars Garten. Anton Wanzl *lernte* nur. Er lernte vom Morgen bis spät in die Nacht. Seine Bücher und Hefte waren fein säuberlich in knatterndes weißes Packpapier gehüllt, auf dem ersten Blatte stand in der für ein Kind seltsam kleinen, netten Schrift sein Name. Seine glänzenden Zeugnisse lagen feierlich gefaltet in einem großen ziegelroten Kuvert dicht neben dem Album mit den wunderschönsten Briefmarken, um die Anton noch mehr als um seine Zeugnisse beneidet wurde.

Anton Wanzl war der ruhigste Junge im ganzen Ort. In der Schule saß er still, die Arme nach Vorschrift »verschränkt«, und starrte mit seinen altklugen Äuglein auf den Mund des Lehrers. Freilich war er Primus. Ihn hielt man stets als Muster der ganzen Klasse vor, seine Schulhefte wiesen keinen roten Strich auf, mit Ausnahme der mächtigen 1, die regelmäßig unter allen Arbeiten prangte. Anton gab ruhige, sachliche Antworten, war stets vorbereitet, nie krank. Auf seinem Platz in der Schulbank saß er wie angenagelt. Am unangenehmsten waren ihm die Pausen. Da mußten alle hinaus, das Schulzimmer wurde gelüftet, nur der »Aufseher« blieb. Anton aber stand draußen im Schulhof, drückte sich scheu an die Wand und wagte keinen Schritt, aus Furcht, von einem der rennenden, lärmenden Knaben umgestoßen zu werden. Aber wenn die Glocke wieder läutete, atmete Anton auf. Bedächtig, wie sein Direktor, schritt er hinter den drängenden, polternden Jungen einher, bedächtig setzte er sich in die Bank, sprach zu keinem ein Wort, richtete sich kerzengerade auf und sank automatenhaft wieder auf den Platz nieder, wenn der Lehrer »Setzen!« kommandiert hatte.

Anton Wanzl war kein glückliches Kind. Ein brennender Ehrgeiz verzehrte ihn. Ein eiserner Wille zu glänzen, alle seine Kameraden zu überflügeln, rieb fast seine schwachen Kräfte auf. Vorderhand hatte Anton nur *ein* Ziel. Er wollte »Aufseher« werden. Das war nämlich zur Zeit ein anderer, ein »minder guter« Schüler, der aber der Älteste in der Klasse war und dessen respektables Alter im Klassenlehrer Vertrauen erweckt hatte. Der »Aufseher« war eine Art Stellvertreter des Lehrers. In dessen Abwesenheit hatte der also ausgezeichnete Schüler auf seine Kollegen aufzupassen, die Lärmenden »aufzuschreiben« und dem Klassenlehrer anzugeben, für eine blanke Tafel, feuchten Schwamm und zugespitzte Kreide zu sorgen, Geld für Schulhefte, Tintenfässer und Reparaturen rissiger Wände und zerbrochener Fensterscheiben zu sammeln. Ein solches Amt imponierte dem kleinen Anton gar gewaltig. Er brütete in schlaflosen Nächten grimmige, racheheiße Pläne aus, er sann unermüdlich nach, wie er den »Aufseher« stürzen könnte, um selber dieses Ehrenamt zu übernehmen. Eines Tages hatte er es heraus.

Der »Aufseher« hatte eine merkwürdige Vorliebe für Farbenstifte und -tinten, für Kanarienvögel, Tauben und junge Küchlein. Geschenke solcher Art konnten ihn leicht bestechen, und der Geber durfte nach Herzenslust lärmen, ohne angezeigt zu werden. Hier wollte Anton eingreifen. Er selbst gab nie Geschenke. Aber noch ein zweiter Junge zahlte keinen Tribut. Es war der Ärmste der Klasse. Da der »Aufseher« den Anton nicht anzeigen konnte, weil man diesem Jungen keinen Schabernack zutraute, war der arme Knabe das tägliche Opfer der aufseherischen Anzeigenwut. Hier konnte Anton ein glänzendes Geschäft machen. Keiner würde ahnen, daß er »Aufseher« werden wolle. Nein, nahm er sich des armen, windelweich geprügelten Jungen an und verriet er dem Lehrer die schändliche Bestechlichkeit des jungen Tyrannen, so würde man das sehr gerecht, ehrlich und mutig nennen. Aber auch kein anderer hatte dann Aussicht auf den vakanten Aufseherposten als eben Anton. Und so faßte er sich eines Tages ein Herz und schwärzte den »Aufseher« an. Derselbe wurde sofort unter Verabreichung einiger Rohrstockstreiche seines Amtes enthoben und Anton Wanzl zum »Aufseher« feierlich ernannt. Er hatte es erreicht.

Anton Wanzl saß sehr gerne auf dem schwarzen Katheder. Es war so ein wonniges Gefühl, von einer respektablen Höhe aus das Klassenzimmer zu überblicken, mit dem Bleistift zu kritzeln, hie und da Mahnungen auszuteilen und ein bißchen Vorsehung zu spielen, indem man ahnungslose Polterer aufschrieb, der gerechten Strafe zuführte und im vorhinein wußte, wen das unerbittliche Schicksal ereilen werde. Man wurde vom Lehrer ins Vertrauen gezogen, durfte Schulhefte tragen, konnte wichtig erscheinen, genoß ein Ansehn. Aber Anton Wanzls Ehrgeiz ruhte nicht. Stets hatte er ein neues Ziel vor Augen. Und darauf arbeitete er mit allen Kräften los.

Dabei konnte er aber keineswegs ein »Lecker« genannt werden. Er bewahrte äußerlich stets seine Würde, jede seiner kleinen Handlungen war wohldurchdacht, er erwies den Lehrern kleine Aufmerksamkeiten mit einem ruhigen Stolz, half ihnen in die Überröcke mit der strengsten Miene, und jede seiner Schmeicheleien war unauffällig und hatte den Charakter einer Amtshandlung.

Zu Hause hieß er »Tonerl« und galt als Respektsperson. Sein Vater hatte das charakteristische Wesen eines kleinstädtischen Briefträgers, halb Amtsperson, halb privater Geheimsekretär und Mitwisser mannigfaltiger Familiengeheimnisse, ein bißchen würdevoll, ein bißchen untertänig, ein wenig stolz, ein wenig trinkgeldbedürftig. Er hatte den charakteristischen geknickten Gang der Briefträger, scharrte mit den Füßen, war klein und dürr wie ein Schneiderlein, hatte eine etwas zu weite Amtskappe und bißchen zu lange Hosen an, war aber im übrigen ein recht »anständiger Mensch« und erfreute sich bei Vorgesetzten und Bürgern eines gewissen Ansehens.

Seinem einzigen Söhnchen bewies Herr Wanzl eine Hochachtung, wie er sie nur noch vor dem Herrn Bürgermeister und dem Herrn Postverwalter hatte. Ja, dachte sich oftmals Herr Wanzl an seinen freien Sonntagnachmittagen: Der Herr Postverwalter ist eben ein Postverwalter. Aber was mein Anton noch alles werden kann! Bürgermeister, Gymnasialdirektor, Bezirkshauptmann und – hier machte Herr Wanzl einen großen Sprung – vielleicht gar Minister? Wenn er solche Gedanken seiner Frau äußerte, so führte diese erst den rechten, dann den linken blauen Schürzenzipfel an beide Augen, seufzte ein bißchen und sagte bloß: »Ja, ja.« Denn Frau Margarethe Wanzl hatte vor Mann und Sohn einen gewaltigen Respekt, und wenn sie schon einen Briefträger hoch über alle andern stellte, wie nun gar einen Minister?!

Der kleine Anton aber vergalt den Eltern ihre Sorgfalt und Liebe mit sehr viel Gehorsam. Freilich, das fiel ihm gar nicht allzu schwer. Denn da seine Eltern wenig befahlen, hatte Anton wenig zu gehorchen. Aber zugleich mit seinem Ehrgeiz, der beste Schüler zu sein, ging auch sein Bestreben, ein »guter Sohn« genannt zu werden. Wenn ihn seine Mutter vor den Frauen lobte, sommers, draußen vor der Türe, auf der dottergelben Holzbank, und Anton auf dem Hühnerbauer mit seinem Buche saß, so schwoll sein Herz vor Stolz. Er machte freilich dabei die gleichgültigste Miene, schien, ganz in seine Sache vertieft, von den Weiberreden kein Wort zu hören. Denn Anton Wanzl war ein geriebener Diplomat. Er war so gescheit, daß er nicht gut sein konnte.

Nein, Anton Wanzl war nicht gut. Er hatte keine Liebe, er fühlte kein Herz. Er tat nur, was er für klug und praktisch fand. Er gab keine Liebe und verlangte keine. Nie hatte er das Bedürfnis nach einer Zärtlichkeit, einer Liebkosung, er war nicht wehleidig, er weinte nie. Anton Wanzl hatte auch keine Tränen. Denn ein braver Junge *durfte* nicht weinen.

So wurde Anton Wanzl älter. Oder besser: Er wuchs heran. Denn jung war Anton nie gewesen.

Anton Wanzl änderte sich auch nicht im Gymnasium. Nur in seinem äußeren Wesen war er noch sorgfältiger geworden. Er war weiter der Vorzugsschüler, der Musterknabe, fleißig, sittsam und tugendhaft, er beherrschte alle Gegenstände gleich gut und hatte keine sogenannten »Vorlieben«, weil er überhaupt nichts hatte, was mit Liebe zusammenhing. Nichtsdestoweniger deklamierte er Schillersche Balladen mit feurigem Pathos und künstlerischem Schwung, spielte Theater bei verschiedenen Schulfeiern, sprach sehr altklug und weise von der Liebe, verliebte sich aber selbst nie und spielte den jungen Mädchen gegenüber die langweilige Rolle des Mentors und Pädagogen. Aber er war ein vorzüglicher Tänzer, auf Kränzchen gesucht, von tadellos lackierten Manieren und Stiefeln, steifgebügelter Haltung und Hose, und seine Hemdbrust ersetzte an Reinheit, was seinem Charakter von dieser Eigenschaft fehlte. Seinen Kollegen half er stets, aber nicht weil er helfen wollte, sondern aus Furcht, er könnte einmal auch was vom andern brauchen. Seinen Lehrern half er weiter in die Überröcke, war stets bei der Hand, wenn man ihn brauchte, aber ohne Aufsehen zu erregen, und wurde trotz seines kränklichen Aussehens nie krank.

Nach der glänzend bestandenen Matura, den obligaten Glückwünschen und Gratulationen, den elterlichen Umarmungen und Küssen dachte Anton Wanzl über die weitere Richtung seiner Studien nach. Theologie! Dazu hätte er sich vielleicht am besten geeignet, dazu befähigte ihn seine blasse Scheinheiligkeit. Aber – Theologie! Wie leicht konnte man sich da kompromittieren! Nein, das war es nicht. Arzt werden, dazu liebte er die Menschen zu wenig. Advokat wäre er gerne geworden, Staatsanwalt am liebsten – aber Jurisprudenz – das war nicht vornehm, galt nicht für ideal. Aber man war Idealist, wenn man Philosophie studierte. Und zwar: Literatur. Ein »Bettlerberuf« – sagten die Leute. Aber man konnte zu Geld und Ansehn kommen, wenn man es geschickt anstellte. Und etwas geschickt anstellen – das konnte Anton.

Anton war also Student. Aber einen so »soliden« Studenten hatte die Welt noch nicht gesehen. Anton Wanzl rauchte nicht, trank nicht, schlug sich nicht. Freilich, einem Verein mußte er angehören, das lag tief in seiner Natur. Er mußte Kollegen haben, die er überflügeln konnte, er mußte glänzen, ein Amt haben, Vorträge halten. Und wenn auch die übrigen Vereinsmitglieder Anton ins Gesicht lachten, ihn einen Stubenhocker und Büffler nannten, so hatten sie doch im stillen einen gewaltigen Respekt vor dem jungen Menschen, der noch in den grünen Semestern steckte und dennoch ein so ungeheures Wissen besaß.

Auch bei den Lehrern fand Anton Achtung. Daß er klug war, erkannten sie auf den ersten Blick. Er war übrigens ein äußerst notwendiges Nachschlagewerk, ein wandelndes Lexikon, er wußte alle Bücher, Verfasser, Jahreszahlen, Verlagsbuchhandlungen, er kannte alle neuen, verbesserten Auflagen, er war ein Schnüffler und Bücherwurm. Aber er hatte auch eine scharfe Kombinationsgabe, ein klein bißchen Stoffhuber, was den Professoren aber am meisten behagte, war eine wahrhaft köstliche Naturgabe. Er konnte nämlich stundenlang mit dem Kopf nicken, ohne zu ermüden. Er gab immer recht. Dem Professor gegenüber kannte er keinen Widerspruch. Und so kam es, daß Anton Wanzl in den Seminarübungen eine bekannte Persönlichkeit war. Er war stets gefällig, immer ruhig und dienstbeflissen, er fand unauffindbare Bücher auf, schrieb Zettel aus und Vortragsankündigungen, aber auch Überröcke hielt er weiter, war Schweizer, Türsteher, Professorenbegleiter.

Nur auf *einem* Gebiete hatte Anton Wanzl sich noch nicht hervorgetan: auf dem der Liebe. Aber er hatte kein Bedürfnis nach Liebe. Freilich, wenn er so im stillen überlegte, so fand er, daß erst der Besitz eines Weibes ihm bei Freunden und Kollegen die vollkommenste Achtung verschaffen konnte. Dann erst würden die Spötteleien aufhören, dann stände er, Anton, da, ehrfurchtgebietend, hochgeachtet, unerreichbar, das Muster eines Mannes.

Und auch seine unermeßliche Herrschsucht verlangte

nach einem Wesen, das ihm vollständig ergeben wäre, das er kneten und formen konnte nach seinem Willen. Anton Wanzl hatte bis jetzt gehorcht. Nun wollte er einmal befehlen. In allem gehorchen würde ihm nur ein liebendes Weib. Man mußte es nur geschickt anstellen. Und etwas geschickt anstellen, das konnte Anton. –

Die kleine Mizzi Schinagl war Miederverkäuferin bei Popper, Eibenschütz & Co. Sie war ein nettes, dunkles Ding mit zwei großen braunen Rehaugen, einem schnippischen Näschen und einer etwas zu kurzen Oberlippe, so daß das blitzblanke Mäuschengebiß schimmernd hervorblinkte. Sie war schon »wie verlobt«, und zwar mit Herrn Julius Reiner, Commis und Spezialist in Krawatten und Schnupftüchern, ebenfalls bei der Firma Popper, Eibenschütz & Co. An dem sauberen jungen Mann fand Mizzi zwar ein ziemliches Wohlgefallen, aber ihr kleines Köpfchen und noch weniger ihr Herz konnte sich den Herrn Julius Reiner als den Gatten der Mizzi Schinagl vorstellen. Nein, der konnte unmöglich ihr Mann werden, der junge Mensch, der noch vor kaum zwei Jahren von Herrn Markus Popper zwei schallende Ohrfeigen erhalten hatte. Mizzi mußte einen Mann haben, zu dem sie aufblicken sollte, einen Ehrenmann von höherer sozialer Stellung. Das echt weibliche Wesen, dessen angeborenen Takt ein Mann erst durch Bildung erwerben muß, empfand manche Seiten des Spezialisten in Krawatten und Schnupftüchern doppelt unschön. Am liebsten wäre Mizzi Schinagl ein junger Student gewesen, einer von den vielen buntbekappten jungen Leuten, die draußen nach Geschäftsschluß auf die weiblichen Angestellten warteten. Mizzi hätte sich so gerne von einem Herrn auf der Straße ansprechen lassen, wenn nur der Julius Reiner nicht so furchtbar achtgegeben hätte.

Aber da hatte grade ihre Tante, Frau Marianne Wontek in der Josefstadt, einen neuen, liebenswürdigen Zimmerherrn bekommen. Herr Anton Wanzl war zwar sehr ernst und gelehrt, aber von einer zuvorkommenden Höflichkeit, besonders Fräulein Mizzi Schinagl gegenüber. Sie brachte ihm an den Sonntagnachmittagen den Jausenkaffee in seine Stube, und der junge Herr dankte immer mit einem freundlichen Wort und einem warmen Blick. Ja, einmal lud er sie sogar zum Sitzen ein, aber Mizzi dankte, murmelte etwas von Nicht-stören-Wollen, errötete und schlüpfte etwas verwirrt ins Zimmer der Tante. Als Herr Anton aber sie einmal auf der Straße grüßte und sich anschloß, ging Mizzi sehr gerne mit, machte sogar einen kleinen Umweg, um zu ihrer Wohnung zu gelangen, verabredete mit Herrn stud. phil. Anton Wanzl ein Rendezvous am Sonntag und zankte am nächsten Morgen mit Julius Reiner.

Anton Wanzl erschien einfach, aber elegant gekleidet, sein fades, blasses Haar war heute sorgfältiger gescheitelt als je, eine kleine Erregung war seinem weißen, kalten Marmorantlitz doch anzumerken. Er saß im Stadtpark neben Mizzi Schinagl und dachte angestrengt darüber nach, was er eigentlich reden sollte. In einer solch fatalen Situation war er noch nie gewesen. Aber Mizzi wußte zu plaudern. Sie erzählte das und jenes, es wurde Abend, der Flieder duftete, die Amsel schlug, der Mai kicherte aus dem Gebüsch, da vergaß sich Mizzi Schinagl und sagte etwas unvermittelt: »Du, Anton, ich liebe dich.« Herr Anton Wanzl erschrak ein wenig, Mizzi Schinagl noch mehr, sie wollte ihr glühendes Gesichtchen irgendwo verbergen und wußte kein besseres Versteck als Herrn Anton Wanzls Rockklappen. Herrn Anton Wanzl war das noch nie passiert, seine steife Hemdbrust knackte vernehmlich, aber er faßte sich bald – einmal mußte das doch geschehn!

Als er sich beruhigt hatte, fiel ihm etwas Vortreffliches ein. »Ich bin dîn, du bist mîn«, zitierte er halblaut. Und daran knüpfte er einen kleinen Vortrag über die Periode der

Minnesinger, er sprach mit Pathos von Walther von der Vogelweide, kam auch auf die erste und zweite Lautverschiebung, von da auf die Schönheit unserer Muttersprache und ohne einen rechten Übergang auf die Treue der deutschen Frauen. Mizzi lauschte angestrengt, sie verstand kein Wort, aber das war eben der Gelehrte, so mußte ein Mann wie Herr Anton Wanzl eben sprechen. Sein Vortrag kam ihr just so schön vor wie das Pfeifen der Amsel und das Flöten der Nachtigall. Aber vor lauter Liebe und Frühling hielt sie es nicht länger aus und unterbrach Antons wunderschönen Vortrag durch einen recht angenehmen Kuß auf die schmalen, blassen Lippen Wanzls, den dieser zu erwidern nicht minder angenehm fand. Bald regnete es Küsse auf ihn nieder, derer sich Herr Wanzl weder erwehren konnte noch wollte. Sie gingen schließlich stumm nach Hause, Mizzi hatte zu viel auf dem Herzen, Anton wußte trotz angestrengten Nachdenkens kein Wort zu finden. Er war froh, als ihn Mizzi nach einem Dutzend heißer Küsse und Umarmungen entlassen hatte.

Seit jenem denkwürdigen Tage »liebten« sie sich.

Herr Anton Wanzl hatte sich bald gefunden. Er lernte an Wochentagen und liebte an Sonntagen. Seinem Stolze schmeichelte es, daß er von einigen »Bundesbrüdern« mit Mizzi gesehen und mit einem vieldeutigen Lächeln begrüßt worden war. Er war fleißig und ausdauernd, und nicht mehr lange dauerte es, und Herr Anton Wanzl war Doktor.

Als »Probekandidat« kam er ins Gymnasium, von den Eltern brieflich bejubelt und beglückwünscht, von den Professoren »wärmstens« empfohlen, von dem Direktor herzlich begrüßt.

Hofrat Sabbäus Kreitmeyr war Direktor des II. k. k. Staatsgymnasiums, ein Philologe von Ruf, mit vielen sogenannten »Verbindungen«, bei den Schülern beliebt, bei Vorgesetzten gut angeschrieben, und verkehrte in der besten

Gesellschaft. Seine Frau Cäcilie wußte ein »großes Haus« zu führen, veranstaltete Abende und Bälle, die den Zweck hatten, das einzige Töchterchen des Direktors, Lavinia – wie dieser sie etwas unpassend benannt hatte –, unter die Haube zu bringen. Hofrat Sabbäus Kreitmeyr war, wie die meisten Gelehrten alten Schlages, ein Pantoffelheld, er fand alles für richtig, was seine würdige Gemahlin anordnete, und glaubte an sie wie an die alleinseligmachenden Regeln der lateinischen Grammatik. Seine Lavinia war ein sehr gehorsames Kind, las keine Romane, beschäftigte sich nur mit der antiken Mythologie und verliebte sich nichtsdestoweniger in ihren jungen Klavierlehrer, den Virtuosen Hans Pauli.

Hans Pauli war eine echte Künstlernatur. Das naive Kindergemüt Lavinias hatte es ihm angetan. Er war in der Liebe noch recht unerfahren, Lavinia war das erste weibliche Wesen, mit dem er stundenlang zusammensaß, bei ihr fand er Bewunderung, die ihm sonst nicht sehr oft zuteil wurde; und wenn auch die Hofratstochter nicht schön zu nennen war – sie hatte eine etwas zu breite Stirn und wässerige, farblose Augen –, so konnte man sie doch nicht, schon ihrer schönen Statur wegen, gerade unhübsch nennen. Hans Pauli träumte zudem von einer »deutschen« Frau, hielt viel auf Treue und verlangte, wie die meisten Künstler, ein weibliches Weib, bei dem er seine Launen austoben, aber auch Trost und Erholung finden könnte. Nun schien ihm Fräulein Lavinia dazu am besten geeignet, und da noch um sie der Zauber knospender Jugend wehte, schlug die Künstlerphantasie Herrn Hans Pauli ein Schnippchen, und der angehende Virtuose von Ruf verliebte sich stracks in Fräulein Lavinia Kreitmeyr.

Wie es um die beiden stand, erkannte Herr Anton Wanzl gleich am ersten Abend, den er im Kreitmeyrschen Hause zubrachte. Lavinia Kreitmeyr gefiel ihm nicht im geringsten. Aber der Instinkt, mit dem der Vorzugsschüler des Lebens stets ausgerüstet sind, sagte ihm, daß Lavinia eine gar passende Frau für ihn wäre und Herr Hofrat Sabbäus ein noch passenderer Schwiegervater. Diesen kindischen Künstler Pauli konnte man leicht an die Luft setzen. Man mußte es nur geschickt anstellen. Und etwas geschickt anstellen – das verstand Anton.

Herr Anton Wanzl hatte es nach einer halben Stunde herausgefunden, daß Frau Cäcilie die wichtigste Rolle im Hause spielte. Wollte er die Hand des Frl. Lavinia, so mußte er vor allem das Herz der Mutter gewinnen. Und da er sich auf die Unterhaltung älterer Matronen besser verstand als auf die junger Mädchen, so verband er nach der alten lateinischen Regel das dulce mit dem utile und machte den Kavalier der Frau Direktor. Er sagte ihr manche zarte Schmeichelei, die ein Pauli in seiner reinen Torheit Fräulein Lavinia gesagt hätte. Und bald hatte Frau Cäcilie Kreitmeyr den Herrn Anton Wanzl ins Herz geschlossen. Seinem Rivalen Hans Pauli gegenüber benahm sich Anton mit kühner ironisierender Höflichkeit. Dem Musiker verriet sein künstlerisches Feingefühl, mit wem er es zu tun habe. Er, der Tor, das Kind, durchschaute Herrn Anton Wanzl tiefer als alle Professoren und weisen Männer. Aber Hans Pauli war kein Diplomat. Er äußerte Anton Wanzl gegenüber stets unverhohlen seine Meinung. Anton blieb kühl und sachlich, Pauli erhitzte sich, Anton rückte bald mit seiner schweren Rüstung der Gelehrsamkeit ins Feld, gegen solche Waffen konnte Hans Pauli nichts ausrichten, denn er war wie so viele Musiker ohne größeres Wissen, seine schwerfällige Verträumtheit erdrückte in ihm dasjenige, was man in der Gesellschaft »Geist« nennt, und er mußte sich beschämt zurückziehen.

Fräulein Lavinia Kreitmeyr schwärmte zwar für Bach und Beethoven und Mozart, aber als rechte Tochter eines Philologen von Ruf hatte sie eine gleich große Verehrung für die Wissenschaft. Hans Pauli war ihr wie ein Orpheus erschienen, dem Flora und Fauna lauschen mußten. Nun aber war ein Prometheus gekommen, der das heilige Feuer vom Olymp geradewegs in die Wohnung des Herrn Hofrat Kreitmeyr brachte. Hans Pauli aber hatte sich mehrere Male blamiert, er zählte in der Gesellschaft kaum mit. Auch war Anton Wanzl ein Mann, den auch der Hofrat sehr hochstellte, den Mama so sehr lobte. Lavinia war eine gehorsame Tochter. Und als Herr Kreitmeyr ihr eines Tages riet, Herrn Dr. Wanzl die Hand zum Bunde fürs Leben zu reichen, sagte sie: »Ja.« Ein gleiches »Ja« bekam auch der hocherfreute Anton zu hören, als er bei Fräulein Lavinia bescheiden anfragte. Die Verlobung wurde für einen bestimmten Tag, den Geburtstag der Lavinia, angesetzt. Hans Pauli aber verstand jetzt die Tragik seines Künstlerlebens. Er war verzweifelt, daß man ihm einen Anton Wanzl vorgezogen, er haßte die Menschen, die Welt, Gott. Dann setzte er sich auf einen Dampfer, reiste nach Amerika, spielte in Kinos und Varietés, wurde ein verlottertes Genie und starb schließlich vor Hunger auf der Straße. An einem wunderschönen Juniabend wurde im hofrätlichen Hause die Verlobung gefeiert. Frau Cäcilie rauschte in grauseidenem Kleide, Herr Hofrat Kreitmeyr fühlte sich unbehaglich in seinem schlechtsitzenden Frack und zupfte abwechselnd bald an seiner windschiefen Krawatte, bald an den blitzblanken Manschettenröllchen. Herr Anton strahlte vor Freude an der Seite seiner hellgekleideten, etwas ernsten Braut, Toaste wurden gehalten und erwidert, Becher erklangen, Hochrufe dröhnten bis hinaus durch die offenen Fenster in das Tuten der Autos.

Draußen rauschten die Wellen der Donau ihr uraltes Lied von Werden und Vergehen. Sie trugen die Sterne mit und die weißen Wölklein, den blauen Himmel und den Mond. In heißduftenden Jasminbüschen lag die Nacht und hielt den Wind in ihren weichen Armen, daß nicht der leiseste Hauch durch die schwüle Welt ging.

Mizzi Schinagl stand am Ufer. Sie fürchtete sich nicht vor dem tiefdunklen Wasser unten. Drin mußte es wohlig und weich sein, man stieß sich nicht an Kanten und Ecken wie auf der dummen Erde droben, und nur Fische gab es drin, stumme Wesen, die nicht lügen konnten, so entsetzlich lügen wie die bösen Menschen. Stumme Fische!

Stumme! Auch ihr Kindchen war stumm, tot geboren. »Es ist am besten so«, hatte Tante Marianne gesagt. Ja, ja, es war wirklich am besten. Und das Leben war doch so schön! Heute, vor einem Jahr. Ja, wenn das Kindchen lebte, so mußte auch sie leben, die Mutter. Aber so! Das Kind war tot, und das Leben tot – –

Durch die nächtliche Stille klang plötzlich ein Lied aus tiefen Männerkehlen. Burschengesänge, alte Lieder – Studenten waren es. Ob wohl alle Studenten so waren? Nein! Der Wanzl! Der war doch nicht einmal ein richtiger Student! Oh, sie kannte ihn gut! Ein Feigling war er, ein Heuchler, ein Scheinheiliger! Oh, wie sie ihn haßte!

Die Lieder klangen immer näher. Deutliche Schritte waren vernehmbar.

Antons »Bundesbrüder« kehrten von einem Sommerfest zurück. Herr stud. jur. Xandl Hummer, hoch in den Dreißigern, im 18. Semester, »Bierfaß« genannt, betrank sich nicht leicht und holte jetzt rüstig aus. Seine kleinen Äuglein erspähten dort ferne am Ufer eine Frauengestalt. »Holla. Brüder, es gilt ein Leben zu retten!« sagte er.

»Fräulein«, rief er, »warten Sie einen Augenblick! Ich komm' schon!« Mizzi Schinagl sah trübe in das aufgedunsene rote Gesicht Xandls. Ein jäher Gedanke durchzuckte ihr Hirn. Wie, wenn – – Ja, ja, sie wollte sich rächen! Rächen an der Welt, an der Gesellschaft!

Mizzi Schinagl lachte. Ein gelles, schneidendes Lachen. So lacht eine – dachte sie. Nur noch einen Blick warf sie ins Wasser. Und starrte dann eine Weile in die Luft.

Sie hörte nicht die rohen Späße des Studenten. Er aber nahm ihren Arm. Im Triumph wurde sie auf die »Bude« Xandls geführt.

Am nächsten Morgen brachte sie »Bierfaß« in die »Pension« zu »Tante« Waclawa Jancic am Spittel. -

Herr Anton Wanzl war mit seiner jungen Frau von der Ferien- und Hochzeitsreise zurückgekehrt. Er war ein gewissenhafter, strenger, gerechter Lehrer. Er wuchs in den Augen der Vorgesetzten, spielte eine Rolle in der besseren Gesellschaft und arbeitete an einem wissenschaftlichen Werk. Sein Gehalt stieg und stieg, er wuchs von einer Rangklasse in die andere. Seine Eltern hatten ihm den Gefallen erwiesen und waren kurz nach seiner Hochzeit beide fast in derselben Zeit gestorben. Herr Anton Wanzl aber ließ sich jetzt zu der größten Verwunderung aller in seine Heimatstadt versetzen.

Das kleine Gymnasium verwaltete dort ein alter Direktor, ein lässiger Mann, alleinstehend, ohne Weib und Kind, der nur in der Vergangenheit lebte und sich um seine Pflichten nicht kümmerte. Nichtsdestoweniger war ihm sein Amt lieb geworden, er mußte lachende, junge Gesichter um sich sehen, seine Bäume im großen Park pflegen, von den Bürgern des Städtchens ehrfürchtig gegrüßt werden. Man hatte drüben im Landesschulrat Mitleid mit dem alten Manne und wartete nur noch auf seinen Tod.

Anton Wanzl kam und nahm die Verwaltung der Schule in die Hand. Als Rangältester wurde er Sekretär, er schrieb Berichte an den Schulrat, bekam die Kasse in Verwaltung, beaufsichtigte den Unterricht und die Reparaturen, schaffte Ordnung. Er kam auch hie und da nach Wien und hatte Gelegenheit, an den Abenden, die seine Schwiegermutter seltener zwar, aber doch immer noch veranstaltete, hie und da einem Herrn von der Statthalterei auch mündlichen Bericht zu erstatten. Dabei verstand er es vortrefflich, seine eigene

Tätigkeit ins hellste Licht zu rücken, von seinem Direktor mit einem bedauernden Unterton in der Stimme zu sprechen und seine Worte mit einem vielsagenden Achselzucken zu begleiten. Frau Cäcilie Kreitmeyr aber besorgte das übrige.

Eines Tages spazierte der alte Herr Direktor mit seinem Sekretär Dr. Wanzl in den schönen Gartenanlagen des Gymnasiums. Der alte Herr freute sich beim Anblick der Bäume, hie und da huschte ein frisches Jungengesicht vorbei und verschwand wieder. Des Herrn Direktors altes Greisenherz freute sich.

Gerade bog der Schuldiener in die Allee ein, grüßte und überreichte einen mächtigen Brief. Der Herr Direktor schnitt das große weiße Kuvert bedächtig auf, zog das Blatt mit dem großen Amtssiegel hervor und begann zu lesen. Ein Ausdruck des Schreckens belebte plötzlich seine alten, schlaffen Züge. Er machte eine Bewegung, als wollte er nach seinem Herz greifen, schwankte und fiel. Nach einigen Sekunden war er in den Armen seines Sekretärs gestorben.

Dem Herrn Direktor Dr. Anton Wanzl ging es gut. Sein Ehrgeiz ruhte seit Jahren. Manchmal dachte er wohl an eine Universitätsprofessur, die er hätte erreichen können, aber bald hatte er sich die Sache überlegt. Er war mit sich sehr zufrieden. Und noch mehr mit den Menschen. Manchmal im tiefsten Winkel seines Herzens lachte er über die Leichtgläubigkeit der Welt. Aber seine blassen Lippen blieben geschlossen. Selbst wenn er allein war, in seinen vier Wänden, lachte er nicht. Er fürchtete, die Wände hätten nicht nur Ohren, sondern auch Augen und könnten ihn verraten.

Kinder hatte er keine, sehnte sich auch nicht nach ihnen. Zu Hause war er der Herr, seine Gemahlin blickte bewundernd zu ihm empor, seine Schüler verehrten ihn. Nur nach Wien kam er seit einigen Jahren nicht mehr. Dort war ihm einmal was höchst Fatales passiert. Als er einmal in der Nacht mit seiner Frau aus der Oper heimkehrte, begegnete ihm an der Ecke ein aufgeputztes Frauenzimmer, warf einen Blick auf Frau Lavinia an seiner Seite und lachte schrill auf. Lange klang dieses wilde Lachen Herrn Anton Wanzl in den Ohren.

Direktor Wanzl lebte noch lange glücklich an der Seite seiner Frau. Aber seine stark überspannten Kräfte ließen mählich nach. Der überanstrengte Organismus rächte sich. Die lange durch die Macht des straffen Willens zurückgehaltene Schwäche brach auf einmal durch. Eine schwere Lungenentzündung warf Anton Wanzl aufs Krankenlager, das ihn nicht mehr loslassen sollte. Nach einigen Wochen schweren Leidens starb Anton Wanzl.

Alle Schüler waren gekommen, alle Bürger des Städtchens, Kränze mit langen schwarzen Schleifen überdeckten den Sarg, Reden wurden gehalten, Abschiedsworte nachgerufen.

Herr Anton Wanzl aber lag tief drinnen im schwarzen Metallsarg und lachte. Anton Wanzl lachte zum ersten Male. Er lachte über die Leichtgläubigkeit der Menschen, über die Dummheit der Welt. Hier durfte er lachen. Die Wände seines schwarzen Kastens konnten ihn nicht verraten. Und Anton Wanzl lachte. Lachte stark und herzlich.

Seine Schüler ließen es sich nicht nehmen, ihrem verehrten und geliebten Direktor einen marmornen Grabstein zu setzen. Auf diesem standen unter dem Namen des Verstorbenen die Verse:

»Üb immer Treu und Redlichkeit
Bis an dein kühles Grab!«

BARBARA

Sie hieß Barbara. Klang ihr Name nicht wie Arbeit? Sie hatte eines jener Frauengesichter, die so aussehen, als wären sie nie jung gewesen. Man kann ihr Alter auch nicht mutmaßen. Es lag verwittert in den weißen Kissen und stach von diesen ab durch eine Art gelblichgrauer Sandsteinfärbung. Die grauen Augen flogen rastlos hin und her wie Vögel, die sich in den Wust der Polster verirrt; zuweilen aber kam eine Starrheit in diese Augen; sie blieben an einem dunklen Punkt oben an der weißen Zimmerdecke kleben, einem Loch oder einer rastenden Fliege. Dann überdachte Barbara ihr Leben.

Barbara war 10 Jahre alt, als ihre Mutter starb. Der Vater war ein wohlhabender Kaufmann gewesen, aber er hatte angefangen zu spielen und hatte der Reihe nach Geld und Laden verloren; aber er saß weiter im Wirtshause und spielte. Er war lang und dürr und hielt die Hände krampfhaft in den Hosentaschen versenkt. Man wußte nicht: Wollte er auf diese Art das noch übrige Geld festhalten oder es verhüten, daß jemand in seine Tasche greife und sich von deren Inhalt oder Leere überzeuge? Er liebte es, seine Bekannten zu überraschen, und wenn es seinen Partnern beim Kartenspiel schien, daß er schon alles verloren habe, zog er zur allgemeinen Verblüffung noch immer irgendeinen Wertgegenstand, einen Ring oder eine Berlocke, hervor und spielte weiter. Er starb schließlich in einer Nacht, ganz plötzlich, ohne Vorbereitung, als wollte er die Welt überraschen. Er fiel, wie ein leerer Sack, zu Boden und war tot. Aber die Hände hatte er noch immer in den Taschen, und die Leute hatten Mühe, sie ihm herauszuzerren. Erst damals sah man, daß die Taschen leer waren und daß er vermutlich nur deshalb gestorben war, weil er nichts mehr zu verspielen hatte ...

Barbara war 16 Jahre alt. Sie kam zu einem Onkel, einem dicken Schweinehändler, dessen Hände wie die Pölsterchen »Ruhe sanft« oder »Nur ein halbes Stündchen« aussahen, die zu Dutzenden in seinem Salon herumlagen. Er tätschelte Barbara die Wange, und ihr schien es, als kröchen fünf kleine Ferkelchen über ihr Gesicht. Die Tante war eine große Person, dürr und mager wie eine Klavierlehrerin. Sie hatte große, rollende Augen, die aus den Höhlen quollen, als wollten sie nicht im Kopfe sitzen bleiben, sondern rastlos spazierengehen.

Sie waren grünlichhell, von jener unangenehmen Grüne, wie sie die ganz billigen Trinkgläser haben. Mit diesen Augen sah sie alles, was im Hause und im Herzen des Schweinehändlers vorging, über den sie übrigens eine unglaubliche Macht hatte. Sie beschäftigte Barbara, »so gut es ging«, aber es ging nicht immer gut. Barbara mußte sich sehr in acht nehmen, um nichts zu zerbrechen, denn die grünen Augen der Tante kamen gleich wie schwere Wasserwogen heran und rollten kalt über den heißen Kopf der Barbara.

Als Barbara 20 Jahre alt war, verlobte sie der Onkel mit einem seiner Freunde, einem starkknochigen Tischlermeister mit breiten, schwieligen Händen, die schwer und massiv waren wie Hobel. Er zerdrückte ihre Hand bei der Verlobung, daß es knackte und sie aus seiner mächtigen Faust mit Not ein Bündel lebloser Finger rettete. Dann gab er ihr einen kräftigen Kuß auf den Mund. So waren sie endgültig verlobt.

Die Hochzeit, die bald darauf stattfand, verlief regelrecht und vorschriftsmäßig mit weißem Kleide und grünen Myrten, einer kleinen, öligen Pfarrersrede und einem asthmatischen Toast des Schweinehändlers. Der glückliche Tischlermeister zerbrach ein paar der feinsten Weingläser, und die Augen der Schweinehändlerin rollten über seine starken Knochen, ohne ihm was anhaben zu können. Barbara saß da, als säße sie auf der Hochzeit einer Freundin. Sie wollte es gar nicht begreifen, daß sie Frau war. Aber sie begriff es schließlich doch. Als sie Mutter war, kümmerte sie sich mehr um ihren Jungen als um den Tischler, dem sie täglich in die Werkstätte sein Essen brachte. Sonst machte ihr der fremde Mann mit den starken Fäusten keine Umstände. Er schien von einer eichenhölzernen Gesundheit, roch immer nach frischen Hobelspänen und war schweigsam wie eine Ofenbank. Eines Tages fiel ihm in seiner Werkstätte ein schwerer Holzbalken auf den Kopf und tötete ihn auf der Stelle.

Barbara war 22 Jahre alt, nicht unhübsch zu nennen, sie war Meisterin, und es gab Gesellen, die nicht übel Lust hatten, Meister zu werden. Der Schweinehändler kam und ließ seine fünf Ferkel über die Wange Barbaras laufen, um sie zu trösten. Er hätte es gar zu gerne gesehen, wenn Barbara sich noch einmal verheiratet hätte. Sie aber verkaufte bei einer günstigen Gelegenheit ihre Werkstätte und wurde Heimarbeiterin. Sie stopfte Strümpfe, strickte wollene Halstücher und verdiente ihren Unterhalt für sich und ihr Kind.

Sie ging fast auf in der Liebe zu ihrem Knaben. Es war ein starker Junge, die groben Knochen hatte er von seinem Vater geerbt, aber er schrie nur zu gerne und strampelte mit seinen Gliedmaßen so heftig, daß die zusehende Barbara oft meinte, der Junge hätte mindestens ein Dutzend fetter Beinchen und Arme. Der Kleine war häßlich, von einer geradezu robusten Häßlichkeit. Aber Barbara sah nichts Unschönes an ihm. Sie war stolz und zufrieden und lobte seine guten geistigen und seelischen Qualitäten vor allen Nachbarinnen. Sie nähte Häubchen und bunte Bänder für das Kind und verbrachte ganze Sonntage damit, den Knaben herauszuputzen. Mit der Zeit aber reichte ihr Verdienst nicht aus, und sie mußte andere Einnahmequellen suchen. Da fand sich, daß sie eigentlich eine zu große Wohnung hatte. Und sie hängte eine Tafel an das Haustor, an der mit komischen, hilflosen Buchstaben, die jeden Augenblick vom Papier herunterzufallen und auf dem harten Pflaster zu zerbrechen drohten, geschrieben stand, daß in diesem Hause ein Zimmer zu vermieten wäre. Es kamen Mieter, fremde Menschen, die einen kalten Hauch mit sich in die Wohnung brachten, eine Zeitlang blieben und sich dann wieder von ihrem Schicksal hinausfegen ließen in eine andere Gegend. Dann kamen neue.

Aber eines Tages, es war Ende März, und von den Dächern tropfte es, kam er. Er hieß Peter Wendelin, war Schreiber bei einem Advokaten und hatte einen treuen Glanz in seinen goldbraunen Augen. Er machte keine Scherereien, packte gleich aus und blieb wohnen.

Er wohnte bis in den April hinein. Ging in der Früh aus und kam am Abend wieder. Aber eines Tages ging er überhaupt nicht aus. Seine Türe blieb zu. Barbara klopfte an und trat ein, da lag Herr Wendelin im Bette. Er war krank. Barbara brachte ihm ein warmes Glas Milch, und in seine goldbraunen Augen kam ein warmer, sonniger Glanz.

Mit der Zeit entwickelte sich zwischen beiden eine Art Vertraulichkeit. Das Kind Barbaras war ein Thema, das sich nicht erschöpfen ließ. Aber man sprach auch natürlich von vielem andern. Vom Wetter und von den Ereignissen. Aber es war so, als steckte etwas ganz anderes hinter den gewöhnlichen Gesprächen und als wären die alltäglichen Worte nur Hüllen für etwas Außergewöhnliches, Wunderbares.

Es schien, als wäre Herr Wendelin eigentlich schon längst wieder gesund und arbeitsfähig und als läge er nur so zu seinem Privatvergnügen länger im Bett als notwendig. Schließlich mußte er doch aufstehen. An jenem Tage war es warm und sonnig, und in der Nähe war eine kleine Gartenanlage. Sie lag zwar staubig und trist zwischen den grauen Mauern, aber ihre Bäume hatten schon das erste Grün. Und wenn man die Häuser rings vergaß, konnte man für eine Weile meinen, in einem schönen, echten Park zu sitzen. Barbara ging zuweilen in jenen Park mit ihrem Kinde. Herr Wendelin ging mit. Es war ein Nachmittag, die junge Sonne küßte eine verstaubte Bank, und sie sprachen. Aber alle Worte waren wieder nur Hüllen, wenn sie abfielen, war nacktes Schweigen um die beiden, und im Schweigen zitterte der Frühling.

Aber einmal ergab es sich, daß Barbara Herrn Wendelin um eine Gefälligkeit bitten mußte. Es galt eine kleine Reparatur an dem Haken der alten Hängelampe, und Herr Wendelin stellte einen Stuhl auf den wackligen Tisch und stieg auf das bedenkliche Gerüst. Barbara stand unten und hielt den Tisch. Als Herr Wendelin fertig war, stützte er sich zufällig auf die Schulter der Barbara und sprang ab. Aber er stand schon lange unten und hatte festen Boden unter seinen Füßen, und er hielt immer noch ihre Schulter umfaßt. Sie wußten beide nicht, wie ihnen geschah, aber sie standen fest und rührten sich nicht und starrten nur einander an. So verweilten sie einige Sekunden. Jedes wollte sprechen, aber die Kehle war wie zugeschnürt, sie konnten kein Wort hervorbringen, und es war ihnen wie ein Traum, wenn man rufen will und doch nicht kann. Sie waren beide blaß. Endlich ermannte sich Wendelin. Er ergriff Barbaras Hand und würgte hervor: »Du!« »Ja!« sagte sie, und es war, als ob sie einander erst jetzt erkannt hätten, als wären sie auf einer Maskerade nur so nebeneinander hergegangen und hätten erst jetzt die Masken abgelegt.

Und nun kam es wie eine Erlösung über beide. »Wirklich? Barbara? Du?« stammelte Wendelin. Sie tat die Lippen auf, um »Ja« zu sagen, da polterte plötzlich der kleine Philipp von einem Stuhl herab und erhob ein jämmerliches Geschrei. Barbara mußte Wendelin stehenlassen, sie eilte zum Kinde und beruhigte es. Wendelin folgte ihr. Als der Kleine still war und nur noch ein restliches Glucksen durch das Zimmer flatterte, sagte Wendelin: »Ich hol' sie mir morgen! Leb wohl!« Er nahm seinen Hut und ging, aber um ihn war es wie Sonnenglanz, als er im Türrahmen stand und noch einmal auf Barbara zurückblickte.

Als Barbara allein war, brach sie in lautes Weinen aus. Die Tränen erleichterten sie, und es war ihr, als läge sie an einer warmen Brust. Sie ließ sich von dem Mitleid, das sie mit sich selbst hatte, streicheln. Es war ihr lange nicht so wohl gewesen, ihr war wie einem Kinde, das sich in einem Wald verirrt und nach langer Zeit wieder zu Hause angekommen war.

So hatte sie lange im Walde des Lebens herumgeirrt, um jetzt erst nach Hause zu treffen. Aus einem Winkel der Stube kroch die Dämmerung hervor und wob Schleier um Schleier um alle Gegenstände. Auf der Straße ging der Abend herum und leuchtete mit einem Stern zum Fenster herein. Barbara saß noch immer da und seufzte still in sich hinein. Das Kind war in einem alten Lehnstuhl eingeschlummert. Es bewegte sich plötzlich im Schlafe, und das brachte Barbara zur Besinnung. Sie machte Licht, brachte das Kind zu Bett und setzte sich an den Tisch. Das helle, vernünftige Lampenlicht ließ sie klar und ruhig denken. Sie überdachte alles, ihr bisheriges Leben, sie sah ihre Mutter, ihren Vater, wie er hilflos am Boden lag, ihren Mann, den plumpen Tischler, sie dachte an ihren Onkel, und sie fühlte wieder seine fünf Ferkel.

Aber immer und immer wieder war Peter Wendelin da, mit dem sonnigen Glanz in seinen guten Augen. Gewiß würde sie morgen »Ja« sagen, der gute Mensch, wie lieb sie ihn hatte. Warum hatte sie ihm eigentlich nicht schon heute »Ja« gesagt? Aha! Das Kind! Plötzlich fühlte sie etwas wie

Groll in sich aufsteigen. Es dauerte bloß den Bruchteil einer Sekunde, und sie hatte gleich darauf die Empfindung, als hätte sie ihr Kind ermordet. Sie stürzte zum Bett, um sich zu überzeugen, daß dem Kind kein Leid geschehn war. Sie beugte sich darüber und küßte es und bat es mit einem hilflosen Blick um Verzeihung. Nun dachte sie, wie doch jetzt alles so ganz anders werden müßte. Was geschah mit dem Kinde? Es bekam einen fremden Vater, würde er es liebhaben können? Und sie, sie selbst? Dann kamen andere Kinder, die sie mehr liebhaben würde. – – – – War das möglich? Mehr lieb? Nein, sie blieb ihm treu, ihrem armen Kleinen. Plötzlich war es ihr, als würde sie morgen das arme, hilflose Kind verlassen, um in eine andere Welt zu gehen. Und der Kleine blieb zurück. – – Nein, sie wird ja bleiben, und alles wird gut sein, sucht sie sich zu trösten. Aber immer wieder kommt diese Ahnung. Sie sieht es, ja, sie sieht es schon, wie sie den Kleinen hilflos läßt. Selbst wird sie gehen mit einem fremden Manne. Aber er war ja gar nicht fremd!

Auf einmal schreit der Kleine laut auf im Schlafe. »Mama! Mama!« lallt das Kind; sie läßt sich zu ihm nieder, und er streckt ihr die kleinen Händchen entgegen. Mama! Mama! Es klingt wie ein Hilferuf.

Ihr Kind! – So weint es, weil sie es verlassen will. Nein! Nein! Sie will ewig bei ihm bleiben.

Plötzlich ist ihr Entschluß reif. Sie kramt aus der Lade Schreibzeug und Papier und zeichnet mühevoll hinkende Buchstaben auf das Blatt. Sie ist nicht erregt, sie ist ganz ruhig, sie bemüht sich sogar, so schön als möglich zu schreiben. Dann hält sie den Brief vor sich und überliest ihn noch einmal.

»Es kann nicht sein. Wegen meines Kindes nicht!« Sie steckt das Blatt in einen Umschlag und schleicht sich leise in den Flur zu seiner Tür. Morgen würde er es finden.

Sie kehrt zurück, löscht die Lampe aus, aber sie kann keinen Schlaf finden, und sie sieht die ganze Nacht zum Fenster hinaus.

Am nächsten Tage zog Peter Wendelin aus. Er war müde und zerschlagen, als hätte er selbst alle seine Koffer geschleppt, und es war kein Glanz mehr in seinen braunen Augen. Barbara blieb den ganzen Tag über in ihrem Zimmer. Aber ehe Peter Wendelin endgültig fortging, kam er mit einem Sträußlein Waldblumen zurück und legte es stumm auf den Tisch der Barbara. Es lag ein verhaltenes Weinen in ihrer Stimme, und als sie ihm die Hand zum Abschied gab, zitterte sie ein wenig. Wendelin sah sich noch eine Weile im Zimmer um, und wieder kam ein goldener Glanz in seine Augen, dann ging er. Drüben im kleinen Park sang eine Amsel, Barbara saß still und lauschte. Draußen am Haustor flatterte wieder die Tafel mit der Wohnungsanzeige im Frühlingswind.

Mieter und Monde kamen und gingen, Philipp war groß und ging in die Schule. Er brachte gute Zeugnisse heim, und Barbara war stolz auf ihn. Sie bildete sich ein, aus ihrem Sohne müsse etwas Besonderes werden, und sie wollte alles anwenden, um ihn studieren zu lassen. Nach einem Jahre sollte es sich entscheiden, ob er Handwerker werden oder ins Gymnasium kommen sollte. Barbara wollte mit ihrem Kinde höher hinauf. Alle die Opfer sollten nicht umsonst gebracht sein.

Zuweilen dachte sie noch an Peter Wendelin. Sie hatte seine vergilbte Visitkarte, die vergessen an der Tür steckengeblieben war, und die Blumen, die er ihr zum Abschied gebracht hatte, in ihrem Gebetbuch sorgfältig aufbewahrt. Sie betete selten, aber an Sonntagen schlug sie die Stelle auf, wo die Karte und die Blumen lagen, und verweilte lange über den Erinnerungen.

Ihr Verdienst reichte nicht, und sie begann, vom kleinen Kapital zu zehren, das ihr vom Verkauf der Werkstätte geblieben war. Aber es konnte auf die Dauer nicht weitergehen, und sie sah sich nach neuen Verdienstmöglichkeiten um. Sie wurde Wäscherin. In der Früh ging sie aus, und in der Mittagsstunde schleppte sie einen schweren Pack schmutziger Wäsche heim. Sie stand halbe Tage im Dunst der Waschküche, und es war, als ob der Dampf des Schmutzes sich auf ihrem Gesicht ablagerte.

Sie bekam eine fahle, sandsteinfarbene Haut, um die Augen zitterte ein engmaschiges Netz haarfeiner Falten. Die Arbeit verunstaltete ihren Leib, ihre Hände waren rissig, und die Haut faltete sich schlaff an den Fingerspitzen unter der Wirkung des heißen Wassers. Selbst wenn sie keinen Pack trug, ging sie gebückt. Die Arbeit lastete auf ihrem Rücken. Aber um den bittern Mund spielte ein Lächeln, sooft sie ihren Sohn ansah.

Nun hatte sie ihn glücklich ins Gymnasium hinüberbugsiert. Er lernte nicht leicht, aber er behielt alles, was er einmal gehört hatte, und seine Lehrer waren zufrieden. Jedes Zeugnis, das er nach Hause brachte, war für Barbara ein Fest, und sie versäumte es nicht, ihrem Sohn kleine Freuden zu bereiten. Extratouren gewissermaßen, die sie um große Opfer erkaufen mußte. Philipp ahnte das alles nicht, er war ein Dickhäuter. Er weinte selten, ging robust auf sein Ziel los und machte seine Aufgaben mit einer Art Aufwand von körperlicher Kraft, als hätte er ein Eichenbrett zu hobeln. Er war ganz seines Vaters Sohn, und er begriff seine Mutter gar nicht. Er sah sie arbeiten, aber das schien ihm selbstverständlich, er besaß nicht die Feinheit, um das Leid zu lesen, das in der Seele seiner Mutter lag und in jedem Opfer, das sie ihm brachte.

So schwammen die Jahre im Dunst der schmutzigen Wäsche. Allmählich kam eine Gleichgültigkeit in die Seele Barbaras, eine stumpfe Müdigkeit. Ihr Herz hatte nur noch einige seiner stillen Feste, zu denen die Erinnerung an Wendelin gehörte und ein Schulzeugnis Philipps. Ihre Gesundheit war stark angegriffen, sie mußte zeitweilig in ihrer Arbeit einhalten, der Rücken schmerzte gar sehr. Aber keine Klage kam über ihre Lippen. Und auch wenn sie gekommen wäre, an der Elefantenhaut Philipps wäre sie glatt abgeprallt.

Er mußte nun darangehen, an einen Beruf zu denken. Zu einem weiteren Studium mangelte es an Geld, zu einer anständigen Stelle an Protektion. Philipp hatte keine besondere Vorliebe für einen Beruf, er hatte überhaupt keine Liebe. Am bequemsten war ihm noch die Theologie. Man konnte Aufnahme finden im Seminar und hatte vor sich ein behäbiges und unabhängiges Leben. So glitt er denn, als er das Gymnasium hinter sich hatte, in die Kutte der Religionswissenschaft. Er packte seine kleinen Habseligkeiten in einen kleinen Holzkoffer und übersiedelte in die engbrüstige Stube seiner Zukunft.

Seine Briefe waren selten und trocken wie Hobelspäne. Barbara las sie mühevoll und andächtig. Sie begann, häufiger in die Kirche zu gehen, nicht weil sie ein religiöses Verlangen danach verspürte, sondern um den Priester zu sehen und im Geiste ihren Sohn auf die Kanzel zu versetzen. Sie arbeitete noch immer viel, trotzdem sie es jetzt nicht nötig hatte, aber sie glich einem aufgezogenen Uhrwerk etwa, das nicht stehenbleiben kann, solange sich die Rädchen drehen. Doch ging es merklich abwärts mit ihr. Sie mußte sich hie und da ins Bett legen und etliche Tage liegenbleiben. Der Rücken schmerzte heftig, und ein trockenes Husten schüttelte ihren abgemagerten Körper. Bis eines Tages das Fieber dazukam und sie ganz hilflos machte.

Sie lag eine Woche und zwei. Eine Nachbarin kam und half aus. Endlich entschloß sie sich, an Philipp zu schreiben. Sie konnte nicht mehr, sie mußte diktieren. Sie küßte den Brief verstohlen, als sie ihn zum Absenden übergab. Nach acht langen Tagen kam Philipp. Er war gesund, aber nicht frisch und steckte in einer blauen Kutte. Auf dem Kopfe trug er eine Art Zylinder. Er legte ihn sehr sanft aufs Bett, küßte seiner Mutter die Hand und zeigte nicht das mindeste Erschrecken. Er erzählte von seiner Promotion, zeigte sein Doktordiplom und stand selbst dabei so steif, daß er aussah wie die steife Papierrolle und seine Kutte mit dem Zylinder wie eine Blechkapsel. Er sprach von seinen Arbeiten, trotzdem Barbara nichts davon verstand. Zeitweilig verfiel er in einen näselnden, fetten Ton, den er seinen Lehrern abgelauscht und für seine Bedürfnisse zugeölt haben mochte. Als die Glocken zu läuten begannen, bekreuzigte er sich, holte ein Gebetbuch hervor und flüsterte lange mit einem andächtigen Ausdrucke im Gesicht.

Barbara lag da und staunte. Sie hatte sich das alles so ganz anders vorgestellt. Sie begann, von ihrer Sehnsucht zu sprechen und wie sie ihn vor ihrem Tode noch einmal hatte sehen wollen. Er hatte bloß das Wort »Tod« gehört, und schon begann er, über das Jenseits zu sprechen und über den Lohn, der die Frommen im Himmel erwartete. Kein Schmerz lag in seiner Stimme, nur eine Art Wohlgefallen an sich selbst und die Freude darüber, daß er am Lager seiner todkranken Mutter zeigen konnte, was er gelernt hatte.

Über die kranke Barbara kam mit Gewalt das Verlangen, in ihrem Sohn ein bißchen Liebe wachzurufen. Sie fühlte, daß es das letzte Mal war, da sie sprechen konnte, und wie von selbst und als hauche ihr ein Geist die Worte ein, begann sie, langsam und zögernd von der einzigen Liebe ihres Lebens zu sprechen und von dem Opfer, das sie ihrem Kinde gebracht. Als sie zu Ende war, schwieg sie erschöpft, aber in ihrem Schweigen lag zitternde Erwartung. Ihr Sohn schwieg. So etwas begriff er nicht. Es rührte ihn nicht. Er blieb stumpf und steif und schwieg. Dann begann er, verstohlen zu gähnen, und sagte, er gehe für eine Weile weg, um sich ein bißchen zu stärken.

Barbara lag da und begriff gar nichts. Nur eine tiefe Wehmut bebte in ihr und der Schmerz um das verlorene Leben. Sie dachte an Peter Wendelin und lächelte müde. In ihrer Todesstunde wärmte sie noch der Glanz seiner goldbraunen Augen. Dann erschütterte sie ein starker Hustenanfall. Als er vorüber war, blieb sie bewußtlos liegen. Philipp kam zurück, sah den Zustand seiner Mutter und begann, krampfhaft zu beten. Er schickte um den Arzt und um den Priester. Beide kamen; die Nachbarinnen füllten das Zimmer mit ihrem Weinen. Inzwischen aber taumelte Barbara, unverstanden und verständnislos, hinüber in die Ewigkeit.

APRIL

Die Geschichte einer Liebe

Die Aprilnacht, in der ich ankam, war wolkenschwer und regenschwanger. Die silbernen Schattenrisse der Stadt strebten aus losem Nebel zart, kühn, fast singend gegen den Himmel. Fein und dünngelenkig kletterte ein gotisches Türmchen in die Wolken. Die dottergelbe Scheibe der erleuchteten Rathausuhr hing wie an einem unsichtbaren Seil in der Luft. Um den Bahnhof roch es süß und trocken nach Steinkohle, Jasmin und atmenden Wiesen.

Die einzige Droschke der Stadt wartete, gleichgültig und bestaubt, vor dem Bahnhof. Die Stadt mußte klein sein. Sie besaß gewiß eine Kirche, ein Rathaus, einen Brunnen, einen Bürgermeister, eine Droschke. Das Pferd war braun, breithufig, trug rötliche Zottelmanschetten über den Fußgelenken und hatte keine Scheuklappen. Seine Augen glotzten groß und wohlwollend auf den Platz. Wenn es wieherte, neigte es den Kopf seitwärts, wie ein Mensch, der sich zum Niesen anschickt.

Ich stieg in die Droschke und überholte auf der Landstraße alle wackelnden Hutschachteln und schwankenden Koffer mit den daran hängenden Menschen. Ich hörte, was die Leute einander sagten, und fühlte die Armut ihrer Schicksale, die Kleinheit ihres Erlebens, die Enge und Gewichtlosigkeit ihrer Schmerzen. Über die Felder zu beiden Seiten der Straße ergoß sich Nebel wie geschmolzenes Blei und täuschte Meer und Grenzenlosigkeit vor. Deshalb waren die Hutschachteln, die Menschen, die Reden, die Droschke so gering und lächerlich. Ich glaubte wirklich an das Meer zu beiden Seiten und

37

wunderte mich über seine Stille. Es ist vielleicht gestorben, dachte ich. Der Schornstein einer Fabrik, der plötzlich neben einem weißen Häuserwinkel aufstieg, beängstigend trotz seiner Schlankheit, sah aus wie ein erloschener Leuchtturm.

Zufällige Menschen lagerten am Wegrand: Vorhuten der Stadt. Sie waren zutraulich und aufrichtig, ich konnte sehen, was in ihnen vorging: Eine Mutter wusch ihr Kind in einem Faßeimer. Das Gefäß trug einen blanken und grausamen Blechgürtel, und das Kind schrie. – Ein Mann saß in seinem Bett und ließ sich von einem Jungen einen Stiefel ausziehn. Der Junge hatte ein rotes, angestrengt-aufgedunsenes Gesicht, und der Stiefel war schmutzig. – Eine alte Frau kehrte mit einem Besen auf den Dielen der Stube herum, und ich ahnte ihre nächste Tätigkeit; sie würde jetzt das blaurote Tischtuch zusammenraffen, zum Fenster oder zur Tür gehen und die Speisereste in den kleinen Garten schütten. Ich hatte Mitleid mit dem Kind im Faßeimer, dem stiefelziehenden Jungen, den Speiseresten. Alte Frauen, die in der Nacht aufräumen, müssen schlecht sein. Meine Großmutter, die wie ein Hund aussah, kehrte immer in der Nacht mit dem Besen auf den Dielen umher. Ich war sehr klein, haßte die Großmutter und den Besen und liebte Papierschnitzel, Zigarrenstummel und allerlei Abfälle. Ich rettete alles, was auf dem Fußboden lag, vor dem Besen der Großmutter in meine Taschen. Ich liebte besonders Strohhalme. Von allen Dingen waren sie am meisten lebendig. Manchmal, wenn es regnete, sah ich zum Fenster hinaus. Auf den Wellen einer der unzähligen Regenbächlein schwamm, tänzelte, drehte sich kokett und unbekümmert ein Strohhälmchen und ahnte nichts von dem Kanalschacht, dem es zutrieb, in dem es verschwinden würde. Ich rannte auf die Straße, der Regen war schwer und wütend, er peitschte mich, aber ich lief den Strohhalm retten und erreichte ihn knapp vor dem Kanalgitter.

Viele Leute sah ich in der Nacht. In dieser Stadt gingen die Menschen vielleicht so spät schlafen, oder war es der April und die Erwartung, die in der Luft lag, daß alles Lebende wach bleiben mußte? Alle, die mir entgegenkamen, hatten irgendeine Bedeutung. Sie trugen Schicksale, waren selbst Schicksale; sie waren glücklich oder unglücklich, keineswegs gleichgültig und zufällig; oder sie waren zumindest betrunken. In kleinen Städten sind nachts keine zufälligen Menschen auf der Straße. Nur Liebhaber oder Straßenmädchen oder Nachtwächter oder Wahnsinnige oder Dichter. Die Zufälligen und Gleichgültigen sind sicher zu Hause.

In der Mitte des Marktplatzes stand der Gründer der Stadt, ein steinerner Bischof, als gäbe er acht. So mittendrin ist er und so wichtig. Ich glaube, die Leute hielten ihn für tot und erledigt. Sie gingen an ihm vorbei und grüßten nicht; sie hätten sich nicht gescheut, Geheimstes in seiner Nähe zu sagen oder auch ein Verbrechen zu begehen. Wozu hielten sie ihn überhaupt noch?

Mir tat der Bischof leid, der sich gewiß so geplagt hatte, als er die Stadt gründete. Er trug einen verkniffenen Zug um den Mund und sah ganz so aus wie jemand, der die Undankbarkeit der Welt kennengelernt hat. Ich versprach ihm in jener Nacht, fleißig in der Geschichte über ihn nachzulesen. Aber ich kam nie dazu. Denn auch in dieser kleinen Stadt hatten die lebenden Menschen Geschichten, die mir in den Weg liefen, mich umstellten und einspannten. Und übrigens war es Frühling, und ich mag in solcher Jahreszeit keine Bischöfe und keine Gründer.

Ich wußte schon am nächsten Morgen ein paar Geschichten.

Ich wußte, daß der Briefträger erst seit einigen Tagen hinke und keineswegs von Geburt lahm sei. Er trank selten, zweimal im Jahr: an seinem Geburtstag, das war der

15. April, und am Todestag seines Sohnes, der in der großen Stadt durch Selbstmord geendet hatte. Der Rausch war
nachhaltig, und der Briefträger taumelte drei Tage zwischen
den Mauern des Städtchens herum, ehe er nüchtern wurde.
An diesen drei Tagen bekamen die Leute dieser Stadt keinen
Brief. Der Verkehr mit der Außenwelt stockte.

Vor einer Woche, am 15. April, war der Briefträger in
seinem Rausch gestürzt und hatte sich ein Bein verrenkt.
Davon kam sein Hinken. Das war nicht die einzige Geschichte.

In dem Hotel, in dem ich schlief, roch es nach Naphthalin,
Moschus und alten Kränzen. Der große Speisesaal hinter
dem Schankladen war niedrig, die Decke gewölbt, und die
Wände trugen viereckige, braunhölzerne Pflästerchen mit
Sprüchen. Anna, das Mädchen, stützte den rechten Arm auf
das Fensterbrett und gab acht, daß die Krüge nicht leer wurden. Sie wurden nie leer. Denn die Leute tranken hier nicht
sehr viel Wein und klapperten mit den Krugdeckeln, wenn
Anna nicht aufpaßte.

Anna war damals siebenundzwanzig Jahre alt und blond
und glatt gekämmt. Sie sah immer so aus, als wäre sie vor einer Weile aus dem Wasser gestiegen. So straff und blank war
ihr Gesicht, und so frisch und streng und feuchtblond zogen
sich ihre gestrählten Haarsträhnen aus der Stirne.

Sie hatte schlanke, kräftige, aber schüchterne Hände, von
denen ich immer glaubte, daß sie sich schämen.

Anna stammte aus Böhmen und liebte den Ingenieur. Der
Ingenieur war der Betriebsleiter jener Fabrik, in der Annas
Vater arbeitete. Anna hatte ein Kind von dem Ingenieur.

Der Ingenieur hatte geheiratet und Anna Geld gegeben
fürs Kind und für die Reise. So war Anna Kellnerin in dem
kleinen Städtchen. Ich trat einmal zufällig in Annas Zimmer
und sah die Photographie ihres Kindes. Es war ein schönes
Kind, es griff mit runden Fäusten in die Luft und trank die

Welt mit großen Augen. Anna war schweigsam und erzählte ihre Geschichte sehr kurz.

Ich mag Ingenieure dieser Art nicht und liebte Anna.

»Sie lieben ihn immer noch?« fragte ich Anna.

»Ja!« sagte sie. Sie sagte es so selbstverständlich und trokken wie irgendeine geschäftliche Auskunft.

In dem Städtchen gab es ein Kinotheater. Der Besitzer war ein jüdischer Tuchwarenhändler. Er hatte ein Kino gegründet, weil er tüchtig und betriebsam war und es ihn schmerzte, daß er einen ganzen Sonntag nichts zu tun haben sollte. Er verkaufte daher an Wochentagen Tuchwaren und ließ Sonntag im Kino spielen.

Ins Kino ging ich mit Anna.

Im Städtchen gab es eine Bibliothek. Der junge Mann, der Besucher zu bedienen und, wenn niemand da war, Staub aufzuwischen hatte, war blaß, romantisch blaß und dünn wie ein auferstandener Dichter und hatte eine blond-gelbe Schopflohe, die von seinem Kopf gegen den Suffit flackerte. Er stand immer auf einer Doppelleiter, er spazierte mit der Doppelleiter hinter dem Ladentisch herum, er konnte es vortrefflich, besser als jeder Zimmermaler. Als hätte er überhaupt nur auf Doppelleitern gehen gelernt. Die Leihbibliothek hatte auch alte, gute Bücher, und ich ging mit Anna in die Leihbibliothek.

Anna freute sich sehr.

Manchmal wußte ich, daß Anna zärtlich sein könnte. Ich liebte die Frauen, deren Güte wie ein verschütteter Quell, unsichtbar fruchtlos, aber unermüdlich, jedesmal gegen die Oberfläche anströmt und, weil ein Ausweg nicht möglich, nach der Tiefe gedrängt, verborgene Schächte gräbt und gräbt bis zum Versiegen. Ich liebte Anna. Ich konnte ihren Reichtum nicht lassen. Sie wußte nicht, wieviel ihr verlorenging, wenn sie so daherschritt, rückwärts lebend, jede andere Sehnsucht ausschaltete und nur die nach Vergangenem trug und pflegte.

Ich habe noch nicht vom Park erzählt, in dem die Liebe dieser Stadt blühte. Der Goldregen wucherte leichtsinnig und liederlich zwischen Linden und Kastanien. Die Bänke standen nicht in den Alleen, sondern mitten auf den Beeten. Ich dachte, diese Bänke hätte der Bischof, als sie noch ganz jung waren, in die Erde gepflanzt, und sie wuchsen immer jedes Jahr um ein Stückchen in die Breite. Die Füße hatten sicherlich schon Wurzel gefaßt im lockeren Boden.

Am Sonntag, nach dem Kino, ging ich mit Anna in den Park.

Einmal sahen wir, wie zwei sich küßten, und Anna lachte.

»Es ist nicht gut, Anna«, sagte ich, »über die Liebe zu lachen. Ich mag Menschen nicht, die so lügen können.«

Da hörte Anna zu lachen auf.

Als wir nach Hause kamen, erwies es sich, daß der Wirt Anna gesucht hatte, denn es war ein Gast gekommen. Er hatte einen knarrenden, neuen Lederkoffer mit vielen grünen und roten Heftpflästerchen. Er war schwarz gelockt und glutäugig, und er konnte gewiß Mandoline spielen und Mädchen verführen. Hätte ich in seine Brieftasche einen Blick tun können, so hätte ich eine ganze Sammlung bunter Schleifen und blonder Haare und rosa Liebesbriefe gesehn. Aber ich kam nicht dazu und wußte es auch so.

Er trank Bier in der Wirtsstube. Das Bier paßte nicht zu seinem Gesicht, er hätte Wein trinken müssen. Er ließ sich von Anna bedienen und war sehr höflich. Er sprach lauter Schnörkel. Seine Worte sehen aus wie seine Unterschrift wahrscheinlich, dachte ich.

In dieser Nacht bemerkte ich, daß mein Licht fehlte. Ich machte die Tür auf und ging zu Anna in die Stube. Anna war im Hemd und weinte. Sie blieb auf ihrem Bett sitzen und erschrak nicht, als ich kam, sondern weinte ruhig und mit Ausdauer weiter.

Dann sagte sie: »Er sieht genauso aus!«

Der neue Gast sah genauso aus wie Annas Ingenieur.

»Es ist schrecklich!« sagte Anna.

Seit damals liebten wir uns und verbargen es nicht voreinander. Anna konnte sehr zärtlich sein und eifersüchtig auch. Aber ich kümmerte mich nicht um die Frauen. Die Frauen dieser Stadt gefielen mir gar nicht.

Nur wenn ich sah, wie sie an goldumrahmten Frühlingsabenden über die Felder wanderten, ein Paar ums andere, rührten sie mich. Sie waren dazu da, die Welt zu erneuern. Sie wuchsen, liebten und gebaren. Im Frühling begannen sie ihr mütterliches Werk und vollendeten es im Laufe der Jahre. Ich sah, wie sie, berauscht und mit Appetit auf Rausch, harmlos und beflissen, Gottes Gebot zu erfüllen, wie Maikäfer in die Wälder ausschwärmten.

Spät in der Nacht noch standen sie in den dunklen Hausfluren, klebten sie an den Lippen und Schnurrbärten der Männer, kicherten und waren dankbar bis zur Demut für jedes gute Wort, das man ihnen in den Schoß warf. Schön waren die Nächte, in denen die Grillen und die Mädchen unermüdlich zirpten.

Und die Regentage auch.

Die Mädchen standen in den Fenstern und lasen in Büchern aus der Leihbücherei und aßen Butterbrot. Ein Regenschirm schwankte durch die Gasse und überdachte den zierlichen, dünnen Notariatsschreiber. Er sah aus wie eine aufrecht gehende Heuschrecke.

Strohhalme tänzelten, wirbelten, drehten sich kokett und schwammen ahnungslos dem Verderben der Kanalgitter zu. Ich lief nicht mehr, sie aufzuhalten. Immer dachte ich, daß ich es doch tun müßte. Der Regen, die Harmlosigkeit des Strohhalms, das Kanalgitter und ich gehörten zusammen. Vielleicht war auch noch der Notariatsschreiber dabei. Der Regentag war grau schraffiert, der Strohhalm ertrank, das Kanalgitter verschluckte ihn, der Notariatsschreiber stocherte schirmüberdacht durch die Gasse. Und ich hätte eigentlich laufen müssen, den Strohhalm retten. Jedes in der Welt hat seine Aufgabe.

Sehr früh am Morgen stand ich täglich auf. Anna schlief noch, und der Wirt und der zweite Gast. Die Stiefel der Hausbewohner standen, noch nicht gereinigt, ein Stück Gestern, vor den Türen. Im Hof pendelte der Pudel, gähnte und suchte nach vergessenen Knochen unter der Hoteldroschke, die, unbespannt, mit einer zwecklosen Deichsel, vor dem Schuppen wartete wie ein ausgegrabenes Gefährt. Jakob, der Kutscher, schnarchte im Schuppenbau, brünstig und stark; er schnarchte einen Hymnus auf Natur und Gesundheit. Es war gar nicht lächerlich, sein Schnarchen. Es klang selbstverständlich und machtvoll; ein Naturlaut, ein verhülltes Donnerrollen, ein Hirschröhren. Um fünf Uhr erhob sich ferne und wie aus übersinnlichen Welten heranschwellend das klagende Tuten der Dampfmühle und weckte Jakob, den Kutscher. Er mußte in den Kleidern geschlafen haben, denn er kam, gleichzeitig mit dem letzten, verzitterten Oberton der Mühlensirene, in seiner großkarierten Ärmelweste, in Hosen und bestiefelt, barhaupt, mit einem zerknitterten Pergamentgesicht, sprudelte aus trichtergeformtem Munde Wasser auf seine gekrümmten Handflächen und rieb sich Stirn und Augen. Dann ging er quer über den Hof ins Haus, schwer und mühevoll, als müßte er jedes Bein wie einen Baum mit Wurzeln aus der Erde ziehn.

An der ersten Straßenbiegung klinkte Käthe ihr Fenster auf und sah hinunter in die Stadt. Ich grüßte Käthe immer.

Ich hatte noch nie mit ihr gesprochen, ich hatte gar nichts mit ihr zu sprechen, ich grüßte sie nur, weil sie aus dem Fenster sah und weil die Welt so früh am Morgen noch nicht konventionell war, sondern einfach wie in den ersten Tagen ihrer Kindheit, ein paar Jahre nach der Erschaffung, als noch im ganzen zwanzig Menschen sie belebten und alle zwanzig freundlich und gut miteinander waren. Später, wenn ich heimkehrte, war's Mittag bereits, die Welt um alle Jahrtausende älter, und ich grüßte nicht mehr, weil es sich nicht schickte, in einer so fortgeschrittenen Welt ein Mädchen zu grüßen, mit dem man noch nie gesprochen.

Durch den Park knirschte ein rundbäuchiger Spritzwagen, Rasen und Beete berieselnd. Eine Amsel sprang mit Gassenbubengebärden neben dem Wagen her und schlug mit dem linken Flügel gegen die zerstäubenden Wassertropfen. Unsichtbar lärmte irgendwo oben ein ganzes, in die Ferien geschicktes Lerchenpensionat. Rund um die Bänke, die in der Mitte der Beete standen, war das Gras ein wenig müde und hergenommen von der nächtlichen Liebe der Menschen. Und mir entgegen schritt der lange Eisenbahnassistent durch den Park in den Dienst.

Den Eisenbahnassistenten haßte ich. Er war sommersprossig, unglaublich lang und gerade. Ich dachte, sooft ich ihn sah, an einen Brief an den Eisenbahnminister. Ich wollte vorschlagen, den häßlichen Eisenbahnassistenten als Telegraphenstange unterwegs irgendwo zwischen zwei kleinen Stationen zu verwenden. Nie hätte mir der Eisenbahnminister diesen Dienst erwiesen.

Ich wußte nicht, warum ich den Beamten so haßte. Er war außergewöhnlich groß gewachsen, aber ich hasse ja nicht grundsätzlich das Außergewöhnliche. Mir schien, daß der Eisenbahnassistent mit Absicht so hoch hinaufgeschossen sei, und das reizte mich auf. Mir schien, als hätte er seit seiner Jugend nichts anderes getan als wachsen und

Sommersprossen sammeln. Und außerdem hatte er rötliche Haare.

Auch trug er immer seine Uniform und eine rote Kappe. Er machte langsame und kleine Schritte, obwohl er mit seinen langen Beinen ganz gut rasch hätte gehen können. Aber er ging langsam und wuchs, wuchs, wuchs.

Ich weiß noch heute sehr wenig über den Eisenbahnbeamten. Aber ich hätte damals schon schwören können, daß er viele versteckte Gemeinheiten begangen habe.

Solch ein Eisenbahnassistent konnte zum Beispiel einen Zug, in dem sein persönlicher Feind saß, zu einem Zusammenstoß bringen und die Schuld geschickt auf den Zugführer schieben. Es war eigentlich gefährlich, mit der Eisenbahn zu fahren.

Solch ein Eisenbahnassistent, dachte ich, ist niemals imstande, einer Frau wegen auf seine rote Kappe zu verzichten. Wenn er liebte, so legte er bestimmt die Kappe mit der Öffnung nach oben sorgsam auf einen Stuhl. Er vergaß nicht, die Hose im Bug zusammenzufalten, und verstand gewiß nicht die Lust, einer Frau dankbar zu sein. Er konnte auch Frauen durch eine List überrumpeln. Und eifersüchtig war er auch.

Sooft ich ihn sah, dachte ich über einen Brief an alle Frauen der Welt: Frauen! Hütet Euch vor dem Eisenbahnassistenten!

Anna mochte den Eisenbahnassistenten auch nicht. Anna fragte: »Warum hasse ich ihn?«

Ich wußte nicht, wie ich Anna antworten sollte, und erzählte ihr die Geschichte von Abel, meinem Freund, und der Frau seines Lebens.

Abel, mein Freund, sehnte sich nach New York.

Abel war Maler, Karikaturist. Er hatte bereits karikiert, als er noch nicht einen Bleistift halten konnte. Er achtete die

Schönheit gering und liebte Krüppelei und Verzerrtheit. Er konnte keinen geraden Strich zustande bringen.

Abel achtete die Frauen gering. Männer lieben in einer Frau die Vollkommenheit, die sie zu sehen sich einbilden. Abel aber leugnete die Vollkommenheit.

Er selbst war häßlich, so daß ihn die Frauen liebhatten. Frauen vermuten Vollkommenheit oder Größe hinter männlicher Häßlichkeit.

Einmal gelang es ihm, nach New York zu fahren. Auf dem Schiff sah er zum erstenmal in seinem Leben eine schöne Frau.

Als er im Hafen landete, verschwand ihm die schöne Frau aus den Augen. Da kehrte er mit dem nächsten Schiff nach Europa zurück.

Anna konnte den Zusammenhang zwischen Abel, meinem Freund, und dem langen Eisenbahnassistenten nicht begreifen.

»Warum erzählst du mir von Abel?« fragte sie.

»Anna«, sagte ich, »alle Geschichten hängen zusammen. Weil sie einander ähnlich sind oder weil jede das Entgegengesetzte beweist. Zwischen dem langen Eisenbahnassistenten und meinem Freund Abel ist ein Unterschied. Ein sehr banaler Unterschied: Abel, mein Freund, geht zugrunde, aber der Eisenbahnassistent wird leben und Stationsvorstand werden. Abel, mein Freund, hat eine Sehnsucht. Nie wird der Eisenbahnassistent eine andere Sehnsucht haben als die, Stationsvorsteher zu werden. Abel, mein Freund, lief aus New York fort, weil er die Frau seines Lebens aus den Augen verloren hatte. Nie wird der Eisenbahnassistent einer Frau wegen aus New York fortlaufen.«

Ich war überzeugt, daß Anna nun den Zusammenhang verstehe. Anna aber umarmte mich und fragte: »Würdest du meinetwegen aus New York weglaufen?«

In dieser Nacht liebte ich Anna sehr, weil ich wußte, daß ich ihretwegen nie aus New York weglaufen würde. Ich fürchtete, es ihr zu sagen, und liebte sie dafür. Ich war feige und führte mich sehr männlich auf. Anna verstand mich aber und weinte. Jetzt sehe ich aus wie der Ingenieur, dachte ich.

Am Morgen schlief Anna, als ich fortging. Sie fühlte, daß ich aufgestanden war, und suchte, schlafend noch, mit schwachen Armen in der Leere herum.

Es regnete, deshalb ging ich ins Kaffeehaus.

Der Kellner trug einen zerknitterten Frack und eine schwere Juchtenledertasche an der rechten Hüfte. Er hieß Ignatz, und jeder nannte ihn so. Er hatte keinen anderen Namen. Nur ich sagte: Herr Ober!

Ignatz hatte Tag und Nacht Dienst. Er schlief auf zwei Stühlen im Kaffeehaus, und davon kam der zerknitterte Frack. Die Geldtasche schnallte er niemals ab. Er war an beiden Seiten etwas plattgedrückt, wie ein Fisch. Seine Arme hingen, wie bekleidete Rückenflossen, schlaff hinunter. Und außerdem hatte er große graugrüne Fischaugen und kalte, feuchte Hände. Er wischte sie immer an der Ledertasche ab. Ich mochte Ignatz nicht, denn er wollte kein Kellner sein. Er las alle Zeitungen und sprach mit den Gästen von Politik. Er wollte lieber Politiker sein.

Aber er blieb doch Kellner und war unzufrieden.

Er sah immer so aus, als gäbe er den Gästen die Schuld an seiner verpfuschten Karriere.

Er nahm Trinkgelder und dankte sehr kühl.

Einmal kam ich mit Anna ins Kaffeehaus, und Ignatz sagte: »Wie geht es, Fräulein Anna?« und wischte sich die rechte Hand an der Ledertasche ab, um Anna mit einer trockenen Hand zu begrüßen. »Wie geht's Ihnen, Ignatz?« fragte Anna und gab ihm die Hand.

Weil Ignatz die Hand zu lange behielt, sagte ich: »Herr Ober!« Da grüßte Ignatz und ging.

Im Kaffeehaus hing ein großer Wandkalender.

Jeden Morgen um acht Uhr kam der Postdirektor, ein alter Herr mit weißem Backenbart. Der Postdirektor ging sehr aufrecht und hatte überlange Hosen an und Sporen an den Stiefelabsätzen, vielleicht, um den Hosenrand zu schonen. Er hatte gewiß bei der Artillerie gedient.

Der Postdirektor hatte so unwahrscheinlich tiefblaue, gute Augen, daß ich glaubte, er hätte sie bei einem Optiker eigens für sich machen lassen. Auch sein Backenbart war so märchenhaft weiß. Der Postdirektor puderte seinen Backenbart vielleicht, jeden Morgen oder vor dem Schlafengehen.

Jeden Morgen riß der Herr Postdirektor einen Zettel vom Wandkalender im Kaffeehaus ab. Ignatz hätte das ganze Jahr den 1. Januar sein lassen. Aber der Postdirektor achtete darauf, daß jeder Tag seinen Namen und seine Nummer habe.

Ich liebte den Postdirektor.

Der Park, in dem die Liebe blühte, lag nicht in der Mitte, sondern am Ende der Stadt. Er lief hinaus in die Wiesenwege. Am Ausgang war ein Gasthaus, in dem ich Nachtmahl aß. Gegenüber war die Postdirektion. Die Post war ein neues Gebäude, in einem schneeweißen Kalkgewande; es trug ein Wappen an der Stirn und am doppelflügeligen, grünen Haustor ein rundes Posthorn. Die Post war das einzige Haus mit zwei Stockwerken in dem Städtchen.

Im zweiten Stockwerk wohnte der Herr Postdirektor.

Immer stand ein Fensterflügel offen im zweiten Stockwerk. Ich dachte: Dort, wo das Fenster offensteht, wohnt der Herr Postdirektor.

Er muß jedesmal in den Himmel sehn, damit seine Augen blau bleiben. Der Herr Postdirektor, dachte ich, ist ein kinderloser Herr, und er hat eine alte Frau mit weißem, gescheiteltem Haar. Sie sprechen nur am Abend miteinander, der Postdirektor und die Frau.

Immer saß ich im Gasthaus so, daß ich das offene Fenster sehen konnte. Vielleicht kommt einmal der Herr Postdirektor in den Himmel schaun – hoffte ich. Aber er kam selten. Eines Tages setzte sich ein wunderschönes Mädchen ans Fenster und sah in den Himmel.

Ich erschrak über die Schönheit und sah so plötzlich zum Fenster des Gasthauses hinaus und zu dem Mädchen empor, daß sie es fühlte und mich ansah. Weil ich verlegen wurde, grüßte ich. Sie grüßte auch. Nun kam sie täglich ans Fenster.

Ich pflanze meine Erlebnisse wie wildes Weinlaub und sehe zu, wie sie wachsen. Ich bin faul, und das Nichts ist meine Leidenschaft. Dennoch lebte ich seit der Stunde, in der ich das Mädchen am Fenster gesehen hatte, in einer steten Spannung, die ich nur noch aus meiner Knabenzeit kannte. Damals war ich noch Teil der Welt, Strohhalm im Strom des Geschehens, schwimmend und fortgerissen. Ich weinte über den Verlust einer Papiertüte, einer Nutzlosigkeit. Seitdem ich alt bin, weine ich nicht mehr und lache nicht. Niemand kann mir ein unmittelbares Leid zufügen. Über Schmerz und Freude bin ich hinausgewachsen.

Nun aber lebte ich Schmerz und Freude und sank tief in die Kleinigkeiten.

Das Mädchen sah jeden Tag zum Fenster hinaus, wenn ich vorbeiging. Jeden Tag grüßte ich. Am dritten Tag lächelte sie.

An ihrem Lächeln lernte ich, daß es nichts Geringfügiges gibt unter der Sonne. Ihr Lächeln am dritten Tag war ein großes Ereignis.

Ihr Gesicht war blaß und klein. Ihre schwarzen Augen blank, wie geputzt. Ihr Haar glatt und rückwärts gekämmt. Ihre Schultern schmal und furchtsam.

Auch wenn es regnete, sah sie zum Fenster hinaus, und das Fenster war offen. Ich saß im Wirtshaus, und die Fen-

sterscheibe war von der Regenkälte angelaufen. Ich mußte das Glas jedesmal blank wischen. Jedesmal lächelte das
Mädchen.

Einmal saßen zwei Männer an dem Tisch in der Fensterekke des Wirtshauses, und ich aß nicht, sondern ging hinaus
und wanderte vor dem Wirtshaus auf und ab und war lächerlich wie ein Nachtwächter. Ich hatte den Mantelkragen
hochgeschlagen und ging langsam, mit großen Schritten.
Von meinen Kleidern tropfte es. Die Leute standen im Haustor des Postgebäudes oder in der Einfahrt des Wirtshauses und warteten, bis der Regen aufhören würde. Wenn es
blitzte, fuhren sie ein bißchen zusammen und hörten auf zu
reden. Manchmal sahen sie mich an. Ein junges Weib vom
Lande, in Holzpantoffeln und mit aufreizend prallen Brüsten, die hinter der regenfeuchten Bluse fortwährend zitterten vor Kälte und Erregung, rückte einmal auf der Schwelle zur Seite, zupfte mich am Ärmel und wies auf den freien
Platz. Ich aber ging weiter, und oben lächelte das Mädchen.

Die Menschen sahen zum Fenster hinauf und lachten. Das
junge Weib lachte auch. Ich sah mich um, da waren sie alle
verlegen, vielleicht hielten sie mich für verrückt.

Von diesem Vorfall lebte ich eine ganze Woche lang. Ich
erzählte Anna von dem Mädchen, und Anna lachte mich
aus. »Warum lachst du?« sagte ich. »Ich liebe das Mädchen
am Fenster.«

»Warum gehst du nicht zu ihr hinauf?«

»Ich will's tun!«

»Nein, tu's nicht!« bat Anna. »Vielleicht liebst du sie
wirklich.«

Ich werde niemals vergessen, wie eines Tages der Postdirektor neben dem Mädchen am Fenster stand. Ich grüßte,
und der Postdirektor grüßte wieder. So selbstverständlich,
als wäre ich sein guter Freund.

Das Mädchen war seine Nichte, sagte mir Anna.

Ich beschloß, zum Postdirektor zu gehn.

Aber es dauerte zwei Wochen, und ich ging noch immer nicht. Ich wollte sagen: Verehrter Herr Postdirektor, Ihre Augen und Ihre Sporen und selbst Ihre überlange Hose habe ich gern. Dieses Mädchen liebe ich aber. Ich glaube, sie ist die Frau meines Lebens. Ich will sie nicht verlieren wie Abel, mein Freund.

Und dann würde ich die Geschichte von meinem Freund Abel erzählen.

Der Postdirektor würde lächeln und aufstehn, und seine Sporen würden leise klirren, so wie kaum erwachsene silberne Tschinellen, die erst ordentlich klingen lernen müssen.

Das Mädchen würde meine Geschichte verstehen und nicht fragen wie Anna.

Das Mädchen ist überhaupt ganz anders.

Ich wüßte auch, was ich dem Mädchen zu sagen hätte.

Ich fuhr in die große Stadt, um mir selbst Geld zu schikken, und schrieb meinen Namen verkehrt und nur den Anfangsbuchstaben meines Vornamens. Dann kam ich zurück und wartete auf das Geld.

Der Briefträger kam und war sehr aufgeregt, weil er das letzte Mal vor zwei Jahren Geld gebracht hatte. Das war schon lange her, und er wiederholte rasch die Vorschriften und verlangte meine Papiere. Er behielt die Kappe auf dem Kopf, während er im Zimmer stand, denn er war im Dienst.

Er wollte mir das Geld geben, aber ich sagte:

»Mein Name ist verkehrt geschrieben.«

»Das tut nichts«, sagte der Briefträger.

»Oh, doch!« sagte ich. »Tragen Sie das Geld zum Herrn Postdirektor, und fragen Sie ihn, ob Sie mir das Geld geben dürfen.«

Später saß ich zehn oder fünfzehn Minuten lang beim Herrn Postdirektor. Aber wir sprachen nur von meinem

Geld, und er sagte, daß er gar nicht zweifle; ich wäre der rechtmäßige Empfänger. In dieser Stadt hat noch nie jemand so oder ähnlich geheißen.

»Ja, es ist eine sehr ruhige kleine Stadt«, sagte der Herr Postdirektor, und er wollte mir eigentlich damit ein Kompliment machen. Es war, als sagte er: Wo denken Sie hin! Einen so schönen, lauten Namen wie Sie trägt keiner hier.

Seine Sporen klangen leise, wie kaum erwachsene Tschinellen, und alles war eigentlich so, wie ich es mir vorgestellt hatte. Nur von dem Mädchen am Fenster war nicht die Rede.

Als ich draußen stand, sah ich zum Fenster hinauf. Am Fenster stand der Herr Postdirektor. Ich grüßte ihn noch einmal, und er nickte. Ich glaubte, damals wäre der geeignete Augenblick gewesen, noch einmal hinaufzugehen und von dem Mädchen zu sprechen. Aber gerade die geeigneten Augenblicke auszunützen, bin ich niemals imstande.

Alles im Leben wird alt und abgenutzt: Worte und Situationen. Alle geeigneten Augenblicke sind schon dagewesen. Alle Worte sind schon gesprochen worden. Ich kann nicht Worte und Situationen wiederholen. Es ist, als trüge ich immerfort abgelegte Kleider.

Am Abend jenes Tages stand das Mädchen nicht am Fenster. Ich beschloß abzureisen.

Ich ging ins Hotel und packte meinen Koffer. Anna kam und fragte:

»Wie lange wirst du fortbleiben?«

Nie wäre es ihr eingefallen, daß ich für immer verreisen könnte.

»Zwei Tage!« sagte ich und fühlte nicht die Spur von Reue über diese Lüge. Was war eine Lüge Anna gegenüber? Das Mädchen am Fenster war nicht mehr da, und bei dem Postdirektor hatte ich den geeigneten Augenblick nicht ausgenützt.

»Warst du beim Postdirektor?« fragte Anna.

»Ja!« sagte ich. »Aber das Mädchen vom Fenster sah ich heut nicht mehr.«

»Sie wird krank sein!« sagte Anna.

»Krank? – Warum sagst du das?«

»Sie ist krank! Weißt du das nicht? Sie ist überhaupt krank! Schwindsüchtig und lahm. Deshalb geht sie auch niemals auf die Straße. Sie wird bald sterben!«

Anna sprach das alles sehr schnell. Ihre Worte schlugen Purzelbäume.

Dennoch hörte ich jede Silbe, scharf und trocken. Diese Silben gruben sich in mein Hirn wie harte Münzen in eine schmelzende Wachsplatte. Ich sah Anna, wie sie dastand, mit straff zurückgekämmtem Haar, blank, als wäre sie eben aus dem Wasser gestiegen. Anna wird nicht sterben! dachte ich.

Das Mädchen am Fenster wird sterben! wird sterben! wird sterben!

Nie werde ich mit ihr sprechen. Deshalb also hatte ich den geeigneten Augenblick nicht ausgenutzt. Nicht, weil ich geeignete Augenblicke nicht leide, sondern weil das Mädchen krank ist.

»Anna!« sagte ich: »Nun geh' ich für immer fort.«

»Weil sie krank ist?« lachte Anna.

»Ja!«

»Aber ich bin gesund!« sagte Anna.

In diesem Augenblick hatte sie das Gesicht einer Triumphierenden. Es war blaß und kalt.

»Ich gehe mit dir zur Bahn!« sagte Anna.

Anna ging mit mir zur Bahn.

Ein Zug kam an, und ich wollte gerade zum Fahrkartenschalter. Da kam der Reisende wieder und grüßte. Er hatte einen knarrenden Lederkoffer und roch nach Pomade.

Anna griff krampfhaft nach meinem Arm, und ich blieb stehen.

»Du, fahr nicht!« sagte Anna.

Sie glich nicht mehr einer Triumphierenden. Sie sah aus wie ein armes, verstörtes Tier, wie ein in die Enge getriebenes, umstelltes Eichhörnchen auf einem grausamen, baumlosen Acker.

Der Reisende trat auf mich zu, sagte: »Ergebenster!« und »Guten Abend!« und: »Sind wohl auch angekommen? Oder verreisen jetzt?«

»Nein!« sagte ich. »Soeben angekommen!« – und ging mit Anna in die Stadt zurück.

Ich schlief die ganze Nacht nicht, denn ich dachte an das sterbende Mädchen. Seitdem ich wußte, daß sie bald tot sein würde, fühlte ich mich sicher in meiner Macht über sie. Ich hielt sie fest, ich konnte ihre Hände greifen. Sie war in meinen Besitz übergegangen.

Ich dachte gar nicht daran, daß sie auch früher schon krank gewesen. Für mich war sie es eben erst geworden. Sie wird sterben, dachte ich, und es war mir wie einem, der weiß, daß man in einer Stunde kommen wird, um ihm einen Gegenstand zu pfänden, den er liebt.

Den ganzen nächsten Morgen schritt ich auf und ab vor dem Postgebäude. Der Herr Postdirektor kam jede Stunde einmal ans Fenster, sah mich und wunderte sich gewiß. Er ging um die Mittagszeit aus dem Hause, ich grüßte ihn, und er erwiderte und wunderte sich. Dann, um drei Uhr nachmittags, kam er zurück, und ich ging immer noch auf und ab vor dem Hause. Ich ging hin und zurück, bewußtlos wie ein Uhrpendel und getrieben von einem unbekannten Räderwerk.

Am Abend setzte ich mich ins Wirtshaus und sah hinaus: Das Fenster im Postgebäude ging auf, und sie kam.

Sie grüßte zuerst und etwas hastig, schien mir. Sie hatte

wahrscheinlich geglaubt, ich würde heute nicht mehr warten, weil sie gestern krank gewesen war. Ich sah nur kurz hinauf, und in meinen Augen lag eine lange Rede.

Wenn ich drei Tage ununterbrochen gesprochen hätte, ich hätte ihr gar nicht so viel sagen können.

Ich war ganz dumm und knabenhaft aufgeregt. Sie verstand, schien mir, was ich gesagt hatte. Dann klinkte sie das Fenster zu, als es stärker dunkelte, im Zimmer floß plötzlich helles Licht, und die Gardinen schlossen sich. An der weichen, hellen Gardinenfläche zeichnete sich der Schatten eines großen Mannes ab. Es war nicht der Herr Postdirektor, denn der Schatten des Postdirektors hätte einen Backenbart gehabt. Es war ein bartloser Mann. Vielleicht der Bruder.

Ich ging noch eine Stunde durch den Park. Die Menschen liebten sich immer noch auf den Bänken und Beeten. Ich begegnete mehreren Frauen, die mit losen Haaren und mit einer fremdartigen Ausgelassenheit verlorener und berauschter Menschen auf den Kieswegen, ziellos scheinbar, wanderten. Ihr Gang war so taumelnd und dennoch erregtlebendig. Sie nahmen sich aus wie Kreisel, die früher einmal von irgendeiner fremden Kraft in rastloses Rotieren versetzt worden waren und nun, da die Wirkung dieser unbekannten Macht erschöpft ist, immer noch im nachhaltenden Zauber des rotierenden Schwunges befangen, aber müde, ihre letzten flatternden Runden vollziehen und nach einem äußeren Stützpunkt oder dem eigenen Gleichgewicht vergeblich suchen.

Alle diese, dachte ich, sind gesund und werden nicht sterben.

Ich traf Anna in ihrem Zimmer, wie sie im Hemd am Bettrand saß und weinte. Sie hielt die Hände nicht nach der Art weinender Menschen vor das Angesicht. Es schien, daß ihr unermüdliches, mit Landregengleichmaß und stetig rinnendes Weinen nicht aus ihrer Seele kam, sondern wie von außen her; etwas Fremdes, Plötzliches, Überfallendes, gegen welches sich zu wehren nutzlos, das zu verhüllen ohne Zweck war.

In dieser Nacht liebte ich Anna wie zum ersten Male, mit der Zärtlichkeit und der Freude, mit der man einen ganz neuen Besitz umhüllt.

Am nächsten Morgen erlebte ich die letzte Geschichte dieses Städtchens.

Sehr früh saß der Reisende schon im Kaffeehaus und aß Kuchen. Er aß nicht mit der Hand, sondern umständlich mit Messer und Teelöffel, denn der Reisende war ein feiner Mann und wußte sich zu benehmen. Er aß sehr lange an seinem Kuchen. Dann stand er auf, ging zum Wandkalender und riß das Datum von gestern herunter, entschieden und so, als schüfe er das Heute, den neuen Tag, stolz und machterfüllt wie ein Gott. Mir bangte vor der Ankunft des Postdirektors.

Der Herr Postdirektor riß seit Jahrzehnten die alten Tage ab und entschleierte die neuen, behutsam und demütig, nicht wie ein Gott, sondern wie ein Diener Gottes. Heute würde er entsetzt nach dem Wandkalender sehen, irre werden in den Wochentagen und Daten und die Welt nicht mehr verstehen.

Deshalb hob ich den zerknitterten Zettel auf, glättete ihn und brachte ihn, so gut es ging, wieder am Wandkalender an.

Der Reisende sah mir zu und sagte: »Mein Herr, heute ist der 28. Mai!« Ich erschrak fast, so laut sagte er das Datum dieses Tages, und obwohl es eine sehr einfache Sache war und alle Welt es wissen mußte, schien mir, als hätte der Reisende ein scheues Geheimnis mit unverschämter Roheit ausgebrüllt.

Der 28. Mai!

In diesem Augenblick schlug die Turmuhr halb acht, der Herr Postdirektor trat ein, seine Sporen klirrten leise und übermütig, sie kicherten, und der Herr Postdirektor ging feierlich an den Wandkalender und enthüllte den neuen Tag. Erst jetzt war's der 28. Mai geworden!

Dieser 28. Mai wurde einer der wichtigsten Tage meines Lebens. Ich beschloß nämlich abzureisen.

Was hätte ich auch länger tun sollen in diesem Städtchen? Das Mädchen am Fenster mußte sterben, Anna tat mir weh, ihr Anblick schmerzte mich, und ich konnte ihr nicht helfen. Den Briefträger kannte ich schon auswendig, und das silberne Sporenklimpern des Herrn Postdirektor auch. Käthe, dachte ich, wird jeden Morgen um die gleiche Stunde ihr Fenster aufklinken, und es wird nichts dabei sein, wenn ich nicht mehr vorübergehend guten Morgen sage. Und es war schon der 28. Mai.

Am 28. Mai konnte ich unmöglich länger bleiben. Fast ohne daß ich es gesehen hätte, waren die Ähren auf den Feldern mannshoch und noch darüber gewachsen. Wenn ein halbes Dutzend aufeinanderstehender Hasen durch die Felder geschossen wäre, man hätte nicht einmal eine Ohrenspitze des letzten und obersten gesehen. Es war ein gesegnetes Jahr, und in den Obstgärten lag der Blütenschnee so dicht und hoch, daß man mit nackten Füßen hätte gehen können und die Gartenerde nur wie eine ferne Wirklichkeit fühlen.

Auch sah man es den Wolken bereits an, daß sie sich nicht mehr, von Jugend und Sorglosigkeit getrieben, auf dem Himmel herumlümmelten, sondern mit bedächtiger Beschwer dastanden oder ihre fruchtbaren, schwellenden Leiber wälzten, um einer Pflicht zu genügen. Am 28. Mai weiß man bereits, was man will.

Es ist, dachte ich, so lächerlich, daß ich hier Abend für Abend vor dem Fenster eines Mädchens wandere, das sterben wird und das ich niemals küssen kann. Ich bin nicht mehr jung, dachte ich. Jeder Tag ist eine Aufgabe, und jede meiner Stunden war eine Sünde am Leben.

Einmal träumte ich von einem großen Hafen. Ich hörte ein machtvolles Klirren von zwanzigtausend Schiffsketten und das Brüllen beschäftigter Matrosen. Ich sah, wie schwere Kräne sich hoben und senkten, glatt und selbstverständlich und ohne Mühe, als würden sie nicht von Menschen in Bewegung gesetzt, sondern als arbeiteten sie aus eigenem und nach göttlichem Willen. Es war nicht der Krampf des Eisens, sondern die leichte Gelenkigkeit natürlicher Kräfte.

Manchmal träumte ich von einer großen Stadt, es war vielleicht New York. Ich atmete das Rasseltempo ihres Lebens, ihre Straßen rannten groß, breit, unaufhaltsam, mit Menschen, Fahrzeugen, Pflastersteinen, Laternenpfählen, Litfaßsäulen, ich weiß nicht, wohin und wozu. Die Stadt stand nicht, sondern lief. Nichts stand. Große Fabriken qualmten aus riesigen Schornsteinen den Himmel an. In sekundenkurzen Pausen hielt ich die Augen geschlossen, um die Melodien dieses Lebens zu hören. Es war eine greuliche Musik; sie klang so wie die Melodie eines verrückt gewordenen, ungeheuren Leierkastens, dessen Walzen durcheinandergeraten waren. Diese Musik aber reizte auf. Es war nur häßlicher, nicht falscher Rhythmus. Eine Weile schrie ich im Rhythmus mit, dann erwachte ich.

Als ich wach war, wunderte ich mich, daß ich eigentlich nicht mehr Teil der Stadt war, sondern gänzlich losgelöst von ihr und lächerlicher Bewohner eines lächerlichen Städtchens. Was war ich denn eigentlich? Der Mann unterm Fenster. Freund, sagte ich zu mir, begrabe dieses Mädchen, das ohnehin nicht mehr lebt, und gib dich mit dem Leben ab. Wichtig ist das Leben. Es hätte vielleicht mehr Sinn (nach den gültigen Regeln menschlicher Vernunft hätte es mehr Sinn), zu dem Mädchen hinaufzugehen und tagsüber an ihrem Bett zu sitzen und des Abends mit ihr am Fenster und ihr ein bißchen von dem ungeheuren Chaosrasseln mitzubringen und dem vielen roten Blut, das durch die Adern der Welt floß.

Aber wichtiger ist das Leben.

Indem ich so grausam zu mir sprach, versuchte ich, den Schmerz zu begraben. Ich begrub ihn unter einem Wall von Grausamkeit.

Ich fuhr in der einzigen Droschke der Stadt, in der ich gekommen war, zurück. Anna hatte ich nichts gesagt.

Es war später Nachmittag. Die Sonne rann in goldenen, breiten Strömen. Der Bahnhof kauerte wie eine große, gelbe Katze in der Sonne. Die Schienenstränge liefen weit in die Welt, eisern umspannten sie die Erde.

Als ich im Zug saß und zum Fenster hinaussah, war ich bereits von der Stadt und von den letzten Wochen durch Grausamkeit, Freude, Kraft getrennt.

Mochte der Briefträger sich einen Rausch antrinken, der Postmeister mit seinen Tschinellen klirren, der Reisende nach Pomade duften. Der Kellner Ignatz feuchte Hände haben. Anna seine Geliebte werden.

Und das Mädchen am Fenster? …

Es kann sterben! sagte ich und schäme mich nicht zu gestehen, daß ich mich bei dieser Gelegenheit über meine Gesundheit freute.

Was war das für eine Krankheit, in der ich die letzten Wochen zugebracht hatte? Was war doch mein Freund Abel für ein sentimentaler Kerl? Nie, nie, nie würde ich aus New York wegfahren einer Frau wegen.

Ja, ich will gerade jetzt nach New York fahren. Amerika ist ein herrliches Land. Kein steinerner Bischof hat es gegründet.

Während ich so dachte, pfiff der Zug und tat einen Ruck.

In diesem Augenblick trat der lange Eisenbahnassistent mit der roten Kappe aus der Tür seiner Amtsstube auf den Perron. Die Tür war noch eine Weile offen.

Und hinter dem Eisenbahnassistenten kam ein wunderschönes Mädchen. Es war, es war das Mädchen vom Fenster.

»Bleib noch!« hörte ich den Eisenbahnassistenten zu ihr sagen. »Ich bin gleich fertig!«

Das Mädchen aber hörte ihn nicht. Es sah mich an. Wir sahen uns an. Sie stand aufrecht, im weißen Kleid, gesund und gar nicht lahm und auch gar nicht schwindsüchtig. Offenbar war sie die Braut des Eisenbahnbeamten oder seine Frau.

Während der Zug noch einmal anzog und leise zu rollen anfing, winkte ich und sah dem Mädchen in die Augen. Nur dieses Blickes wegen habe ich diese Geschichte geschrieben.

Im Kupee war mir, als hätte ich die Pflicht zu weinen. Ich aber lachte, sah, wie auf dem Felde ein Hirt seinen Hund schlug, ein Streckenwächter mit dem Signal strammstand, seine Frau Wäsche trocknete und ein kleiner Landwagen auf einem Feldweg torkelte.

»Das Leben ist sehr wichtig!« lachte ich. »Sehr wichtig!« und fuhr nach New York.

STATIONSCHEF FALLMERAYER

I

Das merkwürdige Schicksal des österreichischen Stationschefs Adam Fallmerayer verdient, ohne Zweifel, aufgezeich-
net und festgehalten zu werden. Er verlor sein Leben, das,
nebenbei gesagt, niemals ein glänzendes – und vielleicht
nicht einmal ein dauernd zufriedenes – geworden wäre, auf
eine verblüffende Weise. Nach allem, was Menschen von-
einander wissen können, wäre es unmöglich gewesen, Fallmerayer ein ungewöhnliches Geschick vorauszusagen. Dennoch erreichte es ihn, es ergriff ihn – und er selbst schien
sich ihm sogar mit einer gewissen Wollust auszuliefern.

Seit 1908 war er Stationschef. Er heiratete, kurz nachdem
er seinen Posten auf der Station L. an der Südbahn, kaum
zwei Stunden von Wien entfernt, angetreten hatte, die brave
und ein wenig beschränkte, nicht mehr ganz junge Tochter
eines Kanzleirats aus Brunn. Es war eine »Liebesehe« – wie
man es zu jener Zeit nannte, in der die sogenannten »Ver-
nunftehen« noch Sitte und Herkommen waren. Seine Eltern
waren tot. Fallmerayer folgte, als er heiratete, immerhin einem sehr maßvollen Zuge seines maßvollen Herzens, keineswegs dem Diktat seiner Vernunft. Er zeugte zwei Kinder –
Mädchen und Zwillinge. Er hatte einen Sohn erwartet. Es
lag in seiner Natur begründet, einen Sohn zu erwarten und
die gleichzeitige Ankunft zweier Mädchen als eine peinliche
Überraschung, wenn nicht als eine Bosheit Gottes anzuse-
hen. Da er aber materiell gesichert und pensionsberechtigt
war, gewöhnte er sich, kaum waren drei Monate seit der Geburt verflossen, an die Freigebigkeit der Natur, und er be-

gann, seine Kinder zu lieben. Zu lieben: das heißt: sie mit der überlieferten bürgerlichen Gewissenhaftigkeit eines Vaters und braven Beamten zu versorgen.

An einem Märztag des Jahres 1914 saß Adam Fallmerayer, wie gewöhnlich, in seinem Amtszimmer. Der Telegraphenapparat tickte unaufhörlich. Und draußen regnete es. Es war ein verfrühter Regen. Eine Woche vorher hatte man noch den Schnee von den Schienen schaufeln müssen, und die Züge waren mit erschrecklicher Verspätung angekommen und abgefahren. Eines Nachts auf einmal hatte der Regen angefangen. Der Schnee verschwand. Und gegenüber der kleinen Station, wo die unerreichbare, blendende Herrlichkeit des Alpenschnees die ewige Herrschaft des Winters versprochen zu haben schien, schwebte seit einigen Tagen ein unnennbarer, ein namenloser graublauer Dunst: Wolke, Himmel, Regen und Berge in einem. Es regnete, und die Luft war lau. Niemals hatte der Stationschef Fallmerayer einen so frühen Frühling erlebt. An seiner winzigen Station pflegten die Expreßzüge, die nach dem Süden fuhren, nach Meran, nach Triest, nach Italien, niemals zu halten. An Fallmerayer, der zweimal täglich, mit leuchtend roter Kappe grüßend, auf den Perron trat, rasten die Expreßzüge hemmungslos vorbei; sie degradierten beinahe den Stationschef zu einem Bahnwärter. Die Gesichter der Passagiere an den großen Fenstern verschwammen zu einem grauweißen Brei. Der Stationschef Fallmerayer hatte selten das Angesicht eines Passagiers sehen können, der nach dem Süden fuhr. Und der »Süden« war für den Stationschef mehr als lediglich eine geographische Bezeichnung. Der »Süden« war das Meer, ein Meer aus Sonne, Freiheit und Glück.

Eine Freikarte für die ganze Familie in der Ferienzeit gehörte gewißlich zu den Rechten eines höheren Beamten der Südbahn. Als die Zwillinge drei Jahre alt gewesen waren, hatte man mit ihnen eine Reise nach Bozen gemacht. Man fuhr mit dem Personenzug eine Stunde bis zu der Station, in der die hochmütigen Expreßzüge hielten, stieg ein, stieg aus – und war noch lange nicht im Süden. Vier Wochen dauerte der Urlaub. Man sah die reichen Menschen der ganzen Welt – und es war, als seien diejenigen, die man gerade sah, zufällig auch die reichsten. Einen Urlaub hatten sie nicht. Ihr ganzes Leben war ein einziger Urlaub. So weit man sah – weit und breit –, hatten die reichsten Leute der Welt auch keine Zwillinge; besonders nicht Mädchen. Und überhaupt: Die reichen Leute waren es erst, die den Süden nach dem Süden brachten. Ein Beamter der Südbahn lebte ständig mitten im Norden.

Man fuhr also zurück und begann seinen Dienst von neuem. Der Morseapparat tickte unaufhörlich. Und der Regen regnete.

Fallmerayer sah von seinem Schreibtisch auf. Es war fünf Uhr nachmittags. Obwohl die Sonne noch nicht untergegangen war, dämmerte es bereits, vom Regen kam es. Auf den gläsernen Vorsprung des Perrondachs trommelte der Regen ebenso unaufhörlich, wie der Telegraphenapparat zu ticken pflegte – und es war eine gemütliche, unaufhörliche Zwiesprache der Technik mit der Natur. Die großen, bläulichen Quadersteine unter dem Glasdach des Perrons waren trokken. Die Schienen aber – und zwischen den Schienenpaaren die winzigen Kieselsteine – funkelten trotz der Dunkelheit im nassen Zauber des Regens.

Obwohl der Stationschef Fallmerayer keine phantasiebegabte Natur war, schien es ihm dennoch, daß dieser Tag ein ganz besonderer Schicksalstag sei, und er begann, wie er so zum Fenster hinausblickte, wahrhaftig zu zittern. In sechsunddreißig Minuten erwartete er den Schnellzug nach Meran. In sechsunddreißig Minuten – so schien es Fallmerayer – würde die Nacht vollkommen sein – eine fürchterliche

Nacht. Über seiner Kanzlei, im ersten Stock, tobten die Zwillinge wie gewöhnlich; er hörte ihre trippelnden, kindlichen und dennoch ein wenig brutalen Schritte. Er machte das Fenster auf. Es war nicht mehr kalt. Der Frühling kam über die Berge gezogen. Man hörte die Pfiffe rangierender Lokomotiven wie jeden Tag und die Rufe der Eisenbahnarbeiter und den dumpf scheppernden Anschlag der verkoppelten Waggons. Dennoch hatten heute die Lokomotiven einen besonderen Pfiff – so war es Fallmerayer. Er war ein ganz gewöhnlicher Mensch. Und nichts schien ihm sonderbarer, als daß er an diesem Tage in all den gewohnten, keineswegs überraschenden Geräuschen die unheimliche Stimme eines ungewöhnlichen Schicksals zu vernehmen glaubte. In der Tat aber ereignete sich an diesem Tage die unheimliche Katastrophe, deren Folgen das Leben Adam Fallmerayers vollständig verändern sollten.

II

Der Expreßzug hatte schon von B. aus eine geringe Verspätung angekündigt. Zwei Minuten, bevor er auf der Station L. einlaufen sollte, stieß er infolge einer falsch gestellten Weiche auf einen wartenden Lastzug. Die Katastrophe war da.

Mit eilig ergriffener und völlig zweckloser Laterne, die irgendwo auf dem Bahnsteig gestanden hatte, lief der Stationschef Fallmerayer die Schienen entlang dem Schauplatz des Unglücks entgegen. Er hatte das Bedürfnis gefühlt, irgendeinen Gegenstand zu ergreifen. Es schien ihm unmöglich, mit leeren, gewissermaßen unbewaffneten Händen dem Unheil entgegenzurennen. Er rannte zehn Minuten, ohne Mantel, die ständigen Peitschenhiebe des Regens auf Nakken und Schultern.

Als er an der Unglücksstelle ankam, hatte man die Bergung der Toten, der Verwundeten, der Eingeklemmten bereits begonnen. Es fing an, heftiger zu dunkeln, so, als beeilte sich die Nacht selber, zum ersten Schrecken zurechtzukommen und ihn zu vergrößern. Die Feuerwehr aus dem Städtchen kam mit Fackeln, die mit Geprassel und Geknister dem Regen mühsam standhielten. Dreizehn Waggons lagen zertrümmert auf den Schienen. Den Lokomotivführer wie den Heizer – sie waren beide tot – hatte man bereits fortgeschafft. Eisenbahner und Feuerwehrmänner und Passagiere arbeiteten mit wahllos aufgelesenen Werkzeugen an den Trümmern. Die Verwundeten schrien jämmerlich, der Regen rauschte, die Fackelfeuer knisterten. Den Stationschef fröstelte im Regen. Seine Zähne klapperten. Er hatte die Empfindung, daß er etwas tun müsse wie die andern, und gleichzeitig Angst, man würde es ihm verwehren zu helfen, weil er selbst das Unheil verschuldet haben könnte. Dem und jenem unter den Eisenbahnern, die ihn erkannten und im Eifer der Arbeit flüchtig grüßten, versuchte Fallmerayer mit tonloser Stimme irgend etwas zu sagen, was ebensogut ein Befehl wie eine Bitte um Verzeihung hätte sein können. Aber niemand hörte ihn. So überflüssig in der Welt war er sich noch niemals vorgekommen. Und schon begann er zu beklagen, daß er sich nicht selbst unter den Opfern befinde, als sein ziellos umherirrender Blick auf eine Frau fiel, die man soeben auf eine Tragbahre gelegt hatte. Da lag sie nun, von den Helfern verlassen, von denen sie gerettet worden war, die großen, dunklen Augen auf die Fackeln in ihrer nächsten Nähe gerichtet, mit einem silbergrauen Pelz bis zu den Hüften zugedeckt und offenbar nicht imstande, sich zu rühren. Auf ihr großes, blasses und breites Angesicht fiel der unermüdliche Regen, und das schwankende Feuer der Fackeln zuckte darüber hin. Das Angesicht selbst leuchtete, ein nasses silbernes Angesicht, im zauberhaften Wechsel von Flamme und Schatten. Die langen weißen Hände lagen über dem Pelz, regungslos auch sie, zwei wunderbare Leichen. Es schien dem Stationsvorsteher, daß diese Frau auf der Bahre auf einer großen weißen Insel aus Stille ruhe, mitten in einem betäubenden Meer von Lärm und Geräusch, und daß sie sogar Stille verbreite. In der Tat war es, als ob all die hurtigen und geschäftigen Menschen einen Bogen um die Bahre machen wollten, auf der die Frau ruhte. War sie schon gestorben? Brauchte man sich nicht mehr um sie zu kümmern? Der Stationschef Fallmerayer näherte sich langsam der Bahre.

Die Frau lebte noch. Unverletzt war sie geblieben. Als Fallmerayer sich zu ihr niederbeugte, sagte sie, ohne seine Frage abzuwarten – ja sogar wie in einer gewissen Angst vor seinen Fragen –, ihr fehle nichts, sie glaube, sie könne aufstehn. Sie habe höchstens lediglich den Verlust ihres Gepäcks zu beklagen. Sie könne sich bestimmt erheben. Und sie machte sofort Anstalten aufzustehn. Fallmerayer half ihr. Er nahm den Pelz mit der Linken, umfaßte die Schulter der Frau mit der Rechten, wartete, bis sie sich erhob, legte den Pelz um ihre Schultern, hierauf den Arm um den Pelz, und so gingen sie beide, ohne ein Wort, ein paar Schritte über Schienen und Geröll in das nahe Häuschen eines Weichenwärters, die wenigen Stufen hinauf, in die trockene, lichtvolle Wärme.

»Hier bleiben Sie ein paar Minuten ruhig sitzen«, sagte Fallmerayer.

»Ich habe draußen zu tun. Ich komme gleich wieder.«

Im selben Augenblick wußte er, daß er log, und er log wahrscheinlich zum erstenmal in seinem Leben. Dennoch war ihm die Lüge selbstverständlich. Und obwohl er in dieser Stunde nichts sehnlicher gewünscht hätte, als bei der Frau zu bleiben, wäre es ihm doch fürchterlich gewesen, in ihren Augen als ein Nutzloser zu erscheinen, der nichts anderes zu tun hatte, während draußen tausend Hände halfen und retteten. Er begab sich also eilig hinaus – und fand, zu seinem eigenen Erstaunen, jetzt den Mut und die Kraft, zu helfen, zu retten, hier einen Befehl zu erteilen und dort einen Rat, und obwohl er die ganze Zeit, während er half, rettete und schaffte, an die Frau im Häuschen denken mußte und obwohl die Vorstellung, er könnte sie später nicht wiedersehn, grausam war und grauenhaft, blieb er dennoch tätig auf dem Schauplatz der Katastrophe, aus Angst, er könnte viel zu früh zurückkehren und also seine Nutzlosigkeit vor der Fremden beweisen. Und als verfolgten ihn ihre Blicke und feuerten ihn an, gewann er sehr schnell Vertrauen zu seinem Wort und zu seiner Vernunft, und er erwies sich als flinker, kluger und mutiger Helfer.

Also arbeitete er zwei Stunden etwa, ständig denkend an die wartende Fremde. Nachdem Arzt und Sanitäter den Verletzten die notwendige Hilfe geleistet hatten, machte sich Fallmerayer daran, in das Häuschen des Weichenstellers zurückzukehren. Dem Doktor, den er kannte, sagte er hastig, drüben sei noch ein Opfer der Katastrophe. Nicht ganz ohne Selbstbewußtsein betrachtete er seine zerschürften Hände und seine beschmutzte Uniform. Er führte den Arzt in die Stube des Weichenwärters und begrüßte die Fremde, die sich nicht von ihrem Platz gerührt zu haben schien, mit dem fröhlich-selbstverständlichen Lächeln, mit dem man längst Vertrauten wiederzubegegnen pflegt.

»Untersuchen Sie die Dame!« sagte er zum Arzt. Und er selbst wandte sich zur Tür.

Er wartete ein paar Minuten draußen. Der Arzt kam und sagte: »Ein kleiner Schock, nichts weiter. Am besten, sie bleibt hier. Haben Sie Platz in Ihrer Wohnung?«

»Gewiß, gewiß!« antwortete Fallmerayer. Und gemeinsam führten sie die Fremde in die Station, die Treppe hinauf, in die Wohnung des Stationschefs.

»In drei, vier Tagen ist sie völlig gesund«, sagte der Arzt.

In diesem Augenblick wünschte Fallmerayer, es möchten viel mehr Tage vergehen.

III

Der Fremden überließ Fallmerayer sein Zimmer und sein Bett. Die Frau des Stationsvorstehers handelte geschäftig zwischen der Kranken und den Kindern. Zweimal täglich kam Fallmerayer selbst. Die Zwillinge wurden zu strenger Ruhe angehalten.

Einen Tag später waren die Spuren des Unglücks beseitigt, die übliche Untersuchung eingeleitet, Fallmerayer vernommen, der schuldige Weichensteller vom Dienst entfernt. Zweimal täglich rasten die Expreßzüge wie bisher am grüßenden Stationschef vorbei.

Am Abend nach der Katastrophe erfuhr Fallmerayer den Namen der Fremden: Es war eine Gräfin Walewska, Russin, aus der Umgebung von Kiew, auf der Fahrt von Wien nach Meran begriffen. Ein Teil ihres Gepäcks fand sich und wurde ihr zugestellt: braune und schwarze lederne Koffer. Sie rochen nach Juchten und unbekanntem Parfüm. So roch es nun in der ganzen Wohnung Fallmerayers.

Er schlief jetzt – da man sein Bett der Fremden gegeben hatte – nicht in seinem Schlafzimmer, neben Frau Fallmerayer, sondern unten, in seinem Dienstzimmer. Das heißt: Er schlief überhaupt nicht. Er lag wach. Am Morgen gegen neun Uhr betrat er das Zimmer, in dem die fremde Frau lag. Er fragte, ob sie gut geschlafen und gefrühstückt habe, ob sie sich wohl fühle. Ging mit frischen Veilchen zu der Vase auf der Konsole, wo die alten gestern gestanden hatten, entfernte die alten Blumen, setzte die neuen in frisches Wasser und blieb dann am Fußende des Bettes stehen. Vor ihm lag die fremde Frau, auf seinem Kissen, unter seiner Dekke. Er murmelte etwas Undeutliches. Mit großen, dunklen Augen, einem weißen, starken Angesicht, das weit war wie eine fremde und süße Landschaft, auf den Kissen, unter der Decke des Stationsvorstehers, lag die fremde Frau. »Setzen Sie sich doch«, sagte sie, jeden Tag zweimal. Sie sprach das harte und fremde Deutsch einer Russin, eine tiefe, fremde Stimme. Alle Pracht der Weite und des Unbekannten war in ihrer Kehle.

Fallmerayer setzte sich nicht. »Entschuldigen schon, ich hab' viel zu tun«, sagte er, machte kehrt und entfernte sich.

Sechs Tage ging es so. Am siebenten riet der Doktor der Fremden weiterzufahren. Ihr Mann erwartete sie in Meran. Sie fuhr also und hinterließ in allen Zimmern und besonders im Bett Fallmerayers einen unauslöschbaren Duft von Juchten und einem namenlosen Parfüm.

IV

Dieser merkwürdige Duft blieb im Hause, im Gedächtnis, ja, man könnte sagen, im Herzen Fallmerayers viel länger haften als die Katastrophe. Und während der folgenden Wochen, in denen die langwierigen Untersuchungen über genauere Ursachen und detaillierten Hergang des Unglücks ihren vorschriftsmäßigen Verlauf nahmen und Fallmerayer ein paarmal einvernommen wurde, hörte er nicht auf, an die fremde Frau zu denken, und wie betäubt von dem Geruch, den sie rings um ihn und in ihm hinterlassen hatte, gab er beinahe verworrene Auskünfte auf präzise Fragen. Wäre sein Dienst nicht verhältnismäßig einfach gewesen und er seit Jahren nicht bereits selbst zu einem fast mechanischen Bestandteil des Dienstes geworden, er hätte ihn nicht mehr guten Gewissens versehen können. Im stillen hoffte er von einer Post zur andern auf eine Nachricht der Fremden. Er zweifelte nicht daran, daß sie noch einmal schreiben würde, wie es sich schickte, um für die Gastfreundschaft zu danken. Und eines Tages traf wirklich ein großer, dunkelblauer Brief aus Italien ein. Die Walewska schrieb, daß sie mit ihrem Mann weiter südwärts gefahren sei. Augenblicklich befände sie sich in Rom. Nach Sizilien wollten sie und ihr Mann fahren. Für die Zwillinge Fallmerayers kam einen Tag später ein niedlicher Korb mit Früchten und vom Mann der Gräfin Walewska für die Frau des Stationschefs ein Paket sehr zarter und duftender blasser Rosen. Es hätte lange gedauert, schrieb die Gräfin, ehe sie Zeit gefunden habe, ihren gütigen Wirten zu danken, aber sie sei auch eine längere Zeit nach ihrer Ankunft in Meran erschüttert und der Erholung bedürftig gewesen. Die Früchte und die Blumen brachte Fallmerayer sofort in seine Wohnung. Den Brief aber, obwohl er einen Tag früher gekommen war, behielt der Stationschef noch etwas länger. Sehr stark dufteten Früchte und Rosen aus dem Süden, aber Fallmerayer war es, als röche der Brief der Gräfin noch kräftiger. Es war ein kurzer Brief. Fallmerayer kannte ihn auswendig. Er wußte genau, welche Stelle jedes Wort einnahm. Mit lila Tinte, in großen, fliegenden Zügen geschrieben, nahmen sich die Buchstaben aus wie eine schöne Schar fremder, seltsam gefiederter, schlanker Vögel, dahinschwebend auf tiefblauem Himmelsgrund. »Anja Walewska« lautete die Unterschrift. Auf den Vornamen der Fremden, nach dem er sie zu fragen niemals gewagt hatte, war er längst begierig gewesen, als wäre ihr Vorname einer ihrer verborgenen körperlichen Reize. Nun, da er ihn kannte, war es ihm eine Weile, als hätte sie ihm ein süßes Geheimnis geschenkt. Und aus Eifersucht, um es für sich allein zu bewahren, entschloß er sich, erst zwei Tage später den Brief seiner Frau zu zeigen. Seitdem er den Vornamen der Walewska wußte, kam es ihm zu Bewußtsein, daß der seiner Frau – sie hieß Klara – nicht schön war. Als er nun sah, mit welch gleichgültigen Händen Frau Klara den Brief der Fremden entfaltete, kamen ihm auch die fremden Hände der Schreiberin in Erinnerung – so, wie er sie zum erstenmal erblickt hatte, über dem Pelz, regungslose Hände, zwei schimmernde silberne Hände. Damals hätte ich sie küssen sollen – dachte er einen Augenblick. »Ein sehr netter Brief«, sagte seine Frau und legte den Brief weg. Ihre Augen waren stahlblau und pflichtbewußt, nicht einmal bekümmert. Frau Klara Fallmerayer besaß die Fähigkeit, sogar Sorgen als Pflichten zu werten und im Kummer eine Genugtuung zu finden. Das glaubte Fallmerayer – dem derlei Überlegungen oder Einfälle immer fremd gewesen waren – auf einmal zu erkennen. Und er schützte heute nacht eine dringende dienstliche Obliegenheit vor, mied das gemeinsame Zimmer und legte sich unten im Dienstraum schlafen und versuchte sich einzureden, oben, über ihm, in seinem Bett, schliefe noch immer die Fremde.

Die Tage vergingen, die Monate. Aus Sizilien flogen noch zwei bunte Ansichtskarten heran, mit flüchtigen Grüßen. Der Sommer kam, ein heißer Sommer. Als die Zeit des Urlaubs herannahte, beschloß Fallmerayer, nirgends hinzufahren. Frau und Kinder schickte er in eine Sommerfrische nach Österreich. Er blieb und versah seinen Dienst weiter. Zum erstenmal seit seiner Verheiratung war er von seiner Frau getrennt. Im stillen hatte er sich zuviel von dieser Einsamkeit versprochen. Erst als er allein geblieben war, begann er zu merken, daß er keineswegs allein hatte sein wollen. Er kramte in allen Fächern; er suchte nach dem Brief der fremden Frau. Aber er fand ihn nicht mehr. Frau Fallmerayer hatte ihn vielleicht längst vernichtet.

Frau und Kinder kamen zurück, der Juli ging zu Ende.

Da war die allgemeine Mobilisierung da.

V

Fallmerayer war Fähnrich in der Reserve im Einundzwan-
zigsten Jägerbataillon. Da er einen verhältnismäßig wich-
tigen Posten versah, wäre es ihm, wie mehreren seiner Kollegen, möglich gewesen, noch eine Weile im Hinterland zu
bleiben. Allein Fallmerayer legte seine Uniform an, packte seinen Koffer, umarmte seine Kinder, küßte seine Frau
und fuhr zu seinem Kader. Dem Bahnassistenten übergab er
den Dienst. Frau Fallmerayer weinte, die Zwillinge jubelten,
weil sie ihren Vater in einer ungewohnten Kleidung sahen.
Frau Fallmerayer verfehlte nicht, stolz auf ihren Mann zu
sein – aber erst in der Stunde der Abfahrt. Sie unterdrückte
die Tränen. Ihre blauen Augen waren erfüllt von bitterem
Pflichtbewußtsein.

Was den Stationschef selbst betraf, so empfand er erst, als
er mit einigen Kameraden in einem Abteil geblieben war, die
grausame Entschiedenheit dieser Stunden. Dennoch glaubte er zu fühlen, daß er sich durch eine ganz unbestimm-
te Heiterkeit von all den in seinem Abteil anwesenden Of-
fizieren unterschied. Es waren Reserveoffiziere. Jeder von
ihnen hatte ein geliebtes Haus verlassen. Und jeder von ihnen war in dieser Stunde begeisterter Soldat. Jeder zugleich
auch ein trostloser Vater, ein trostloser Sohn. Fallmerayer allein schien es, daß ihn der Krieg aus einer aussichtslosen
Lage befreit hatte. Seine Zwillinge kamen ihm gewiß be-
dauernswert vor. Auch seine Frau. Gewiß, auch seine Frau.
Während aber die Kameraden, begannen sie von der Heimat
zu sprechen, alle zärtliche Herzlichkeit, derer sie fähig sein
mochten, in Mienen und Gebärden offenbarten, war es Fallmerayer, als müßte er, um es ihnen gleichzutun, sobald er
von den Seinen zu erzählen begann, wenn auch keine lüg-
nerische, so doch eine übertriebene Bangigkeit in Blick und
Stimme legen. Und eigentlich hatte er eher Lust, mit den

Kameraden von der Gräfin Walewska zu sprechen als von seinem Haus. Er zwang sich zu schweigen. Und es kam ihm vor, daß er doppelt log: einmal, weil er verschwieg, was ihn im Innersten bewegte, und zweitens, weil er hie und da von seiner Frau und seinen Kindern erzählte – von denen er in dieser Stunde viel weiter entfernt war als von der Gräfin Walewska, der Frau eines feindlichen Landes. Er begann, sich ein wenig zu verachten.

VI

Er rückte ein. Er ging ins Feld. Er kämpfte. Er war ein tapferer Soldat. Er schrieb die üblichen herzlichen Feldpostbriefe nach Hause. Er wurde ausgezeichnet, zum Leutnant ernannt. Er wurde verwundet. Er kam ins Lazarett. Er hatte Anspruch auf Urlaub. Er verzichtete und ging wieder ins Feld. Er kämpfte im Osten. In freien Stunden, zwischen Gefecht, Inspizierung, Sturmangriff, begann er, aus zufällig gefundenen Büchern Russisch zu lernen. Beinahe mit Wollust. Mitten im Gestank des Gases, im Geruch des Bluts, im Regen, im Sumpf, im Schlamm, im Schweiß der Lebendigen, im Dunst der faulenden Kadaver verfolgte Fallmerayer der fremde Duft von Juchten und das namenlose Parfüm der Frau, die einmal in seinem Bett, auf seinem Kissen, unter seiner Decke gelegen hatte. Er lernte die Muttersprache dieser Frau und stellte sich vor, er spräche mit ihr, in ihrer Sprache. Zärtlichkeiten lernte er, Verschwiegenheiten, kostbare russische Zärtlichkeiten. Er sprach mit ihr. Durch einen ganzen großen Weltkrieg war er von ihr getrennt, und er sprach mit ihr. Mit kriegsgefangenen Russen unterhielt er sich. Mit hundertfach geschärftem Ohr vernahm er die zartesten Tönungen, und mit geläufiger Zunge sprach er sie nach. Mit jedem neuen Klang der fremden Sprache, den er lernte, kam er der fremden Frau näher. Nichts mehr wußte er von ihr, als was er zuletzt von ihr gesehn hatte: flüchtigen Gruß und flüchtige Unterschrift auf einer banalen Ansichtskarte. Aber für ihn lebte sie; auf ihn wartete sie; bald sollte er mit ihr sprechen.

Er kam, weil er Russisch konnte, als sein Bataillon an die Südfront abkommandiert wurde, zu einem der Regimenter, die eine kurze Zeit später in die sogenannte Okkupationsarmee eingereiht wurden. Fallmerayer wurde zuerst als Dolmetscher zum Divisionskommando versetzt, hierauf zur »Kundschafter- und Nachrichtenstelle«. Er gelangte schließlich in die Nähe von Kiew.

VII

Den Namen Solowienki hatte er wohl behalten. Mehr als behalten: Vertraut und heimisch war ihm dieser Name geworden.

Ein leichtes war es, den Namen des Gutes herauszufinden, das der Familie Walewski gehörte. Solowki hieß es und lag drei Werst südlich von Kiew. Fallmerayer geriet in süße, beklemmende und schmerzliche Erregung. Er hatte das Gefühl einer unendlichen Dankbarkeit gegen das Schicksal, das ihn in den Krieg und hierhergeführt hatte, und zugleich eine namenlose Angst vor allem, was es ihm jetzt erst zu bereiten begann. Krieg, Sturmangriff, Verwundung, Todesnähe: Es waren ganz blasse Ereignisse, verglichen mit jenem, das ihm nun bevorstand. Lediglich eine – wer weiß: vielleicht unzulängliche – Vorbereitung für die Begegnung mit der Frau war alles gewesen. War er wirklich für alle Fälle gerüstet? War sie überhaupt in ihrem Hause? Hatte sie nicht der Einmarsch der feindlichen Armee in gesichertere Gegenden getrieben? Und wenn sie zu Hause lebte, war ihr Mann mit ihr? Man mußte auf alle Fälle hingehn und sehn.

Fallmerayer ließ einspannen und fuhr los.

Es war ein ziemlich früher Morgen im Mai. Man fuhr im leichten, zweirädrigen Wägelchen an blühenden Wiesen vorbei, auf gewundener, sandiger Landstraße, durch eine fast unbewohnte Gegend. Soldaten marschierten klappernd und rasselnd dahin, zu den üblichen Exerzierübungen. Im lichten und hohen blauen Gewölbe des Himmels verborgen, trillerten die Lerchen. Dichte, dunkle Flecken kleiner Tannenwäldchen wechselten ab mit dem hellen, fröhlichen Silber der Birken. Und der Morgenwind brachte aus weiter Ferne abgebrochenen Gesang der Soldaten aus entlegenen Baracken. Fallmerayer dachte an seine Kindheit, an die Natur seiner Heimat. Nicht weit von der Station, an der er bis zum Kriege Dienst getan hatte, war er geboren worden und aufgewachsen. Auch sein Vater war Bahnbeamter gewesen, niederer Bahnbeamter, Magazineur. Die ganze Kindheit Fallmerayers war, wie sein späteres Leben, erfüllt gewesen von den Geräuschen und Gerüchen der Eisenbahn wie von denen der Natur. Die Lokomotiven pfiffen und hielten Zwiesprache mit dem Jubel der Vögel. Der schwere Dunst der Steinkohle lagerte über dem Duft der blühenden Felder. Der graue Rauch der Bahnen verschwamm mit dem blauen Gewölk über den Bergen zu einem einzigen Nebel aus süßer Wehmut und Sehnsucht. Wie anders war diese Welt hier, heiter und traurig in einem, keine heimliche Güte mehr auf mildem, sanftem Abhang, spärlicher Flieder hier, keine vollen Dolden mehr hinter sauber gestrichenen Zäunen. Niedere Hütten mit breiten, tiefen Dächern aus Stroh wie Kapuzen, winzige Dörfer, verloren in der Weite und sogar in dieser übersichtlichen Fläche doch gleichsam verborgen. Wie verschieden waren die Länder! Waren es auch die menschlichen Herzen? Wird sie mich auch begreifen? – fragte sich Fallmerayer. Wird sie mich auch begreifen? – Und je näher er dem Gute der Walewskis kam, desto heftiger loderte die Frage in seinem Herzen. Je näher er kam, desto sicherer schien es ihm auch, daß die Frau zu Hause war. Bald zweifelte er gar nicht mehr daran, daß ihn noch Minuten nur von ihr trennten. Ja, sie war zu Hause.

Gleich am Anfang der schütteren Birkenallee, die den sachten Aufstieg zum Herrenhaus ankündigte, sprang Fallmerayer aus dem Wagen. Zu Fuß legte er den Weg zurück, damit es noch ein wenig länger dauere. Ein alter Gärtner fragte nach seinen Wünschen. Er möchte die Gräfin sehen, sagte Fallmerayer. Er wolle es ausrichten, meinte der Mann, entfernte sich langsam und kam bald wieder. Ja, die Frau Gräfin war da und erwartete den Besuch.

Die Walewska erkannte Fallmerayer selbstverständlich nicht. Sie hielt ihn für einen der vielen militärischen Besucher, die sie in der letzten Zeit hatte empfangen müssen. Sie bat ihn, sich zu setzen. Ihre Stimme, tief, dunkel, fremd, erschreckte ihn und war ihm wohlvertraut zugleich, ein heimischer Schauder, ein wohlbekannter, liebevoll begrüßter, seit undenklichen Jahren sehnsüchtig erwarteter Schrekken. »Ich heiße Fallmerayer!« sagte der Offizier. – Sie hatte natürlich den Namen vergessen. »Sie erinnern sich«, begann er wieder, »ich bin der Stationschef von L.« Sie trat näher zu ihm, faßte seine Hände, er roch ihn wieder, den Duft, der ihn undenkliche Jahre verfolgt, umgeben, gehegt, geschmerzt und getröstet hatte. Ihre Hände lagen einen Augenblick auf den seinen.

»Oh, erzählen Sie, erzählen Sie!« rief die Walewska. Er erzählte kurz, wie es ihm ging. »Und Ihre Frau, Ihre Kinder?« fragte die Gräfin. »Ich habe sie nicht mehr gesehen!« sagte Fallmerayer. »Ich habe nie Urlaub genommen.«

Hierauf entstand eine kleine Stille. Sie sahen sich an. In dem breiten und niederen, weiß getünchten und fast kahlen Zimmer lag die Sonne des jungen Vormittags golden und satt. Fliegen summten an den Fenstern. Fallmerayer sah still auf das breite weiße Gesicht der Gräfin. Vielleicht verstand sie ihn. Sie erhob sich, um eine Gardine vor das mittlere der drei Fenster zu ziehen. »Zu hell?« fragte sie. »Lieber dunkel!« antwortete Fallmerayer. Sie kam an das Tischchen zurück, rührte ein Glöckchen, der alte Diener kam; sie bestellte Tee. Die Stille zwischen ihnen wich nicht: Sie wuchs im Gegenteil, bis man den Tee brachte. Fallmerayer rauchte. Während sie ihm den Tee einschenkte, fragte er plötzlich: »Und wo ist Ihr Mann?«

Sie wartete, bis sie die Tasse gefüllt hatte, als müßte sie erst eine sehr vorsorgliche Antwort überlegen. »An der Front natürlich!« sagte sie dann. »Ich höre seit drei Monaten nichts mehr von ihm. Wir können ja jetzt nicht korrespondieren!« »Sind Sie sehr in Sorge?« fragte Fallmerayer. »Gewiß«, erwiderte sie, »nicht weniger als Ihre Frau um Sie wahrscheinlich.« »Verzeihen Sie, Sie haben recht, ich war recht dumm«, sagte Fallmerayer. Er blickte auf die Teetasse.

Sie hätte sich geweigert, erzählte die Gräfin weiter, das Haus zu verlassen. Andere seien geflohen. Sie fliehe nicht, vor ihren Bauern nicht und auch nicht vor dem Feind. Sie lebe hier mit vier Dienstboten, zwei Reitpferden und einem Hund. Geld und Schmuck habe sie vergraben. Sie suchte lange nach einem Wort, sie wußte nicht, wie man »vergraben« auf deutsch sage, und zeigte auf die Erde. Fallmerayer sagte das russische Wort. »Sie können Russisch?« fragte sie. »Ja«, sagte er, »ich habe es gelernt, im Felde gelernt.« Und auf russisch fügte er hinzu:

»Ihretwegen, für Sie, um einmal mit Ihnen sprechen zu können, habe ich Russisch gelernt.«

Sie bestätigte ihm, daß er vorzüglich spreche, so als hätte er seinen inhaltsschweren Satz nur gesprochen, um seine sprachlichen Fähigkeiten zu beweisen. Auf diese Weise verwandelte sie sein Geständnis in eine bedeutungslose Stilübung. Aber gerade diese ihre Antwort bewies ihm, daß sie ihn gut verstanden habe.

Nun will ich gehen, dachte er. Er stand auch sofort auf. Und ohne ihre Einladung abzuwarten und wohl wissend, daß sie seine Unhöflichkeit richtig deuten würde, sagte er: »Ich komme in der nächsten Zeit wieder!« – Sie antwortete nicht. Er küßte ihre Hand und ging.

VIII

Er ging – und zweifelte nicht mehr daran, daß sein Geschick anfing, sich zu erfüllen. Es ist ein Gesetz, sagte er sich. Es ist unmöglich, daß ein Mensch einem andern so unwiderstehlich entgegengetrieben wird und daß der andere zugeschlossen bleibt. Sie fühlt, was ich fühle. Wenn sie mich noch nicht liebt, so wird sie mich bald lieben.

Mit der gewohnten sicheren Solidität des Beamten und Offiziers erledigte Fallmerayer seine Obliegenheiten. Er beschloß, vorläufig zwei Wochen Urlaub zu nehmen, zum erstenmal, seitdem er eingerückt war. Seine Ernennung zum Oberleutnant mußte in einigen Tagen erfolgen. Diese wollte er noch abwarten.

Zwei Tage später fuhr er noch einmal nach Solowki. Man sagte ihm, die Gräfin Walewska sei nicht zu Hause und würde vor Mittag nicht erwartet. »Nun«, sagte er, »so werde ich im Garten so lange bleiben.« Und da man nicht wagte, ihn hinauszuweisen, ließ man ihn in den Garten hinter dem Hause.

Er sah zu den zwei Reihen der Fenster hinauf. Er vermutete, daß die Gräfin zu Hause war und sich verleugnen ließ. In der Tat glaubte er, bald hinter diesem, bald hinter jenem

Fenster den Schimmer eines hellen Kleides zu sehen. Er wartete geduldig und geradezu gelassen.

Als es zwölf Uhr vom nahen Kirchturm schlug, ging er wieder ins Haus. Frau Walewska war da. Sie kam gerade die Treppe herunter, in einem schwarzen, engen und hochgeschlossenen Kleid, eine dünne Schnur kleiner Perlen um den Kragen und ein silbernes Armband um die enge linke Manschette. Es schien Fallmerayer, daß sie sich seinetwegen gepanzert hatte – und es war, als ob das Feuer, das ewig in seinem Herzen für sie brannte, noch ein neues, ein besonderes, kleines Feuerchen geboren habe. Neue Lichter zündete die Liebe an. Fallmerayer lächelte. »Ich habe lange warten müssen«, sagte er, »aber ich habe gern gewartet, wie Sie wissen. Ich habe hinten im Garten zu den Fenstern hinaufgeschaut und habe mir eingebildet, daß ich das Glück habe, Sie zu sehn. So ist mir die Zeit vergangen.«

Ob er essen wolle, fragte die Gräfin, da es gerade Zeit sei. Gewiß, sagte er, er habe Hunger. Aber von den drei Gängen, die man dann servierte, nahm er nur die lächerlichsten Brocken.

Die Gräfin erzählte vom Ausbruch des Krieges. Wie sie in höchster Eile aus Kairo nach Hause heimgekehrt seien. Vom Garderegiment ihres Mannes. Von dessen Kameraden. Von ihrer Jugend hierauf. Von Vater und Mutter. Von der Kindheit dann. Es war, als suchte sie sehr krampfhaft nach Geschichten und als wäre sie sogar bereit, etwelche zu erfinden – alles nur, um den ohnehin schweigsamen Fallmerayer nicht sprechen zu lassen. Er strich seinen kleinen, blonden Schnurrbart und schien genau zuzuhören. Er aber hörte viel stärker auf den Duft, den die Frau ausströmte, als auf die Reden, die sie führte. Seine Poren lauschten. Und im übrigen: Auch ihre Worte dufteten, ihre Sprache. Alles, was sie erzählen konnte, erriet er ohnedies. Nichts von ihr konnte ihm verborgen bleiben. Was konnte sie ihm verbergen? Ihr strenges Kleid schützte ihren Körper keineswegs vor seinem wissenden Blick. Er fühlte die Sehnsucht seiner Hände nach ihr, das Heimweh seiner Hände nach der Frau. Als sie aufstanden, sagte er, daß er noch zu bleiben gedenke, Urlaub habe er heute, einen viel längeren Urlaub nehme er in einigen Tagen, sobald er Oberleutnant geworden sei. Wohin er fahren wolle? fragte die Gräfin. »Nirgendwohin!« sagte Fallmerayer. »Bei Ihnen will ich bleiben!« Sie lud ihn ein, zu bleiben, solange er wolle – heute und später. Jetzt müsse sie ihn allein lassen und sich im Hause ein wenig umsehen. Wolle er kommen – es gäbe Zimmer genug im Hause – und so viele, daß sie es nicht nötig hätten, einander zu stören.

Er verabschiedete sich. Da sie nicht mit ihm bleiben könne, sagte er, zöge er es vor, in die Stadt zurückzukehren.

Als er in den Wagen stieg, wartete sie auf der Schwelle, im strengen schwarzen Kleid, mit ihrem weiten, hellen Antlitz darüber – und während er die Peitsche ergriff, hob sie sachte die Hand zu einem halben, gleichsam angestrengt gezügelten Gruß.

IX

Ungefähr eine Woche nach diesem Besuch erhielt der neuernannte Oberleutnant Adam Fallmerayer seinen Urlaub. Allen Kameraden sagte er, er wolle nach Hause fahren. Indessen begab er sich in das Herrenhaus der Walewskis, bezog ein Zimmer im Parterre, das man für ihn vorbereitet hatte, aß jeden Tag mit der Frau des Hauses, sprach mit ihr über dies und jenes, Gleichgültiges und Fernes, erzählte von der Front und gab nie acht auf den Inhalt seiner Rede, ließ sich erzählen und hörte nicht zu. In der Nacht schlief er nicht, schlief er ebensowenig wie vor Jahren daheim im Stationsgebäude, während der sechs Tage, an denen die Gräfin über ihm, in seinem Zimmer, genächtigt hatte. Auch heute ahnte er sie in den Nächten über sich, über seinem Haupt, über seinem Herzen.

Eines Nachts, es war schwül, ein linder, guter Regen fiel, erhob sich Fallmerayer, kleidete sich an und trat vor das Haus. Im geräumigen Treppenhaus brannte eine gelbe Petroleumlaterne. Still war das Haus, still war die Nacht, still war der Regen, er fiel wie auf zarten Sand, und sein eintöniges Singen war der Gesang der nächtlichen Stille selbst. Auf einmal knarrte die Treppe. Fallmerayer hörte es, obwohl er sich vor dem Tor befand. Er sah sich um. Er hatte das schwere Tor offengelassen. Und er sah die Gräfin Walewska die Treppen hinuntersteigen. Sie war vollkommen angezogen, wie bei Tag. Er verneigte sich, ohne ein Wort zu sagen. Sie kam nahe zu ihm heran. So blieben sie, stumm, ein paar Sekunden. Fallmerayer hörte sein Herz klopfen. Auch war ihm, als klopfte das Herz der Frau so laut wie das seine – und im gleichen Takt mit diesem. Schwül schien auf einmal die Luft geworden zu sein, kein Zug kam durch das offene Tor. Fallmerayer sagte: »Gehen wir durch den Regen, ich hole Ihnen den Mantel!« Und ohne eine Zustimmung abzuwarten, stürzte er in sein Zimmer, kam mit dem Mantel zurück, legte ihn der Frau um die Schultern, wie er ihr einmal den Pelz umgelegt hatte, damals, an dem unvergeßlichen Abend der Katastrophe, und hierauf den Arm um den Mantel. Und so gingen sie in die Nacht und in den Regen.

Sie gingen die Allee entlang, trotz der nassen Finsternis leuchteten silbern die dünnen, schütteren Stämme wie von einem im Innern entzündeten Licht. Und als erweckte dieser silberne Glanz der zärtlichsten Bäume der Welt Zärtlichkeit im Herzen Fallmerayers, drückte er seinen Arm fester um die Schulter der Frau, spürte durch den harten, durchnäßten Stoff des Mantels die nachgiebige Güte des Körpers, für eine Weile schien es ihm, daß sich ihm die Frau zuneige, ja, daß sie sich an ihn schmiege, und doch war einen hurtigen Augenblick später wieder geraumer Abstand zwischen ihren Körpern. Seine Hand verließ ihre Schultern, tastete sich empor zu ihrem nassen Haar, strich über ihr nasses Ohr, berührte ihr nasses Angesicht. Und im nächsten Augenblick blieben sie beide gleichzeitig stehn, wandten sich einander zu, umfingen sich, der Mantel sank von ihren Schultern nieder und fiel taub und schwer auf die Erde – und so, mitten in Regen und Nacht, legten sie Gesicht an Gesicht, Mund an Mund und küßten sich lange.

X

Einmal sollte Oberleutnant Fallmerayer nach Shmerinka versetzt werden, aber es gelang ihm, mit vieler Anstrengung, zu bleiben. Fest entschlossen war er zu bleiben. Jeden Morgen, jeden Abend segnete er den Krieg und die Okkupation. Nichts fürchtete er mehr als einen plötzlichen Frieden. Für ihn war der Graf Walewski seit langem tot, an der Front gefallen oder von meuternden kommunistischen Soldaten umgebracht. Ewig hatte der Krieg zu währen, ewig der Dienst Fallmerayers an diesem Ort, in dieser Stellung.

Nie mehr Frieden auf Erden.

Dem Übermut war Fallmerayer eben anheimgefallen, wie es manchen Menschen geschieht, denen das Übermaß ihrer Leidenschaft die Sinne blendet, die Einsicht raubt, den Verstand betört. Allein, schien es ihm, sei er auf der Erde, er und der Gegenstand seiner Liebe. Selbstverständlich aber ging, unbekümmert um ihn, das große und verworrene Schicksal der Welt weiter. Die Revolution kam. Der Oberleutnant und Liebhaber Fallmerayer hatte sie keineswegs erwartet.

Doch schärfte, wie es in höchster Gefahr zu geschehen pflegt, der heftige Schlag der außergewöhnlichen Schicksalsstunde auch seine eingeschläferte Vernunft, und mit verdoppelter Wachsamkeit erkannte er schnell, daß es galt, das Leben der geliebten Frau, sein eigenes und vor allem ihrer beider Gemeinsamkeit zu retten. Und da ihm, mitten in der Verwirrung, welche die plötzlichen Ereignisse angerichtet hatten, dank seiner militärischen Grade und der besonderen Dienste, die er versah, immer noch einige, fürs erste genügende Hilfs- und sogar Machtmittel verblieben waren, bemühte er sich, diese schnell zu nutzen; und also gelang es ihm, innerhalb der ersten paar Tage, in denen die österreichische Armee zerfiel, die deutsche sich aus der Ukraine zurückzog, die russischen Roten ihren Einmarsch begannen und die neuerlich revoltierenden Bauern gegen die Gutshöfe ihrer bisherigen Herren mit Brand und Plünderung anrückten, zwei gut geschützte Autos der Gräfin Walewska zur Verfügung zu stellen, ein halbes Dutzend ergebener Mannschaften mit Gewehren und Munition und einem Mundvorrat für ungefähr eine Woche.

Eines Abends – die Gräfin weigerte sich immer noch, ihren Hof zu verlassen – erschien Fallmerayer mit den Wagen und seinen Soldaten und zwang seine Geliebte mit heftigen Worten und beinahe mit körperlicher Gewalt, den Schmuck, den sie im Garten vergraben hatte, zu holen und sich zur Abreise fertigzumachen. Das dauerte eine ganze Nacht. Als der trübe und feuchte Spätherbstmorgen zu grauen begann, waren sie fertig, und die Flucht konnte beginnen. In dem geräumigeren, von Zeltleinwand überdachten Auto befanden sich die Soldaten. Ein Militärchauffeur lenkte das Personenautomobil, das dem ersten folgte und in dem die Gräfin und Fallmerayer saßen. Sie hatten beschlossen, nicht westwärts zu fahren, wie damals alle Welt tat, sondern südlich. Man konnte mit Sicherheit annehmen, daß alle Straßen des Landes, die nach dem Westen führten, von rückflutenden Truppen verstopft sein würden. Und wer weiß, was man noch an den Grenzen der neu entstandenen westlichen Staaten zu erwarten hatte! Möglich war immerhin – und wie es sich später zeigte, war es sogar Tatsache –, daß man an den westlichen Grenzen des russischen Reiches neue Kriege angefangen hatte. In der Krim und im Kaukasus hatte die Gräfin Walewska außerdem reiche und mächtige Anverwandte. Hilfe war von ihnen selbst unter diesen veränderten Verhältnissen immerhin noch zu erwarten, sollte man ihrer bedürftig werden. Und was das Wichtigste war: Ein kluger Instinkt sagte den beiden Liebenden, daß in einer Zeit, in der das wahrhaftige Chaos auf der ganzen Erde herrschte, das ewige Meer die einzige Freiheit bedeuten müsse. An das Meer wollten sie zuallererst gelangen. Sie versprachen den Männern, die sie bis zum Kaukasus begleiten sollten, jedem eine ansehnliche Summe in purem Gold. Und wohlgemut, wenn auch in natürlicher Aufregung, fuhren sie dahin.

Da Fallmerayer alles sehr wohl vorbereitet und auch jeden möglichen und unwahrscheinlichen Zufall im voraus berechnet hatte, gelang es ihnen, innerhalb einer sehr kurzen Frist – vier Tage waren es im ganzen – nach Tiflis zu kommen. Hier entließen sie die Begleiter, zahlten ihnen den ausgemachten Lohn und behielten lediglich den Chauffeur bis Baku. Auch nach dem Süden und nach der Krim hatten sich viele Russen aus den adligen und gutbürgerlichen Schichten geflüchtet. Man vermied, obwohl man es sich vorgenommen hatte, Verwandte zu treffen, von Bekannten gesehen zu werden. Vielmehr bemühte sich Fallmerayer, ein Schiff zu finden, das ihn und seine Geliebte unmittelbar von Baku nach dem nächsten Hafen eines weniger gefährdeten Landes bringen konnte. Dabei ließ es sich nicht vermeiden, daß man andre, mit den Walewskis mehr oder weniger bekannte Familien traf, die ebenfalls, wie Fallmerayer, nach einem rettenden Schiff Ausschau hielten – und daß die Gräfin über die Person Fallmerayers wie über ihre Beziehungen zu ihm lügenhafte Auskünfte geben mußte. Schließlich sah man ein, daß man nur in Gemeinschaft mit den andern die geplante Art der Flucht bewerkstelligen konnte. Man einigte sich also mit acht andern, die Rußland auf dem Seewege verlassen wollten, fand schließlich einen zuverlässigen Kapitän eines etwas gebrechlich aussehenden Dampfers und fuhr zuerst nach Konstantinopel, von wo aus regelmäßige Schiffe nach Italien und Frankreich immer noch abgingen.

Drei Wochen später gelangte Fallmerayer mit seiner geliebten Frau nach Monte Carlo, wo die Walewskis vor dem Kriege eine kleine Villa gekauft hatten. Und nun glaubte sich Fallmerayer auf dem Höhepunkt seines Glücks und seines Lebens. Von der schönsten Frau der Welt wurde er geliebt. Mehr noch: Er liebte die schönste Frau der Welt. Neben ihm war sie jetzt ständig, wie ihr starkes Abbild jahrelang in ihm gelebt hatte. In ihr lebte er jetzt selbst. In ihren Augen sah er stündlich sein eigenes Spiegelbild, wenn er ihr nahe kam – und kaum gab es eine Stunde im Tag, in der sie beide einander nicht ganz nahe waren. Diese Frau, die kurze Zeit vorher noch zu hochmütig gewesen wäre, um dem Wunsch ihres Herzens oder ihrer Sinne zu gehorchen: diese Frau war nun ohne Ziel und ohne Willen ausgeliefert der Leidenschaft Fallmerayers, eines Stationschefs der österreichischen Südbahn, sein Kind war sie, seine Geliebte, seine Welt. Wunschlos wie Fallmerayer war die Gräfin Walewska. Der Sturm der Liebe, der seit der Schicksalsnacht, in der sich die Katastrophe auf der Station L. zugetragen hatte, im Herzen Fallmerayers zu wachsen angefangen hatte, nahm die Frau mit, trug sie davon, entfernte sie tausend Meilen weit von ihrer Herkunft, von ihren Sitten, von der Wirklichkeit, in der sie gelebt hatte. In ein wildfremdes Land der Gefühle und Gedanken wurde sie entführt. Und dieses Land war ihre Heimat geworden. Was alles in der großen, ruhelosen Welt vorging, bekümmerte die beiden nicht. Das Gut, das sie mitgenommen hatte, sicherte ihnen auf mehrere Jahre hinaus ein arbeitsloses Leben. Auch machten sie sich keine Sorgen um die Zukunft. Wenn sie den Spielsaal besuchten, geschah es aus Übermut. Sie konnten es sich leisten, Geld zu verlieren – und sie verloren in der Tat, wie um dem Sprichwort gerecht zu werden, das sagt, wer Glück in der Liebe habe, verliere im Spiel. Über den Verlust waren beide beglückt; als bedürften sie noch des Aberglaubens, um ihrer Liebe sicher zu sein. Aber wie alle Glücklichen waren sie geneigt, ihr Glück auf eine Probe zu stellen, um es, bewährte es sich, womöglich zu vergrößern.

XI

Hatte die Gräfin Walewska auch ihren Fallmerayer ganz für sich, so war sie doch – wie es sonst nur wenige Frauen können – keineswegs imstande, längere Zeit zu lieben, ohne den Verlust des Geliebten zu fürchten (denn es ist oft die Furcht der Frauen, sie könnten den geliebten Mann verlieren, die ihre Leidenschaft steigert und ihre Liebe). So begann sie denn eines Tages, obwohl Fallmerayer keinen Anlaß dazu gegeben hatte, von ihm zu fordern, er möge sich von seiner Frau scheiden lassen und auf Kinder und Amt verzichten. Sofort schrieb Adam Fallmerayer seinem Vetter Heinrich, der ein höheres Amt im Wiener Unterrichtsministerium bekleidete, daß er seine frühere Existenz endgültig aufgegeben habe. Da er aber nach Wien nicht kommen wolle, möge, wenn dies überhaupt möglich, ein geschickter Advokat die Scheidung veranlassen.

Ein merkwürdiger Zufall – so erwiderte ein paar Tage später der Vetter Heinrich – habe es gefügt, daß Fallmerayer schon vor mehr als zwei Jahren in der Liste der Vermißten gestanden habe. Da er auch niemals habe von sich hören lassen, sei er von seiner Frau und von seinen wenigen Blutsverwandten bereits zu den Toten gezählt worden. Längst verwaltete ein neuer Stationschef die Station L. Längst habe Frau Fallmerayer mit den Zwillingen Wohnung bei ihren Eltern in Brunn genommen. Am besten sei es, man schweige weiter, vorausgesetzt, daß Fallmerayer bei den ausländischen Vertretungen Österreichs keine Schwierigkeiten habe, was den Paß und dergleichen betreffe.

Fallmerayer dankte seinem Vetter, versprach, ihm allein fernerhin zu schreiben, bat um Verschwiegenheit und zeigte den Briefwechsel der Geliebten. Sie war beruhigt. Sie zitterte nicht mehr um Fallmerayer. Allein einmal von der rätselhaften Angst befallen, welche die Natur in die Seelen der so stark liebenden Frauen gesät hat (vielleicht, wer weiß, um den Bestand der Welt zu sichern), forderte die Gräfin Walewska von ihrem Geliebten ein Kind – und seit der Minute, in der dieser Wunsch in ihr aufgetaucht war, begann sie, sich den Vorstellungen von der vorzüglichen Beschaffenheit dieses Kindes zu ergeben; gewissermaßen sich der unerschütterlichen Hingabe an dieses Kind zu weihen. Unbedacht, leichtsinnig, beschwingt, wie sie war, erblickte sie in ihrem Geliebten, dessen maßlose Liebe ja erst ihre schöne, natürliche Unbesonnenheit geweckt hatte, dennoch das Muster der vernünftigen, maßvollen Überlegenheit. Und nichts erschien ihr wichtiger, als ein Kind in die Welt zu setzen, das ihre eigenen Vorzüge mit den unübertrefflichen ihres geliebten Mannes vereinigen sollte.

Sie wurde schwanger. Fallmerayer, wie alle verliebten Männer dem Schicksal dankbar wie der Frau, die es erfüllen half, konnte sich vor Freude nicht lassen. Keine Grenzen mehr hatte seine Zärtlichkeit. Unwiderleglich bestätigt sah er seine eigene Persönlichkeit und seine Liebe. Erfüllung wurde ihm jetzt erst. Das Leben hatte noch gar nicht begonnen. In sechs Monaten erwartete man das Kind. Erst in sechs Monaten sollte das Leben beginnen.

Indessen war Fallmerayer fünfundvierzig Jahre alt geworden.

XII

Da erschien eines Tages in der Villa der Walewskis ein Fremder, ein Kaukasier namens Kirdza-Schwili, und teilte der Gräfin mit, daß der Graf Walewski dank einem glücklichen Geschick und wahrscheinlich gerettet durch ein besonders geweihtes, im Kloster von Pokroschni geweihtes Bildnis des heiligen Prokop der Unbill des Krieges wie den Bolschewiken entronnen und auf dem Wege nach Monte Carlo begriffen sei. In ungefähr vierzehn Tagen sei er zu erwarten. Er, der Bote, früherer Ataman Kirdza-Schwili, sei auf dem Wege nach Belgrad, im Auftrag der zaristischen Gegenrevolution. Seines Auftrages habe er sich nunmehr entledigt. Er wolle gehn.

Dem Fremden stellte die Gräfin Walewska Fallmerayer als den getreuen Verwalter des Hauses vor. Während der Anwesenheit des Kaukasiers schwieg Fallmerayer. Er begleitete den Gast ein Stück Weges. Als er zurückkam, fühlte er zum erstenmal in seinem Leben einen scharfen, jähen Stich in der Brust.

Seine Geliebte saß am Fenster und las.

»Du kannst ihn nicht empfangen!« sagte Fallmerayer. »Fliehen wir!«

»Ich werde ihm die ganze Wahrheit sagen«, erwiderte sie. »Wir warten!«

»Du hast ein Kind von mir!« sagte Fallmerayer, »eine unmögliche Situation.«

»Du bleibst hier, bis er kommt! Ich kenne ihn! Er wird alles verstehn!« antwortete die Frau.

Sie sprachen seit dieser Stunde nicht mehr über den Grafen Walewski. Sie warteten.

Sie warteten, bis eines Tages eine Depesche von ihm eintraf. An einem Abend kam er. Sie holten ihn beide von der Bahn ab.

Zwei Schaffner hoben ihn aus dem Waggon, und ein Gepäckträger brachte einen Rollstuhl herbei. Man setzte ihn in den Rollstuhl. Er hielt sein gelbes, knochiges, gestrecktes Angesicht seiner Frau entgegen, sie beugte sich über ihn und küßte ihn. Mit langen, blaugefrorenen, knöchernen Händen versuchte er, immer wieder umsonst, zwei braune Decken über seine Beine zu ziehen. Fallmerayer half ihm.

Fallmerayer sah das Angesicht des Grafen, ein längliches, gelbes, knöchernes Angesicht, mit scharfer Nase, hellen Augen, schmalem Mund, darüber einen herabhängenden schwarzen Schnurrbart. Man rollte den Grafen wie eines der vielen Gepäckstücke den Perron entlang. Seine Frau ging hinter dem Wagen her, Fallmerayer voran.

Man mußte ihn – Fallmerayer und der Chauffeur – ins Auto heben. Der Rollwagen wurde auf das Dach des Autos verladen.

Man mußte ihn in die Villa hineintragen. Fallmerayer hielt den Kopf und die Schultern, der Diener die Füße.

»Ich bin hungrig«, sagte der Graf Walewski.

Als man den Tisch richtete, erwies es sich, daß Walewski nicht allein essen konnte. Seine Frau mußte ihn füttern. Und als, nach einem grausam schweigenden Mahl, die Stunde des Schlafs nahte, sagte der Graf:

»Ich bin schläfrig. Legt mich ins Bett.«

Die Gräfin Walewska, der Diener und Fallmerayer trugen

den Grafen in sein Zimmer im ersten Stock, wo man ein Bett bereitet hatte.

»Gute Nacht!« sagte Fallmerayer. Er sah noch, wie seine Geliebte die Kissen zurechtrückte und sich an den Rand des Bettes setzte.

XIII

Hierauf reiste Fallmerayer ab; man hat nie mehr etwas von ihm gehört.

Triumph der Schönheit

Novelle

I

Ich halte viel von der Menschenkenntnis meines alten Freundes Doktor Skowronnek. Seit mehr als fünfundzwanzig Jahren ist er Arzt in einem berühmten Kurort für Frauen, wo die wundertätigen Quellen Gebärmutterleiden, Unfruchtbarkeit und Hysterie heilen sollen. Mein Freund, der Doktor Skowronnek, versichert es jedenfalls. Immerhin spricht er fast mit der gleichen Überzeugung von der wunderbaren, wenn auch leichter zu erklärenden Wirkung, die eine erhebliche Anzahl junger, kräftiger und liebesdurstiger Männer auf die trostbedürftigen Patientinnen des Kurorts in jeder Saison auszuüben pflegen. Pünktlich wie gewisse Zugvögel treffen nämlich bei »Eröffnung der Saison« die jungen Männer in jenem Kurort ein und wetteifern mit der Heilkraft der berühmten Quellen. Mein Freund, Doktor Skowronnek, hat jedenfalls innerhalb eines Vierteljahrhunderts Gelegenheit gehabt, die körperlichen und seelischen Krankheiten der Frauen kennenzulernen. Nehmen wir an, er hätte nur dreißig Damen in der Saison zu behandeln, so hätte er, nach fünfundzwanzig Jahren, nicht weniger als siebenhundertundfünfzig Frauen gründlich kennengelernt. Ich glaube also, recht zu haben, wenn ich viel von der Weltkenntnis meines Freundes halte.

Infolgedessen pflege ich auch alle Ehemänner, die mir von Krankheiten (echten oder eingebildeten) ihrer Frauen erzählen, zu Doktor Skowronnek zu schicken. Er behandelt die Männer, die an ihren Frauen gewöhnlich mehr zu leiden haben als die Frauen an ihren Krankheiten, ebenfalls als Patienten – und dies mit Recht. Ja, ich betrachte meinen Freund, den Doktor, eher als einen Ehemänner-Arzt denn als einen Frauenarzt – obwohl er selbst nichts davon wissen will und behauptet, es schade seinem Ruf. Ich aber kenne ihn. Und ich weiß, daß er hinter einer Art beichtväterlicher Güte, mit der er die kranken Damen auf Herz und Nieren prüft, die Sorge um die den Patientinnen hörigen Herren verbirgt. Wer so viel Frauen untersucht hat, muß schließlich eine leidenschaftliche Solidarität mit den Männern empfinden.

So geschah es denn eines Tages, daß ich einem meiner Bekannten, dem Ingenieur M., den Rat gab, den Doktor Skowronnek aufzusuchen; allein zuerst, ohne die kranke Frau, von der mir der Ingenieur ein langes und breites erzählt hatte. Der Ingenieur war ein junger Mann, erst seit zwei Jahren verheiratet, ohne Kinder. Nach einem Jahr glücklicher Ehe – oder was man so nennt – hatte die Frau angefangen, über Schmerzen im Kopf, im Rücken, im Bauch, im Hals, in der Nase, in den Augen, in den Füßen zu klagen. Man soll nicht verallgemeinern: aber ich habe die Erfahrung gemacht, daß Ingenieure – und besonders Brückenbauingenieure, solch einer war mein Bekannter – von der Konstitution der Frauen keine Ahnung haben. Es mag Ausnahmen geben. Der Brückenbauingenieur aber, von dem ich hier erzähle, war ganz und gar von der Panik ergriffen, die jeden braven Mann erfaßt, wenn er eine Frau leiden oder auch nur weinen sieht. (Es ist die Panik des Gesunden vor dem Kranken, des Starken vor der Ohnmacht. Es gibt nichts Schlimmeres als die Mischung aus Liebe, Mitleid und Bangnis um das Geliebte und Bemitleidete. Eine gesunde Xanthippe ist besser und erträglicher als eine kränkliche Julia.) Und also riet ich dem Ingenieur, den Doktor Skowronnek aufzusuchen.

Bei seiner Zusammenkunft mit dem Doktor war ich auch anwesend – auf des Ingenieurs ausdrücklichen Wunsch und gegen meinen eigenen. Ich befand mich ungefähr in der Lage eines Menschen, der hinter der dünnen Wand eines Hotelzimmers seinen Nachbarn peinliche private Dinge sagen hört – und außerstande ist, etwas dagegen zu tun. Ich bemühte mich, an anderes zu denken. Ich ließ mir Zeitungen kommen. Allein, die berufliche Neugier des Schriftstellers siegte über private Bemühungen um private Diskretion, und ich hörte, ohne hören zu wollen, sozusagen mit einem beruflichen Ohr, alle Dinge, die im Augenblick und in diesem Zusammenhang nicht erzählt werden können.

Doktor Skowronnek verhielt sich schweigsam. Er hörte nur zu. Schließlich entließ er den Ingenieur mit der Aufforderung, er möchte seine Frau in die Sprechstunde schicken.

Der Ingenieur verließ uns. Und da ich die Schweigsamkeit meines Freundes nicht begriff, fing ich an, selber um die Frau des Ingenieurs besorgt zu sein, und fragte:

»Sagen Sie, ist das so schlimm, was er von der Frau erzählt hat? Warum haben Sie geschwiegen?« »Nicht schlimm und nicht gut!« erwiderte der Doktor. »Es ist nur gewöhnlich. Und wenn ich nicht vor einiger Zeit eine besondere Geschichte erlebt hätte, ich wäre auch nicht so schweigsam geblieben. Aber seitdem ich diese besondere Geschichte kenne, habe ich aufgehört, die Männer der kranken Frauen zu bemitleiden. Unheilbare sind nicht mehr zu behandeln. Wer sich selbst töten will, den kann man nicht retten. Unheilbare Selbstmörder sind die Männer ganz bestimmter kranker Frauen. Und damit Sie mir glauben, will ich Ihnen diese Geschichte erzählen. Schreiben Sie sie eines Tages auf.«

Und Doktor Skowronnek begann zu erzählen:

II

»Vor vielen Jahren, ich war damals noch ein unbekannter praktischer Arzt in einer mittelgroßen Stadt, kam eines Tages in meine Sprechstunde ein junger Mann. Nun, ich hatte damals nicht viele Patienten. An manchen Tagen zeigte sich überhaupt keiner. Ich saß da, wartete und las Kriminalromane. Ich hätte vielleicht medizinische Bücher lesen sollen, aber mein Respekt vor den Naturwissenschaften und den Erkenntnissen meiner berühmten Kollegen war eben immer geringer als mein Interesse für Verbrecher und Polizei. Sie begreifen, daß ein Arzt, der wenig zu tun hat, von einem seltenen Patienten geradezu fasziniert wird. Dennoch ließ ich ihn im Vorzimmer warten, wie es wohl jeder nichtbeschäftigte Arzt tut. Ich ließ den jungen Mann erst nach einigen Minuten eintreten – (und Sie können mir glauben, ich litt in diesen paar Minuten mehr Ungeduld als er). Ungeduld ist, wie Sie wissen, eine gefährliche Krankheit, sie führt manchmal sogar zum Tode durch Selbstmord. Nun, ich bezwang mich. Mit um so intensiverer Freude weidete ich mich an dem Anblick des Mannes, als er endlich eintrat. Natürlich suchte ich mechanisch ebenso nach Anzeichen einer äußerlich erkennbaren Krankheit in seiner Gestalt und in seinem Gesicht wie nach Anzeichen etwaiger Wohlhabenheit an seiner Kleidung. Ich sah sofort, es war ein beruhigender Patient. Er gehörte offenbar nicht nur den guten, sondern sogar den höheren Ständen an – und eine gefährliche Krankheit, die mich wahrscheinlich genötigt hätte, ihn einer medizinischen Kapazität abzutreten, hatte er auch nicht. Er war gesund, groß, sehnig, hübsch, von braunem Teint, er hatte ein schmales, sympathisches Gesicht, helle Augen, einen edlen Nacken, eine gutgewölbte Stirn, kräftige, lange Hände, er war sicher und schüchtern zugleich, also, was man gute Rasse nennt. Ich vermutete in ihm einen

Ministerialbeamten von guten Eltern und mittlerer Begabung und wahrscheinlich mit einem jener Leiden behaftet, die man in der Gesellschaft ›galante‹ nennt.

Ich hatte mich nicht sehr getäuscht. Es war ein junger Diplomat, unserer Botschaft in England zugeteilt, Sohn eines bekannten Munitionsfabrikanten, also reicher, als ich gedacht hätte, und seine Krankheit war tatsächlich eine ›galante‹. Er war aufs Geratewohl zu mir gekommen. Mit dem Hausarzt seiner Eltern wollte er sich nicht beraten. Er schlug also das Adreßbuch der Ärzte auf, tippte mit dem Bleistift auf einen Namen – es war der meine – und suchte mich unverzüglich auf. Ich behandelte ihn munter und sorgsam. Er gefiel mir. Ich erzählte ihm Anekdoten. Als er geheilt war, gestand er mir, daß es fast bedaure, nicht noch eine andere, harmlose Krankheit zu haben, solange sein Urlaub dauere. Ich untersuchte ihn, er war leider kerngesund. Ich fragte ihn, ob er wenigstens eine Leidenschaft habe. ›Nein‹, sagte er, ›außer der Musik gar keine.‹ Musik ist, wie Sie wissen, auch meine Leidenschaft. Und kurz und gut: Die Musik machte uns erst zu Verbündeten, später zu Freunden.«

Hier ließ Doktor Skowronnek eine Pause eintreten. Dann sagte er:

»Bis zu seinem Tode waren wir gute Freunde.«

»Er ist also jung gestorben? Und wohl plötzlich?«

»Jung und langsam und an der gefährlichsten und gewöhnlichsten aller Krankheiten: Er starb nämlich an einer Frau, und zwar an seiner eigenen …«

III

»Unsere Freundschaft hörte nicht auf, auch nachdem er seinen Urlaub beendet hatte und wieder nach London abgereist war. Im Gegenteil: Die Entfernung verstärkte unsere

Freundschaft. Wir wechselten fast jede Woche Briefe. Meine Praxis war miserabel; ich wartete oft stundenlang auf einen Patienten und las meine Kriminalromane. Eines Tages schrieb er mir, ich solle für ein paar Wochen nach England kommen, als sein Gast.

Ich fuhr nach London. Ich verstand kein Wort Englisch, war also gezwungen, bei jedem Schritt die Hilfe meines Freundes in Anspruch zu nehmen. Sie erkennen einen Menschen der sogenannten ›guten Rasse‹ immer daran, daß es Ihnen unmöglich ist, Dankbarkeit für seine kleinen und größeren Hilfeleistungen zu empfinden, geschweige denn, sie auszudrücken. Sie kommen niemals oder fast niemals in die Lage, einem wirklichen Herrn ›Danke schön!‹ zu sagen. Ja, er weiß es so einzurichten, daß man immer glaubt, seine kleinen Dienste und Gefälligkeiten kämen ihm selbst zugute und die eigene Hilflosigkeit wäre eigentlich sein Nutzen. So war es auch mit meinem Freunde. Niemals habe ich einen vornehmeren Gastgeber gesehen. Sein diskretes Verhalten ward mit der Zeit derart, daß es mir zeitweilig fast vorkam, er hätte eine Art Schuldbewußtsein mir gegenüber. Ja, er beschämte mich. Ich dachte daran, daß ich ihn aus törichter beruflicher Eitelkeit im Wartezimmer hatte sitzen lassen, als er zum erstenmal zu mir gekommen war, und ich gestand ihm eines Tages, daß ich ihn ohne Grund hatte warten lassen. Er verstand mich gar nicht, oder er tat so, als ob er mich nicht verstünde. ›Wahrscheinlich‹, so sagte er, ich erinnere mich genau, ›hatten Sie doch etwas zu tun, Sie wissen es selbst nicht mehr. Übrigens auch mir passiert es, daß ich Menschen warten lasse, obwohl ich ganz unbeschäftigt bin. Ich muß mich sammeln, bevor ich einen Fremden empfange. Das ist ganz selbstverständlich.‹

Hatte ich vorher an seine mittelmäßige Begabung gedacht, so gewann ich im Laufe der Zeit die Überzeugung, daß seine geradezu unterstrichene Mittelmäßigkeit lediglich eine vornehme Bescheidenheit war, wie es oft bei Menschen guter Rasse der Fall ist. Er hatte nicht den geringsten Ehrgeiz. Er gab mir oft Gelegenheit, Einblick in seine berufliche Tätigkeit zu nehmen. Und immer wieder sah ich, daß es sein höchstes, aber auch selbstverständliches Bemühen war, sich *nicht* vor den anderen, seinen Kollegen, hervorzutun. Er war das Gegenteil von einem ehrgeizigen Diplomaten. Er kannte wohl alle Dummheiten seiner Kollegen, aber er bemühte sich, nicht viel klüger zu erscheinen, als sie waren. Ehrgeizig ist der Plebejer. Der wirklich noble Mensch ist anonym. Es gibt eine Kraft in der angeborenen Noblesse, die größer ist als das Licht des Ruhms, der Glanz des Erfolges, die Macht des Siegers. Ehrgeiz ist, wie gesagt, eine Eigenschaft des Plebejers. Er hat keine Zeit. Er kann es nicht erwarten, zu Ehre, Macht, Ansehn, Ruhm zu gelangen. Der noble Mensch aber hat Zeit zu warten, ja, sogar zurückzustehn.

So also war mein Freund. Obwohl älter als er, begann ich, eine Art Ehrfurcht vor ihm zu empfinden. Ich liebte ihn und verehrte ihn.

Eine Woche vor meiner Abreise gestand er mir, daß er verliebt sei.

Nun, es ist selbstverständlich, daß sich ein junger Mann verliebt. Ich selbst, der ich damals noch nicht der ›ausgekochte‹ Frauenarzt war, der ich heute bin, wie Sie wissen, hatte mich schon ein paarmal verliebt. Aber da es sich um meinen Freund handelte, erschrak ich. Denn ich fühlte, daß dieser vornehme Mensch einem tiefen Gefühl ohnmächtig ausgeliefert sein mußte und daß es in seiner Natur gelegen war, den Gegenstand, den er zu lieben glaubte, mit den edelsten Eigenschaften auszustatten, die er selbst besaß. Wenn die Liebe, wie das Sprichwort sagt, schon alle gewöhnlichen Menschen blind macht, wie erst die auserwählten und vornehmen!

Ich erschrak also. Und ich sagte meinem Freunde, daß ich wünsche, seine Geliebte zu sehen.

›Auch Sie werden sich verlieben‹, antwortete er – mit der Naivität der Liebenden, die glauben, der Gegenstand ihrer Liebe sei unwiderstehlich.

Gut! – Wir trafen uns also alle drei eines Abends.

Es war eine junge Dame aus der sogenannten guten Gesellschaft. Hübsch, gewiß! Eine blonde Jungfrau mit himmelblauen Augen, starken Zähnen, einem etwas zu langen und langweiligen Kinn und ausgesprochen guter Figur. Gewiß hatte sie ›Manieren‹ – was man so nennt. Sie war eben aus guter Familie. Gewiß war sie auch in meinen Freund verliebt – warum denn nicht? So verliebt, wie es nur Mädchen aus guter Familie sein können, für die Liebe zu einem jungen Mann von Stand und Rang so etwas ist wie Sünde ohne Gefahr, Laster ohne fluchwürdige oder sträfliche Folgen. Die jungen Mädchen dieser Art sind nicht hungrig; sie sind nur genäschig. Der Hunger, den man befriedigen muß, bringt, unter Umständen, fürchterliche Strafe. Die Genäschigkeit aber, der man Genüge tut, bringt keinen Schaden, nur Lust und die Genugtuung: man wäre ein bißchen gefährdet gewesen. Es ist der Unterschied wie zwischen dem Besuch, den man etwa einer Menagerie abstattet, und dem Versuch, in den Käfig der Löwen zu steigen. Dies alles wußte mein Freund natürlich nicht. Ihm schien die Tatsache, daß eine Tochter aus bester englischer Familie ihn heimlich küßte, Beweis genug für ihre tiefe Liebe zu ihm. Ihm war's, als hätte sie tausend Meilen durch die Gefahren irgendeiner Wüste zurückgelegt, nur, um ihm einen Kuß zu gewähren. Er fand sie tapfer, tollkühn, opfermutig und obendrein sehr gescheit.

Nun, sie war sehr dumm! Sie ist es noch heute. Sie hat ihn ins Grab gebracht. Sie ist alt und ziemlich häßlich geworden, aber sie ist immer noch dumm! So ungerecht die Natur auch ist in ihrer Bosheit, die Männer blind zu machen, wenn sie lieben: Sie gleicht diese Ungerechtigkeit aus, indem sie den Glanz der Frauen, der die Männer einst geblendet hat, ziemlich früh erlöschen läßt und indem sie die alten Damen zwingt, mit den Jahren die zweifelhafte Hilfe der Friseure, Masseure und Chirurgen in Anspruch zu nehmen, damit die verfallenen Brüste, Bäuche, Wangen und Schenkel wieder eine halbwegs annehmbare Form bekommen. Als eine Art von aufgebesserten Gipsfiguren sinken die einstmals schönen Frauen ins Grab. Die Männer aber, die weise genug waren, nicht an ihnen zu sterben, werden von der Natur belohnt: Bekleidet mit der Würde des Silbers und der nicht minderen Würde der Gebrechlichkeiten gehen sie in den Schoß Gottes ein.

IV

In den besseren Kreisen folgt gewöhnlich die Heirat der Verlobung wie dem Blitz der Donner. Mein Freund heiratete, kurze Zeit nachdem ich ihn verlassen hatte, ging auf die Hochzeitsreise, passierte bei der Rückkehr unsere Stadt und besuchte mich mit seiner Frau. Sie waren beide hübsch, sie boten einen gefälligen Anblick, sie schienen füreinander geschaffen zu sein. Am Abend begleitete ich sie in ein Lokal, wo Offiziere, höhere Beamte, Adelige und ein paar Gutsbesitzer verkehrten. In einer mittleren Stadt, in sogenannten besseren Lokalen, sieht man sich nach jedem Gast um, geschweige denn nach Fremden, die man nicht kennt. Das Aufsehen aber, das mein Freund erregte, als er mit seiner Frau ankam, war kein gewöhnliches, sondern etwa mit der Überraschung zu vergleichen, die ein außerordentliches Naturphänomen bei ahnungslosen Menschen hervorzurufen pflegt. Es war wie ein Märchen. Alle Gespräche verstummten. Die Kellner hielten ein in ihren beflissenen Dienstgängen. Der Chef vergaß, sich zu verneigen. Es war ein warmer Spätsommerabend, die Fenster standen offen, und der sachte Wind bewegte die rötlichen Gardinen. Aber ich hatte den Eindruck, daß auch diese Gardinen aufgehört hatten, sich zu bewegen.

Wie Götter wirkten meine Freunde. Mein Freund fühlte es und beeilte sich, in die nächste freie Loge zu kommen. Seine Frau aber schien das betroffene, ja fast betretene Schweigen der Menschen gar nicht zu merken. Sie trug ein Lorgnon, es war damals bei manchen Leuten Mode, ob sie nun schwache oder normale Augen hatten. Das Lorgnon hob sie nun an die Augen, einen Augenblick nur natürlich, für den Bruchteil einer Sekunde. Sie ließ es sofort wieder fallen. Aber mein Freund hatte es bemerkt, und es muß ihn getroffen haben, ebenso wie mich. Denn er berührte unwillkürlich den Arm seiner Frau – es war eine zärtliche und sanfte Mahnung.

Als wir in der Loge saßen, hob die Frau meines Freundes noch ein paarmal das Lorgnon an die Augen. Ich bin überzeugt, daß sie nicht das geringste Interesse an all dem hatte, was im Saal vorging. Wahrscheinlich betrachtete sie den Kronleuchter durch das Glas. Aber meinen Freund und mich reizte diese Art, das Glas an die Augen zu führen. Es ist eine hochmütige Bewegung, ein Lorgnon ist ein ziemlich hochmütiger Gegenstand, und die bescheidenste Frau, die sich seiner bedient, kann unter Umständen sehr arrogant erscheinen. Ich habe wirklich vornehme und in der Tat kurzsichtige Damen gekannt, die eine ganz besondere, nahezu verschämte Art hatten, das Lorgnon zu gebrauchen, so etwa, wie es ihre ganz besondere Art war, die Röcke zu heben. Nun, es fehlte der Frau meines Freundes gewiß nicht an guten Manieren! Aber es fehlte ihr die wirkliche Noblesse. Diese besteht nicht so sehr darin, was man tut, als darin, was man unterläßt. Sie besteht aber in der Hauptsache darin, daß man fühlt, was den andern ›schockieren‹ könnte; daß man es rechtzeitig fühlt, noch ehe etwas geschehen ist.

Die Frau meines Freundes tat das Gegenteil. Als wäre sie eine durchaus kleine Bürgerin aus London, mokierte sie sich über die mittelmäßige Eleganz unserer Stadt, über die lässige Haltung der Offiziere, über die eilfertige Dienstbarkeit des Personals, über die unmodischen Hüte der Damen. Mein Freund lächelte, verliebt und bekümmert und beschämt zu gleicher Zeit. Hie und da versuchte er, uns in Schutz zu nehmen. Einmal, ich erinnere mich, wurde er sogar deutlich und sagte etwa: ›Aber Gwendolin! Du hast eine kleine, scharfe Zunge. Schwätzt sie so weiter, mußt du sie dem Doktor zeigen! Nicht wahr, Doktor?‹ Und weil er fühlte, daß sein Scherz keineswegs sehr gelungen war, fuhr er ernsthaft fort: ›Der Aufenthalt hier behagt meiner Frau nicht. Wir werden morgen abend aufbrechen.‹

Um meinen Freund nicht merken zu lassen, daß ich die Mittelmäßigkeit seines Scherzes erkannt hatte, versuchte ich, sozusagen seinen Intentionen zu folgen, und sagte: ›Zeigen Sie schnell die Zunge dem Onkel Doktor!‹ – Sie streckte mir sofort ihr schmales, beinahe karmesinrotes Zünglein entgegen, und Sie können mir glauben, es ist mein Beruf, ich habe leider vieltausendmal Frauenzungen anschaun müssen: Hier, beim Anblick dieses Züngleins, hatte ich den vielleicht allzu primitiven, aber sehr überzeugenden Eindruck: eine Schlange.

Am nächsten Vormittag kam mein Freund zu mir. ›Wir fahren heute abend‹, sagte er. ›Ich will mich verabschieden.‹ ›Werde ich Ihre schöne Frau nicht wiedersehn?‹ ›Bitte, kommen Sie zur Bahn, am Abend. Ich bin hierhergekommen, damit wir sozusagen einen Separatabschied nehmen.‹

Ich sah, daß er nicht sehr glücklich war. Ich schlug ihm einen Spaziergang vor. Ich weiß, daß man verschwiegene Dinge leichter im Gehen sagt als im Sitzen. Man sagt's eben nicht

Aug' in Aug'. Der Sprechende wie der Zuhörer, sie blicken beide zu Boden. Eine laute Straße befreit manchmal die menschliche Brust genauso wie Alkohol oder auch, wenn Sie wollen, wie jener stille Kirchenwinkel, in dem gewöhnlich der Beichtstuhl wartet. Wir gingen also spazieren. Und da erzählte er mir, daß es schon während der Hochzeitsreise ein paar Unstimmigkeiten zwischen Gwendolin und ihm gegeben hätte. Es begann bei der Musik. Sie liebte Wagner. Er beschimpfte ihn. Nichts konnte einen Musiker seiner Art – und auch meiner Art – so sehr reizen wie ein Wohlgefallen an Wagner. Gewiß, die Liebhaber Wagners sind ebenfalls musikalische Menschen. Aber die musikalischen Menschen könnte man in zwei feindliche Gruppen teilen: in Mozart-Liebhaber und Wagner-Anhänger. Merken Sie, daß ich nicht einmal Wagner-Liebhaber mehr sagen kann? Ich sage: ›Anhänger‹. Menschen mit Ohren für Posaunen und Kesselpauken – und Menschen mit Ohren für Cello, Geige und Flöte. Eher werden sich zwei Taubstumme verständigen als zwei musikalische Menschen, von denen einer Mozart liebt und der andere Wagner. Beides zusammen kann man meiner Meinung nach nicht. Ich glaube, es sind im Grunde taube Menschen, die beides lieben; oder wenn sie hören, sind's Kapellmeister.

Nun, ich brauche Ihnen nichts mehr zu sagen: Sie vertrugen sich wie Mozart und Wagner. Ich wußte sofort, daß diese Ehe zerbrochen war. Aber ich sagte: »Spielen Sie zu Hause Mozart, lieben Sie viel, schlafen Sie mit Ihrer Frau, ein Kind sollte sie bald bekommen. Schwangerschaft ändert manchmal den musikalischen Geschmack. Fahren Sie mit Gott.‹

Wir umarmten uns, jetzt schon. Ich begriff, daß er mich vor seiner Frau am Bahnhof niemals hätte umarmen können.

Ich kam zum Zug. Gwendolin gab mir die Hand zum Kuß und stieg rasch ein, ein Lächeln für zehn Kreuzer um den holden Mund. (Die Damen lächeln merkwürdigerweise genauso wie die armen Straßenmädchen; das heißt, wenn sie konventionellen Abschied nehmen; so lächeln die Mädchen, wenn sie eine Bekanntschaft machen.)

Mein Freund wäre gerne noch zu mir auf den Perron heruntergestiegen. Aber er fürchtete sich, es war, als hielte ihn seine Frau hinten am Rock fest. Er beugte sich nur zum Fenster heraus, gab mir noch einmal die Hand – und ich ging – lange noch vor der Abfahrt des Zuges.

V

Ich kenne nicht die internationalen Gesetze oder Sitten der Diplomatie. Ich glaube aber, daß es nicht üblich ist, daß ein Diplomat eine Frau aus dem Lande heiratet, in dem er als der Vertreter seines eigenen fungiert. Ausnahmen gibt es, ich habe schon von einigen gehört. Mein Freund gehörte allerdings nicht zu diesen. Unser damaliger Botschafter dürfte ein strenger Formalist gewesen sein. Mein Freund mußte, weil er eine Engländerin geheiratet hatte, London verlassen. Sein neuer Posten war kein anderer als Belgrad.

Ich habe nicht erwähnt, daß die Frau meines Freundes die einzige Tochter ihrer Eltern war. Sie wissen: Engländer reisen zwar viel in der Welt herum, sie kennen sogar die verschiedenen Länder besser als andere Westeuropäer; aber sie schicken ihre Töchter nicht gerne in unwirtliche Gegenden. Einen kürzeren oder längeren Besuch verdient jedes Land; auch das unwirtlichste. Aber seinen ständigen Wohnsitz behält man in England, zumindest in einer der besseren englischen Kolonien. Wahrscheinlich hätten die Schwiegereltern meines Freundes nichts dagegen gehabt, wenn er zum Beispiel nach Indien gegangen wäre. Serbien aber flößte ihnen einen wahren Horror ein. Auch Frau Gwendolin hatte unsagbare Angst vor Belgrad und weigerte sich hinzufahren, indes mein Freund darauf bestand, daß die Frau ihn beglei- tete. Von den bibelkundigen, gläubigen Protestanten, die seine Schwiegereltern waren, führte er das bekannte Wort an, daß die Frau dem Manne überallhin zu folgen habe: vergebens. Es kam zum ersten ernstlichen Konflikt. Mein Freund fuhr nach Wien. Im Ministerium des Äußeren ver- suchte er alles Unmögliche, um seine Versetzung nach Paris oder wenigstens nach Madrid zu erreichen. Vergebens. Es gab andere, es gab, wie Sie wissen, im alten Österreich viele Protektionskinder. Paris, Madrid, Lissabon waren besetzt. Man brauchte übrigens tatsächlich einen tüchtigen Legati- onsrat in Belgrad. Man konnte sich dort auszeichnen. Der Sektionschef Baron S. im Ministerium wußte die Qualitäten meines Freundes zu schätzen, war auch ein wenig um des- sen Karriere besorgt. Kurz, es war unmöglich. Man mußte nach Belgrad.

Zufällig – oder besser: nicht zufällig, denn ich glaube nicht an Zufälle – sollte ich im April jenes Jahres zum er- stenmal meine Stellung als Kurarzt antreten. Ich gab meine Praxis auf, wir hielten im Februar. Unter zwanzig prakti- schen Ärzten, wahrscheinlich lauter armen Teufeln wie ich selbst, hatte die Kurverwaltung gerade mich ausgesucht. Ich wußte dieses Glück zu schätzen. Ich gab davon aller Welt sofort Kunde und natürlich auch meinem Freund in Lon- don. Er schrieb mir, es träfe sich herrlich. Da er ungefähr im März nach Belgrad müsse, könnte seine Frau bis zum April in London bleiben, dann zu mir kommen, die ganze Saison in meiner Obhut bleiben und erst im August nach Belgrad fahren. Sein Glück sei mein Posten, nicht das meinige.

Der Arme! Er hatte keine Ahnung davon, wie Frauenbäder auf gewisse jüngere Frauen wirken!

Er sollte es erst später erfahren.

VI

Die Frau war mit dem Plan einverstanden. Im März sollte mein Freund nach Belgrad fahren, im April seine Frau zu mir in den Kurort kommen. Von mir behandelt und durch die wundertätigen Quellen unseres Bades gestärkt, vielleicht gar in ihrem Sinne gewandelt, würde sie dann – so hoffte mein Freund – ohne Heimweh und Kummer ihrem Mann nach Belgrad folgen können.

Nun, sehen Sie: Es gibt wenig Frauen, mit denen man etwas Festes abmachen kann. Nicht, daß sie nicht Wort hielten oder mit Absicht täuschen wollten: nein! Ihre Konstitution verträgt keine feste Abmachung. Wenn sie entschlossen sind, ein Übereinkommen einzuhalten, wehrt sich, ohne daß sie es selbst wollen, ihr Körper. Sie werden einfach krank.

Zu den wenigen Frauen, mit denen man etwas Festes abmachen kann, gehörte nun die Frau meines Freundes keineswegs. Sie gehörte vielmehr zu jenen, die krank werden, das heißt: zu jenen, deren Körper sich gegen ihre redlichen Vorsätze wehrt – und sie erkrankte tatsächlich, genau einen Tag vor der Abreise meines Freundes nach Belgrad. Nicht sie selbst, begreifen Sie mich recht! – ihre Konstitution wollte sich nicht in das Unvermeidliche fügen. – Was ihr eigentlich fehlte? – Gott allein kann es wissen, Er, der die Eva schuf. Ein Frauenarzt weiß nur selten, was einer Frau fehlt.

Es begann mit dem Magen und der ihm benachbarten Gebärmutter. Die hastigen Ärzte in London einigten sich, wie gewöhnlich in solchen Fällen, auf eine Blinddarmentzündung. Mein Freund erbat und erhielt einen Aufschub von zwei Tagen. Man operierte die Frau. Der Blinddarm war, wie jeder zweite Blinddarm, den man herausnimmt, natürlich vereitert. (Der Ihrige, der meinige, sie sind auch vereitert.)

Die Ärzte und mein Freund bildeten sich ein, die Frau sei aus großer Lebensgefahr errettet. Beglückt, wie jeder Liebende, über die Rettung des geliebten Wesens, fuhr mein Freund auf seinen neuen Posten nach Belgrad.

Es blieb dennoch bei der Abmachung. Etwa Mitte April kam Frau Gwendolin zu mir, in meinen Kurort. Natürlich holte ich sie bei der Bahn ab. Sie sah aus wie eine Göttin, eine Göttin ohne Blinddarm, eine Göttin in Rekonvaleszenz. Sie litt und triumphierte zugleich und bezog aus ihrer Rekonvaleszenz allerhand Kräfte für ihren Triumph. Selbstverständlich hatte ich etwa eine halbe Stunde zu tun, bevor alle Koffer abgeholt und verstaut waren. Es waren etwa zwölf Stück. Kleider und Wäsche genug, um zwanzig Frauen für zwei bis drei Jahre auszustatten. Ich brachte Frau Gwendolin im Hotel Imperial unter und bat sie, morgen in meine Sprechstunde zu kommen.

Sie kam, ich untersuchte sie. Ich erinnere mich genau an diese Untersuchung, nicht nur, weil Gwendolin die Frau meines Freundes, sondern auch, weil sie eine meiner ersten Patientinnen war. Der Blinddarm war weg. Man sah den Schnitt, aber die Frau behauptete, man hätte ›etwas drin vergessen.‹ Sie hatte Hunger, Übelkeiten, Herzweh, Herzklopfen, Magenschmerzen, Krämpfe und immer wieder Hunger. Schwangerschaftserscheinungen, wie Sie wissen. Aber nein, sie war nicht schwanger! Es ist so ziemlich das einzige, was ein Frauenarzt feststellen kann, mit einiger Sicherheit. Sie war nicht schwanger! Nach einiger Überlegung kam ich auf die banalste aller Krankheiten. Diese schöne, elegante Dame – nichts Menschliches ist einem Menschen fremd – hatte leider einen Bandwurm.

Aber wie sollte ich ihr das mitteilen, ohne sie zu kränken? – Ich begann zuerst, von Parasiten zu sprechen, von harmlosen, dann von gefährlichen und schilderte den Bandwurm als einen der gefährlichsten Feinde der weiblichen

Schönheit. Als ich sie endlich soweit hatte, daß sie selbst ihren Wurm für äußerst interessant halten mußte, begann ich mit Vorschriften, Diät und Rezepten. Und noch niemals, seitdem Bandwürmer bestehen, ward einer so ernst genommen. Er war für Frau Gwendolin eine besondere Persönlichkeit. Alle ihre Gelüste und Schwächen schob sie seinem Einfluß zu. So kam sie zum Beispiel zu mir am Morgen und sagte: ›Denken Sie, heute nacht hat er mich geweckt, er wollte absolut Champagner!‹ – Er – das war der Bandwurm natürlich. Oder ein anderes Mal: ›Ich wollte zu Hause bleiben, wie Sie es mir geraten haben, Doktor, aber er wollte nicht, er machte mir Übelkeiten, ich mußte ausgehn, tanzen.‹ Und so fort. Sie schätzte ihren Wurm weit höher als ihren Mann. Er war ihr Verführer, ihr Ablaßgeber, ihr Held. Er gab ihr alles, was eine Frau ihresgleichen brauchte: Leiden, Schwäche, Lust, Gelüste. Er ließ sie tanzen, trinken, essen, alles Verbotene entschuldigte dieser Wurm. Er nahm sozusagen alle ihre Sünden auf sein Gewissen. Eine Woche später sogar eine wirkliche Sünde.

Geben Sie zu, daß ich der einzige Arzt der Welt sein dürfte, der einen solchen, geradezu schlangenartigen Bandwurm behandelt hat?

VII

Etwa eine Woche später schrieb mir mein Freund aus Belgrad, ich möchte ja nicht den Geburtstag seiner Frau vergessen. Er fand statt am 1. Mai, ein Datum, das man leicht behält. Am frühen Nachmittag, bevor meine Sprechstunde begann, ging ich mit einem gewaltigen Strauß roter Rosen ins Hotel Imperial zu meiner Schutzbefohlenen. Eigentlich hatte ich die Blumen unten beim Portier zurücklassen wollen. Ich weiß nicht, ob es Ihnen auch so geht, manchen

Männern geht es jedenfalls ähnlich wie mir: Ich komme mir sehr lächerlich vor mit Blumen in der Hand. Ein Mann, der etwas auf sich hält, sollte keine Blumen tragen. Aber es war die Frau meines Freundes, meine Schutzbefohlene, meine Patientin und ein ›Geburtstagskind‹. Ich entschloß mich also, den Rosenstrauß unter den Arm zu nehmen und in den Lift zu steigen. Ich ließ mich im ersten Stock anmelden. Ich sah, wie der livrierte Kellner an die Tür der Frau Gwendolin klopfte, einmal, zweimal, dreimal. Keine Antwort. ›Die Dame schläft vielleicht – oder sie badet‹, sagte ich. ›Nein‹, erwiderte der Etagenkellner, ›ich habe ihr soeben Champagner gebracht, mit zwei Gläsern.‹ ›Hat sie Besuch?‹ ›Gewiß‹, sagte der Kellner, ›der Doktor von Nummer 32.‹ ›Wer ist das?‹ ›Das ist der junge Rechtsanwalt aus Budapest, Herr Doktor Jenö Lakatos.‹

Nun, ich wußte genug. Zwar war es meine erste Saison in diesem Badeort. Aber ich war ja kein ›heuriger Has'‹, wie man bei uns sagt; und ich wußte, was die jungen Advokaten aus Budapest in Frauenbädern zu suchen hatten. Im allgemeinen, im Prinzip sozusagen, hatte ich ja nichts dagegen. Hier aber handelte es sich um die Frau meines Freundes, für die ich ihm einigermaßen verantwortlich war. Ja, ich selbst fühlte mich schon betrogen an seiner Statt. Ich bin Junggeselle geblieben. Aber ich habe die Erfahrung gemacht, daß wir gar nicht selbst zu heiraten brauchen, wenn wir verheiratete Freunde haben. Es ist, als heiratete man gewissermaßen die Frauen aller seiner guten Freunde mit, ließe sich mit den Freunden von den Frauen scheiden und würde mit den Freunden von den Frauen betrogen – wenn man nicht zufällig selbst der Betrüger seines Freundes ist.

Ich stand also ratlos da, in dem noblen, blendend weiß getünchten Korridor des Hotels, auf einem dunkelroten Läufer und blickte ratlos auf den blaubefrackten Zimmerkellner, den Blumenstrauß unter dem Arm, sehr lächerlich – nicht wahr?! Mir war, als fühlte ich an meiner Hüfte die schönen Rosen welken, Rosenleichen hielt ich schon. Ich beschloß, wieder hinunterzugehn. Da öffnete sich auf einmal die Tür. Heraus kam, aber mit dem Rücken zuerst, der Lakatos von Nummer 32. Ich sah ihn also zuerst von hinten. Aber es genügte vollkommen. Ein kleines, rundes Köpfchen mit glänzenden, schwarzen, geölten Haaren: als ob die Natur selbst Perücken herstellte. Ein großer, quadratischer Rumpf, eine Art bekleideter Kommode. Darunter der Körperteil, den man nicht nennt, mindestens sechsmal umfangreicher als der Kopf, hellgraue Hose, knallgelbe Schuhe. Dies war Lakatos. Er warf durch die halboffene Tür Kußhändchen ins Zimmer, kicherte, verneigte sich, schloß endlich die Tür, wandte sich um – und sah sich dem Kellner und mir gegenüber. Sein Angesicht, das lediglich aus schwarzen Knopfäugelchen, einem Näschen und einem pechschwarzen Schnurrbärtchen bestand, war wie aus Wachs, gerötetem Wachs. Er hatte keine Hautfarbe, sondern eine Art Schminke. Im übrigen: Er wurde gar nicht verlegen. Er lächelte uns zu. Er steckte die Hände in die Hosentaschen und ging zu seinem Zimmer, zur Nummer 32. Wie gerne hätte ich ihm mit meinem mächtigen Rosenstrauß ins Gesicht geschlagen. Ich hätte so gewußt, warum ich eigentlich zum ersten und einzigen Male in meinem Leben Blumen schleppte. Aber ich mußte zur Frau Gwendolin und ihr zum Geburtstag gratulieren.

In einem Anfall törichter Ratlosigkeit sagte ich zum Kellner: ›Die gnädige Frau ist sehr krank! Sie hat nämlich einen Bandwurm.‹

›Jawohl, Herr Doktor‹, sagte der Schlingel. ›Er ist soeben weggegangen.‹‹‹

VIII

Doktor Skowronnek machte eine Pause, sah auf die Uhr, bestellte einen Cognac und sagte: »Ich sehe eben, daß ich Sie schon lange aufhalte. Gedulden Sie sich bitte, meine eigentliche Geschichte kommt erst.«

Er trank den Cognac und fuhr fort:

»Die Begebenheiten, von denen ich zuletzt gesprochen habe, fallen in das Jahr 1910. Sie erinnern sich an jene Zeit, es gab Stürme auf dem Balkan, mein Freund in Belgrad hatte keinen leichten Posten. Seine Briefe wurden immer seltener, zwei-, dreimal im Jahr besuchte er seine Eltern, ich sah ihn nur außerhalb meiner Saison, das heißt, wenn er zufällig im Winter kam – denn ich wohnte immer noch in jener mittelgroßen Stadt, in der ich meine Praxis angefangen hatte, und zog nur im Frühling in meinen Kurort.

Die Besuche meines Freundes waren so kurz, daß wir kaum Zeit fanden, ein Konzert zu besuchen, geschweige denn, gemeinsam zu musizieren.

Die seltenen Abende, an denen wir uns trafen, wollten wir mit Gesprächen verbringen. Aber es kam im Laufe dieser Jahre zwischen uns zu keinem richtigen Gespräch mehr. Die Musik hatte uns zu Freunden gemacht. Ohne Musik – so empfand ich es damals deutlich – erstarrte das von Natur diskrete Herz meines Freundes. Wir saßen hart nebeneinander, aber wie getrennt durch eine Wand aus Eis. Unsere Blicke mieden sich gegenseitig. Trafen sie sich manchmal für eine Sekunde, so war's eine fast körperliche, zärtliche, aber flüchtige Berührung. Wenn du nur alles wüßtest, schienen seine Augen zu sagen. Und meine Augen fragten: Also, was ist denn geschehen? Es war nichts zu machen. Die Musik fehlte uns. Sie allein war das fruchtbare Feuer unserer Freundschaft gewesen. Mein Freund schämte sich – das wußte ich. Einen vornehmen Menschen hindert nichts so sehr am Sprechen und Erzählen wie die Scham. Wenn ein vornehmer Mensch sich schämt, schweigt er, verschweigt er sogar Wichtiges – und die Scham kann ihn sogar bis zur vulgärsten aller menschlichen Schwächen führen: nämlich bis zur Lüge. Ja, ich hatte ein paarmal die Empfindung, daß mein Freund lüge. Aber Sie kennen mich: Ich bin kein Moralist. Das will heißen: Ich beurteile die Menschen nicht nach ihren Handlungen und Reden, sondern nach den Gründen ihrer Handlungen und Reden. Und ich tat also, als nähme ich seine Lügen für pure Wahrheiten. Er aber fühlte, daß ich genauso log wie er selbst. Es waren peinliche Gespräche. Sein Gesicht war verändert. Er hatte, trotz seiner Jugend, leicht angegraute Schläfen, statt einer gesunden, gebräunten Hautfarbe eine bleiche und gelbliche. Über dem ursprünglichen Glanz seiner schönen, hellen Augen lag ein grauer Schleier, der graue Schleier der Lüge eben. Nach jedem neuen Besuch, den er mir im Laufe dieser Jahre abstattete, fand ich, daß seine Schultern schmaler und abfallend geworden waren, sein Rücken runder, seine Arme schlaffer. Immer fragte ich ihn nach seiner Frau. Dann begann er, von ihr zu erzählen; so viel zu erzählen, daß ich mit Recht glauben konnte, er verschwiege noch viel mehr, als er erzählte. Es war, als ob ein Mensch mit sehr viel Kleidern, mit viel zuviel Kleidern und Mänteln Blößen zudecken wollte. Frau Gwendolin war – wollte ich meinem Freund glauben – brav, heiter, treu, ernst und ausgelassen zugleich, ein Sprühteufel und eine gütige Fee, eine Hausfrau und eine flotte Tänzerin, verführerisch und außerordentlich bescheiden, eine Dame und ein süßes Mädchen, kurz: eine Gattin, wie sie ein Diplomat brauchen konnte.

›Und was macht der Bandwurm?‹ fragte ich hie und da, in Erinnerung an die freche Antwort des Zimmerkellners aus dem Hotel Imperial.

›Meine Frau ist ganz gesund‹, sagte mein Freund.

Ich zweifelte nicht daran. An ihrer Gesundheit hätte ich am wenigsten und zuallerletzt gezweifelt.

IX

Dann kam der Krieg.

Mein Freund (er war Oberleutnant der Reserve bei den Neuner-Dragonern) rückte am ersten Tage der Mobilisierung ein. Sein Regiment stand an der russischen Grenze. Frau Gwendolin kam in unsere Stadt, zu den Eltern meines Freundes, mit einem Empfehlungsbrief an mich ausgerüstet. In diesem Brief wünschte mein Freund, ich möchte in der Saison seine Frau mit mir nehmen und – so hieß es wörtlich – ›auf sie achtgeben‹.

Man rechnete damals, wie Sie wissen, mit einem Feldzug von einigen Monaten. Ich selbst ahnte, daß es Jahre dauern würde. Auch wußte ich, daß es mir nicht möglich sein werde, auf die Frau ›achtzugeben‹. Aber ich tat, wie mir geheißen ward. In der Saison nahm ich die Frau mit mir, in den Kurort.

Nun, ich bekam leider sofort, das heißt: kurz nachdem die Saison begonnen hatte, den Befehl, als Landsturmarzt einzurücken. Und ich überließ Frau Gwendolin der Obhut eines meiner Kollegen, der durch einen körperlichen Fehler – er hatte einen Buckel – vom Militärdienst befreit war.

Erst zwei Jahre später – ich hatte in einem Typhus-Spital gearbeitet und war selbst erkrankt – durfte ich ins Hinterland zurück. Am Vormittag war ich Landsturmarzt in Uniform und untersuchte kranke Soldaten. Am Nachmittag behandelte ich die weniger kranken Frauen, deren Männer meist im Felde standen und die ich mit ruhigem Gewissen eigentlich der weniger dezenten Behandlung durch meine rekonvaleszenten Soldaten hätte überlassen dürfen. Es war damals eine günstige Zeit für die Damen. Ein Lakatos, von der Art, wie ich ihn einst aus dem Zimmer der Frau meines Freundes hatte kommen sehn, war ein Waisenknabe gegen die robusten Bauern aus Bosnien, Herzegowina, Kroatien, Slowenien. Niemals hatten die wunderbaren Quellen unseres Frauenbads so herrliche Heilerfolge gehabt wie in der Zeit des Krieges, in der in unserem Kursalon die braven Krieger ihre Heilung abwarteten.

Frau Gwendolin war natürlich da ... Sie schien ihr Vaterland, das feindliche England, ihre Abstammung vergessen zu haben. Die äußerst bunte Männlichkeit der österreichischungarischen Armee hatte wahrscheinlich jedes Gefühl für England in ihrem schönen Busen ausgelöscht. Sie war eine österreichische Patriotin geworden, kein Wunder! – Liebe allein bestimmt die Haltung der Frauen.

Als der Krieg zu Ende war, kam mein Freund zurück, immer noch verliebt und wie jeder verliebte Mann überzeugt, daß ihm seine Frau die Treue gehalten habe. Nun, ich brauche Ihnen nicht zu sagen, daß Frau Gwendolin ziemlich erbittert war über das Ende des Krieges, vielleicht auch über die Rückkehr ihres Mannes. Sie fiel ihrem Mann um den Hals mit der Gewandtheit, die sie im Lauf der Kriegsjahre angenommen hatte und die mein Freund selbstverständlich mit der Leidenschaft für ihn verwechselte.

Es gab keine österreichisch-ungarische Monarchie mehr. Mein Freund, der noch im verkleinerten und veränderten Österreich seine Karriere hätte fortsetzen können (denn er war im Grunde ein leidenschaftlicher Diplomat), gab seinen Beruf auf. Er hatte Geld genug. Reich genug waren auch die Eltern seiner Frau. Und er beschloß, sein Leben der Frau Gwendolin zu widmen.

X

Sie reisten durch die neutral gebliebenen Länder. Mein Freund wollte, wie er sagte, den ›guten alten Frieden‹ wiederfinden. Er fand ihn nirgends. Er kehrte heim. Die Fabrik seines Vaters hatte keine Möglichkeit mehr, Waffen und Munition herzustellen. Alle vorhandenen Waffen mußten vernichtet oder den siegreichen Mächten ausgeliefert werden. Eines Tages erkrankte auch noch der Vater meines Freundes. Man durfte immerhin die Fabrik nicht ohne weiteres zugrunde gehen lassen. Anderen Munitionsfabriken war es gelungen, ihre Werke umzuwandeln: Statt der Granaten und Gewehrläufe erzeugte man Fahrräder, Maschinenteile, Wagen, Räder, Automobile. Auch mein Freund wollte es versuchen. Mit der Gewissenhaftigkeit, die ihm eigen war, begann er, die Industriefächer von Grund auf zu studieren. Er besichtigte Fabriken in England, Deutschland, in der Schweiz. Als er genügend Erfahrung zu haben glaubte, kehrte er zurück: Allein – er hatte seine Frau in London bei ihren Eltern gelassen. Er war unternehmungslustig, voller Hoffnung. Fast schien es, als begrüße er das Schicksal, das ihn aus seiner noblen Laufbahn geworfen hatte. Er hatte in der Tat auch kaufmännische Fähigkeiten, einen Instinkt für Menschen und Dinge. Wir kamen oft zusammen. Natürlich musizierten wir und besuchten Konzerte.

Einmal kam er zu mir, zu einer außergewöhnlichen Stunde. Er wußte, daß ich spät zu Bett zu gehen pflegte. Es war eine Stunde nach Mitternacht. Er legte eine Aktenmappe auf den Tisch, blieb vor mir stehen und fragte:

›Sagen Sie mir die Wahrheit, Sie wissen es, ist meine Frau treu? – Hat sie mich betrogen? Wie oft? Mit wem?‹

Eine schwierige Situation, Sie begreifen. Es gehört zu den Gesetzen der Ritterlichkeit, eine Frau nicht zu verraten. Außerdem hatte ich ein paarmal gesehen, daß sich der Zorn verliebter Männer nicht gegen die betrügerischen Frauen kehrt, sondern gegen die warnenden und mahnenden Freunde. Ich weiß heute noch nicht, welche Pflicht die dringlichere ist: die Frau zu schonen oder dem Freund die Wahrheit zu sagen. Im Lauf meiner langen Praxis als Frauenarzt bin ich zwar sozusagen immer ritterlicher geworden, das heißt, ich habe Übung bekommen in der rücksichtsvollen Behandlung der Frauen; aber auch immer rücksichtsloser in der Beurteilung dieses schwachen Geschlechts, dessen Kräften wir niemals gewachsen sein werden. Es war mein bester, mein einziger Freund. Ich sah ihn an, ich erhob mich auch nicht und sagte ruhig:

›Ihre Frau hat Sie oft betrogen.‹

Er setzte sich, kehrte die Aktentasche um und leerte auf meinem Tisch ihren Inhalt aus: Militärschleifen, Kokarden, Edelweiß, Metallknöpfe, Spiegelchen, lauter Zeug, wie es die Soldaten den Mädchen während des Krieges zu schenken pflegten.

Schließlich gab's auch Liebesbriefe, kleine, große, einfache, bunte Kärtchen und blaue Feldpostkarten. Mein Freund stand da und starrte auf den bunten Haufen. Dann sah er mich lange an und fragte:

›Warum haben Sie mir nichts gesagt?‹

›Das war nicht meine Aufgabe‹, erwiderte ich.

›So!‹ schrie er plötzlich, ›Nicht Ihre Aufgabe! Ich pfeife auf Ihre Freundschaft, hören Sie, ich pfeife auf Sie!‹

Er raffte den ganzen Kram in die Aktentasche, schloß sie, sah mich nicht mehr an und verließ das Haus.

›Nun hab' ich einen Freund verloren!‹ sagte ich mir. – Schlimmer, viel schlimmer, als wenn man eine Frau verliert.

Ich hätte noch zwei Wochen Zeit gehabt. Aber ich fuhr schon am nächsten Morgen in meinen Kurort.

Dorthin wurde mir ein aufgeregtes Telegramm der Frau

Gwendolin nachgeschickt. Auch ihr sollte ich umgehend die Wahrheit sagen: ob ihr Mann erkrankt sei, sie wüßte nicht, warum sie plötzlich zu ihm kommen müsse.

Ich schickte das Telegramm ohne ein begleitendes Wort meinem Freunde zu.

XI

Vier Wochen später kamen beide plötzlich zu mir. Das heißt: Zuerst stürzte mein Freund in mein Zimmer. Es hatte sich etwas Furchtbares ereignet. In hastigen Sätzen erzählte er: Es hatte eine der üblichen Szenen gegeben. Die Frau versuchte zu leugnen. Er nannte und zeigte die sogenannten ›erdrückenden Beweise.‹ Die Frau entschloß sich, unter Tränen natürlich, nach London für immer zurückzufahren. Die Koffer waren gepackt, das Billett gekauft. Eine Stunde vor der Abfahrt des Zuges kam sie in seine Fabrik. Das bekannte ›letzte Lebewohl‹. Selbstverständlich brachte sie Blumen. Sie glauben gar nicht, welch ein elender Abklatsch schlechter Romane das Leben ist. Oder: wie Sie gleich sehen werden: medizinischer Lehrbücher. Sie benahm sich merkwürdig. Sie sank auf die Knie und küßte meinem Freund die Schuhspitzen. Er konnte sich ihrer nicht erwehren. Sie schlug ihn auch ins Gesicht. Hierauf fiel sie, steif wie eine Kleiderpuppe, auf den Boden. Man konnte sie nicht aufheben. Sie haftete am Teppich wie angelötet. Hierauf verfiel sie in Zuckungen. Man brachte sie nach Hause, man berief Ärzte, man fuhr mit ihr nach Wien, zu den Koryphäen. Ihr Zustand ist beinahe unverändert schlecht, aber innerhalb der Krankheit gibt es muntere Abwechslungen. Bald ist ein Arm gelähmt, bald ein Bein. Einmal zittert ihr Kopf, ein anderes Mal ein Augenlid. Tagelang kann sie nichts essen, sie erbricht sich beim Anblick von Nahrungsmitteln. Ein paarmal mußte man sie auf der Bahre in die Kirche tragen, sie wollte beten. Auf den Mann ist sie böse. Ihrer Meinung nach ist er der Urheber ihrer Leiden.

Mein armer Freund hielt sich tatsächlich für den Schuldigen. ›Ich habe sie vernichtet‹, sagte er. ›Meine Schuld! Alles, was sie getan hat: meine Schuld! Ich war taub und blind. Junge Frauen läßt man nicht allein. Was hätte sie tun sollen, ganze Tage und Nächte, ohne mich? Und wie brutal hab' ich mit ihr abgerechnet! Es tat mir ja gar nicht wirklich weh! Nur mein elender Stolz war beleidigt. Gekränkte, blöde, männliche Eitelkeit. Kein Doktor kann ihr helfen. Nur Sie, mein Freund! Verzeihen Sie mir alles!‹

›Auch ich kann ihr nicht helfen, lieber armer Freund!‹ sagte ich. ›Nur sie selber könnte sich helfen, wenn sie wollte. Aber sie ist ja eben krank, weil sie sich nicht helfen will. Wir nennen das in der Medizin: die Flucht in die Krankheit. Es ist geradezu ein Musterbeispiel für diese pathologische Erscheinung. Es gibt nur eines: Retten Sie sich selbst. Geben Sie Ihre Frau in ein gutes Sanatorium.‹

›Niemals!‹ schrie er. ›Ich verlasse sie niemals.‹

›Gut!‹ sagte ich. ›Wie Sie wollen. Gehn wir zu Ihrer Frau.‹

Sie empfing mich mit einem holden Lächeln, ihren Mann mit einem strengen Blick. Keine geniale Schauspielerin hätte das vermocht. Ihr rechtes Auge leuchtete mir selig entgegen, ihr linkes sandte finstere Blitze gegen meinen Freund. Gestern noch hatten ihre Lider gezuckt. Heute konnte sie mir nur die Linke geben, denn die Rechte war steif. Die Beine? –Ja, die waren heute gut. – ›Stehen Sie auf!‹ befahl ich in dem Ton, in dem ich als Militärarzt zu den Soldaten hatte sprechen müssen. Sie erhob sich. ›Kommen Sie ans Klavier! Wir wollen versuchen zu spielen!‹ Sie trat ans Klavier. Wir setzten uns. Und nun brachte ich meinem Freund ein unerhörtes Opfer. Denken Sie: Ich, ich spielte – nun, was, glauben Sie, spielte ich? – Wagner! – Und was von Wagner? – Den Pilgerchor. – Und ihre rechte Hand bewegte sich. – ›Wagner ist ein großer Meister!‹ sagte sie, als wir fertig waren. ›Ja, gnädige Frau! Als Heilmittel für kranke Damen ist er unübertrefflich‹, erwiderte ich.

›Sie sind der einzige Arzt in der Welt!‹ jubelte mein Freund. Denken Sie, er hatte gar nicht gemerkt, daß ich zum erstenmal in meinem Leben Wagner gespielt hatte!

So viel vermag eine Frau, und noch mehr! Denn von dieser Stunde an ließ sie mir nur ein paar Pausen am Tag, meinem Freund nicht eine einzige. Wir saßen Tag um Tag, Nacht um Nacht neben ihr, besser gesagt: um sie herum. In den kurzen Pausen, in denen ich allein sein durfte beziehungsweise meine anderen Patientinnen behandelte, hatte mein Freund kein leichtes Leben. Ich fühlte, mit welcher Inbrunst er mich erwartete. Wenn ich kam, umarmte er mich, blieb mit mir eine lange Weile im Vorzimmer, ich wußte genau, wie er sich danach sehnte, mit mir allein zu sein, zwei Stunden, einen Abend; und ich fühlte sein Herz klopfen, sein armes, furchtsames Herz, das Herz eines Sklaven, den die Herrin drohend erwarten kann. Kamen wir dann ins Zimmer, so fragte die Frau regelmäßig: ›Was habt ihr so lange draußen zu tun? Es ist ja warm! Der Doktor hat ja keinen Mantel! Was habt ihr vor mir für Geheimnisse? Ach Gott! Immer werde ich betrogen!‹

Ich konnte mich nicht enthalten, ihr eines Tages zu antworten: ›An jeden von uns kommt einmal die Reihe …‹

Sie rächte sich an jenem Tage. Ihr linker Fuß erstarrte, erkaltete, und ich mußte ihn eine Stunde lang frottieren.

Mein Freund stand ihr zu Häupten und streichelte ihre Haare. Wir sprachen kein Wort.

Als der linke Fuß beinahe wieder warm geworden war, fragte ich meinen Freund: ›Und was ist eigentlich mit Ihrer Fabrik?‹

›Fabrik? – Welche Fabrik?‹ rief die Kranke.

›Beruhige dich‹, sagte der Mann. ›Der Doktor meint meine Fabrik. Ich habe sie längst verkauft, lieber Freund, wir leben vom Konto.‹

Tag für Tag wiederholten sich derartige Szenen. Manchmal gingen wir alle drei aus. Dann führten wir, nein, wir schleppten geradezu die Frau in der Mitte. An unser beider Armen hing sie, die süße Last.

Wir aßen, tranken und schwiegen.

Einmal, ich erinnere mich, gingen wir in ein Tanzlokal. Sie wissen, daß ich kein leidenschaftlicher Tänzer bin. Ich hasse jede Art von Exhibitionismus – und das ist – offen gestanden – der Tanz seit dem Ende des Krieges. Da ich aber nun einmal schon, meines Freundes wegen, Wagner mit der Frau gespielt hatte, beschloß ich auch, mit ihr zu tanzen. Was muß ein Frauenarzt nicht alles! Nun, wir tanzten. Mitten im Shimmy flüsterte sie: ›Ich liebe dich, Doktor, ich liebe nur dich.‹ – Ich antwortete natürlich nicht. Als wir zum Tisch zurückkehrten, sagte ich zu meinem Freunde: ›Ihre Frau hat mir eben ihre Liebe gestanden. Ich bin der einzige Arzt, den sie liebhat.‹

Ein paar Tage später, die Saison ging schon zu Ende, riet ich meinem Freund, er möchte mit seiner Frau nach England fahren, zu den Schwiegereltern, und – wenn er wolle – im nächsten Jahr wieder zu mir kommen.

›Im nächsten Jahr kommen wir als Gesunde zu Ihnen‹, sagte er. Und sie fuhren nach London.

XII

Im nächsten Jahr kamen sie wieder, aber keineswegs als Gesunde. Ich spreche in der Mehrzahl: Denn mein Freund war genauso krank wie seine Frau. Typhus ist weniger ansteckend als Hysterie, müssen Sie wissen. Ein Irrsinniger ist nicht deshalb gefährlich, weil er seine normale Umgebung körperlich bedrohen könnte, sondern weil er die Vernunft seiner normalen Umgebung allmählich vernichtet. Der Irrsinn in dieser Welt ist stärker als der gesunde Menschenverstand, die Bosheit ist mächtiger als die Güte.

Ich hatte den Winter über wenig Nachrichten von meinem Freund bekommen. Mein Rat war vielleicht ein schlimmer gewesen. Im Hause ihrer Eltern gewann die Bosheit der Frau neue Kräfte, es war geradezu eine Schmiedeanstalt für ihre Waffen. Ärzte, Hypnotiseure, Gesundbeter, Magnetiseure, Pfarrer, alte Weiber: nichts konnte ihr helfen. Eines Tages behauptete sie, die Beine nicht mehr bewegen zu können. Und kennzeichnenderweise war es kurz nach einem Abend, an dem ihr Mann – mit seinem Schwiegervater übrigens – zum erstenmal seit dem Ausbruch ihrer Krankheit zu irgendeinem Bankett gegangen war. Nun, die Beine waren tatsächlich steif. Krücken, Holzbeine, Prothesen sind beweglicher. Die unbewegten, unbeweglichen Beine magerten rapide ab, indes der Oberkörper der Frau ständig zunahm. Man mußte sie im Rollstuhl fahren. Und da sie keinen fremden Menschen um sich duldete, mußte sie natürlich ihr Mann, mein Freund, im Rollstuhl fahren. Als er wieder zu mir kam, war er alt und grau geworden. Aber, schlimmer als dies: Dieser noble Mensch hatte die Haltung und die Allüren eines Dieners – was sag' ich: eines Knechtes angenommen. Wie ein Rekrut beim Anruf seines Feldwebels, so erstarrte er, wenn seine Frau ihn rief. Ihre Stimme war heiser und zugleich schärfer geworden. Wie eine sirrende Säge schnitt sie durch die Luft. Dabei hatte sie blitzende, lachende, heitere Augen, ein angenehmes Lächeln, rosige Wangen, die immer voller wurden, ein Grübchen im Kinn, das immer fetter wurde, sie glich einem gelähmten Weihnachtsengel, ohne Flügel, auf armseligen, stockdünnen, harten, unbeweglichen Beinen. Mein Freund aber, wie gesagt, sah aus wie ein Lakai. Ein alter Herrschaftskutscher hätte sich neben ihm wie ein Fürst ausgenommen. Mein Freund schlich mit schiefen Schultern einher, auf geknickten Beinen, vielleicht kam es davon, daß er ewig den Karren mit seiner süßen Last durch das Leben stoßen mußte. Ja, verprügelt — das ist das richtige Wort: verprügelt sah er aus! Vielleicht schlug sie ihn auch dann und wann.

Ich fragte ihn, wie es mit der Liebe sei, ich meine, mit der körperlichen. Nun, denken Sie: Dieser Mann mußte Nacht für Nacht seine Frau entkleiden, auf seinen Armen ins Bett tragen und selbstverständlich neben ihr liegen. Er fürchtete, der Arme, diese Frau würde ihn noch einmal betrügen, wenn er sie nicht liebte. Ja, er schwärmte noch von ihrer Schönheit! Mir schwärmte er von ihrer Schönheit vor, der ich ihren fett gewordenen Oberkörper und ihre stabdünnen Beine gesehen hatte!

Am stärksten plagte ihn ihre Eifersucht. Sie konnte keinen Augenblick allein bleiben, sie lehnte Krankenschwestern ab – aus Angst, ihr Mann könnte sich in die Schwester verlieben. Aber sie war auch auf mich eifersüchtig, auf das Zimmermädchen, den Zimmerkellner, den Hotelportier, den Liftboy. Ins Konzert und ins Café und ins Restaurant schleppten wir sie beide gemeinsam, wie Zugesel, angeschnallt an den Griff ihres elenden, knarrenden Karrens, keuchend durch die schwülen Abende, manchmal durch Regen und Wind, einen Schirm haltend über ihren immer modischen Hut, die Decken unaufhörlich glättend über ihren steifen Knien. Modistinnen, Näherinnen, Schneiderinnen flatterten, wie Falter um das Licht, ins Hotel, in dem sie wohnte. Vor jedem dritten Schaufenster blieb man stehen. In Juwelierläden ließ sie sich rollen, stundenlang suchte sie nach passendem Schmuck. Jeden Vormittag kam der Friseur ins Haus. Jeden Morgen mußte sie mein Freund ins Bad legen. Und während sie im Wasser mit Gummitieren spielte, las er ihr aus törichten englischen Gesellschaftsromanen und Magazinen vor. Meine Behandlung nützte gar nichts mehr. Es war, wie wir Ärzte sagen, kein ›Gesundheitswillen‹ mehr in der Frau, die Psychose war schon allzu heimisch in ihr geworden. Sie lachte mich aus. Ich hatte keine Macht mehr über sie.

Niemals gelang es mir, allein mit meinem Freund zu sein. Sie ließ uns nicht eine Viertelstunde allein. Ich suchte nach einem Ausweg. Ich glaubte schließlich, einen gefunden zu haben: Da sie aus Eifersucht eine Schwester ablehnte – wie war es da mit einem Wärter? Ich kannte einen braven jungen Burschen aus unserem Krankenhaus. Ich sprach mit ihm, er war einverstanden. Ich brachte ihn zu Frau Gwendolin, er gefiel ihr. ›Aber nicht jetzt‹, sagte sie, ›wir werden ihn mitnehmen, wenn wir zurückfahren. Hier mag ich euch beide nicht allein lassen.‹ Dabei blieb es. Kurz vor Saisonende fuhren sie mit dem jungen Wärter nach London.

Ich hatte eine kleine Genugtuung: Vielleicht konnte dieser Wärter wenigstens in London meinem armen Freund ein paar Atempausen verschaffen.

Aber es kam anders! Kaum zwei Monate später erhielt ich einen kurzen Brief meines Freundes.

Ich hätte immer recht gehabt, so schrieb er mir, jetzt wisse er es endlich, aber es sei nie zu spät, jetzt würde er seine Frau verlassen. Er hätte sie bei einer innigen Umarmung mit dem jungen Wärter ertappt. Ich würde bald Näheres hören.

Aber zwei Jahre vergingen, ich schrieb, ohne Antwort zu erhalten, ich hörte nichts mehr von meinem lieben Freund.

XIII

Eines Tages fuhr ich nach Paris und besuchte mehr aus langer Weile denn aus Interesse eines der vielen nächtlichen Lokale auf dem Montmartre, vor deren Türen falsche Ko-

saken Wache halten und echte Amerikaner hereinzulok-
ken versuchen. Müde und fast gekränkt über meine eigene
Dummheit, saß ich da und sah den tanzenden Paaren zu.
Auf einmal erblickte ich Frau Gwendolin. Sie war es, kein
Zweifel! Im Arm eines glattgekämmten, ölig-schwarzhaari-
gen Gigolos tanzte sie einen sogenannten Java. Der Mann
konnte kein anderer sein als Lakatos. Das heißt: Lakatos aus
Budapest ist ein Typus, keine Persönlichkeit. Es mußte nicht
unbedingt der alte Lakatos von Zimmer 32 sein. Plötzlich
fiel ihr Blick auf mich. Sie ließ ihren Tänzer stehen, kam an
meinen Tisch, gesund, heiter, lächelnd, eine Göttin. Unwillkürlich bückte ich mich, um ihre Beine zu sehn. Gesunde,
tadellose Beine in hellgrauen seidenen Strümpfen.

›Sie wundern sich, Doktor, was?‹ sagte sie. ›Ich setze
mich ein bißchen.‹

Sie setzte sich.

›Wo ist Ihr Mann?‹ fragte ich. ›Warum schreibt er nicht?‹

Zwei große, glänzende Tränen erschienen auf Kommando,
zwei Wachtposten der Trauer, in ihren Augenwinkeln.

›Er ist tot!‹ sagte sie. ›Er hat sich leider umgebracht. Wegen einer Dummheit.‹

Sie zog das Taschentuch und gleichzeitig den Spiegel aus
dem Handtäschchen.

›Wann denn?‹ fragte ich.

›Vor zwei Jahren!‹

›Und wie lange sind Sie schon gesund?‹

›Anderthalb Jahre!‹

›Und ist das Ihr neuer Mann, mit dem Sie hier sind?‹

›Mein Bräutigam, Herr Lakatos, ein Ungar, famoser Tänzer, wie Sie vielleicht gesehen haben.‹

Ach, der Bandwurm! dachte ich und rief: ›Zahlen!‹ und
bezahlte schnell und ließ die Frau sitzen, und ohne von ihr
Abschied zu nehmen, ging ich hinaus.

Viele, viele Frauen gingen an mir vorüber, manche lächelten mir zu. Lächelt nur, dachte ich, lächelt nur, dreht euch, wiegt euch, kauft euch Hütchen, Strümpfchen, Sächelchen! Rasch naht euch das Alter! Noch ein Jährchen, noch zwei! Kein Chirurg hilft euch, kein Perückenmacher. Entstellt, vergrämt, verbittert sinkt ihr bald ins Grab, und noch tiefer, in die Hölle. Lächelt nur, lächelt nur!...

Die Büste des Kaisers

Novelle

I

Im früheren Ostgalizien, im heutigen Polen, sehr ferne der einzigen Eisenbahnlinie, die Przemysl und Brody verbindet, liegt das Dörfchen Lopatyny, von dem ich im Folgenden eine merkwürdige Geschichte zu erzählen gedenke.

Mögen die Leser freundlicherweise dem Erzähler nachsehen, daß er den Tatsachen, die er mitzuteilen hat, eine historisch-politische Erläuterung vorausschickt. Die unnatürlichen Launen, welche die Weltgeschichte in der letzten Zeit gezeigt hat, zwingen ihn zu dieser Erläuterung.

Denn die Jüngeren unter seinen Lesern bedürfen vielleicht der Erklärung, daß ein Teil des Gebietes im Osten, das heute zur polnischen Republik gehört, bis zum Ende des großen Krieges, den man den Weltkrieg nennt, eines der vielen Kronländer der alten österreichisch-ungarischen Monarchie gewesen ist.

In dem Dorfe Lopatyny also lebte der Nachkomme eines alten polnischen Geschlechts, der Graf Franz Xaver Morstin – eines Geschlechtes, das (nebenbei gesagt) aus Italien stammte und im sechzehnten Jahrhundert nach Polen gekommen war. Der Graf Morstin hatte als junger Mann bei den Neuner-Dragonern gedient. Er betrachtete sich weder als einen Polen noch als einen Italiener, weder als einen polnischen Aristokraten noch als einen Aristokraten italienischer Abkunft. Nein: Wie so viele seiner Standesgenossen in den früheren Kronländern der österreichischungarischen Monarchie war er einer der edelsten und reinsten Typen des Österreichers schlechthin, das heißt also: ein übernationaler Mensch und also ein Adeliger echter Art. Hätte man ihn zum Beispiel gefragt – aber wem wäre eine so sinnlose Frage eingefallen?–, welcher »Nation« oder welchem Volke er sich zugehörig fühle: der Graf wäre ziemlich verständnislos, sogar verblüfft vor dem Frager geblieben und wahrscheinlich auch gelangweilt und etwas indigniert. Nach welchen Anzeichen auch hätte er seine Zugehörigkeit zu dieser oder jener Nation bestimmen sollen? – Er sprach fast alle europäischen Sprachen gleich gut, er war fast in allen europäischen Ländern heimisch, seine Freunde und Verwandten lebten verstreut in der weiten und bunten Welt. Ein kleineres Abbild der bunten Welt war eben die kaiser- und königliche Monarchie, und deshalb war sie die einzige Heimat des Grafen. Einer seiner Schwäger war Bezirkshauptmann in Sarajevo, ein anderer Statthaltereirat in Prag, einer seiner Brüder diente als Oberleutnant der Artillerie in Bosnien, einer seiner Vettern war Botschaftsrat in Paris, ein anderer Grundbesitzer im ungarischen Banat, ein dritter stand in diplomatischen Diensten Italiens, ein vierter lebte aus purer Neigung zum Fernen Osten seit Jahren in Peking. Von Zeit zu Zeit pflegte Franz Xaver seine Verwandten zu besuchen, häufiger natürlich jene, die innerhalb der Monarchie wohnten. Es waren, wie er zu sagen pflegte, seine privaten »Inspektionsreisen«. Sie waren nicht nur den Verwandten, sondern auch den Freunden zugedacht, einigen früheren Mitschülern der Theresianischen Akademie, die in Wien lebten. Hier hielt sich der Graf Morstin zweimal im Jahr, Sommer und Winter, (zwei Wochen und länger) auf. Wenn er so kreuz und quer durch die Mitte seines vielfältigen Vaterlandes fuhr, so behagten ihm vor allem jene ganz spezifischen Kennzeichen, die sich in ihrer ewig gleichen und dennoch bunten Art an allen Stationen, an allen Kiosken, in allen öffentlichen Gebäuden, Schulen und Kirchen aller Kronländer des Reiches wiederholten. Überall trugen die Gendarmen den gleichen Federhut oder den gleichen lehmfarbenen Helm mit goldenem Knauf und dem blinkenden Doppeladler der Habsburger; überall waren die hölzernen Türen der k. u. k. Tabaktrafiken mit schwarz-gelben Diagonalstreifen bemalt; überall trugen die Finanzer die gleichen grünen (beinahe blühenden) Portepees an den blanken Säbeln; in jeder Garnison gab es die gleichen blauen Uniformblusen und die schwarzen Salonhosen der flanierenden Infanterieoffiziere auf dem Korso, die gleichen roten Hosen der Kavalleristen, die gleichen kaffeebraunen Röcke der Artillerie; überall in diesem großen und bunten Reich wurde jeden Abend gleichzeitig, wenn die Uhren von den Kirchtürmen neun schlugen, der gleiche Zapfenstreich geblasen, bestehend aus heiter tönenden Fragen und wehmütigen Antworten. Überall gab es die gleichen Kaffeehäuser mit den verrauchten Wölbungen, den dunklen Nischen, in denen Schachspieler wie merkwürdige Vögel hockten, mit den Büffets voll farbiger Flaschen und glitzernder Gläser, die von goldblonden und vollbusigen Kassiererinnen verwaltet wurden. Fast überall, in allen Kaffeehäusern des Reiches, schlich, die Knie schon etwas zittrig, auf aufwärts gestreckten Füßen, die Serviette im Arm, der backenbärtige Zahlkellner, fernes, demütiges Abbild der alten Diener Seiner Majestät, des hohen backenbärtigen Herrn, dem alle Kronländer, all die Gendarmen, all die Finanzer, all die Tabaktrafiken, all die Schlagbäume, all die Eisenbahnen, all die Völker gehörten. Und man sang in jedem Land andere Lieder; und in jedem Land trugen die Bauern eine andere Kleidung; und in jedem Land sprach man eine andere und einige verschiedene Sprachen. Und was den Grafen so entzückte, war das feierliche und gleichzeitig fröhliche Schwarz-Gelb, das mitten unter den verschiedenen Farben traulich leuchtete;

das ebenfalls feierliche und heitere »Gott erhalte«, das heimisch war unter allen Volksliedern, das ganz besondere, nasale, nachlässige, weiche und an die Sprache des Mittelalters erinnernde Deutsch des Österreichers, das immer wieder hörbar wurde unter den verschiedenen Idiomen und Dialekten der Völker. Wie jeder Österreicher jener Zeit liebte Morstin das Bleibende im unaufhörlich Wandelbaren, das Gewohnte im Wechsel und das Vertraute inmitten des Ungewohnten. So wurde ihm das Fremde heimisch, ohne seine Farbe zu verlieren, und so hatte die Heimat den ewigen Zauber der Fremde.

In seinem Dorf Lopatyny war der Graf mehr als jede amtliche Instanz, die die Bauern und die Juden kannten und fürchteten, mehr als der Richter im nächsten Kreisstädtchen, mehr als der Bezirkshauptmann dortselbst, mehr als einer der höheren Offiziere, die jedes Jahr bei den Manövern die Truppen befehligten, Hütten und Häuser zu Quartieren machten und überhaupt jene besondere kriegerische Macht des Manövers repräsentierten, die imposanter ist als die kriegerische Macht im wirklichen Krieg. Es schien den Leuten in Lopatyny, daß ein »Graf« nicht etwa nur ein Adelstitel sei, sondern auch ein ganz hoher Amtstitel. Die Wirklichkeit gab ihnen auch nicht unrecht. Denn der Graf Morstin konnte vermöge seines selbstverständlichen Ansehens Steuern ermäßigen, die kränklichen Söhne mancher Juden vom Militärdienst befreien, Gnadengesuche befördern, unschuldig oder zu hart Verurteilten die Strafe erleichtern, Fahrpreisermäßigungen für Arme auf der Eisenbahn durchsetzen, Gendarmen, Polizisten und Beamte, die ihre Befugnisse überschritten, einer gerechten Strafe zuführen, Lehramtskandidaten, die auf eine Stellung warteten, zu Gymnasialsupplenten machen, ausgediente Unteroffiziere zu Trafikanten, Geldbriefträgern und Telegraphisten, studierende Söhne armer Bauern und Juden zu »Stipendiaten«.

Wie gerne erledigte er dies alles! Er war in der Tat eine vom Staat nicht vorgesehene Instanz, die gewiß mehr beschäftigt war als die meisten staatlichen Ämter, bei denen er vorzusprechen und zu vermitteln hatte. Um seinen Pflichten zu genügen, beschäftigte er zwei Sekretäre und drei Schreiber. Außerdem, der Tradition seines Hauses getreu, übte er »herrschaftliche Wohltätigkeit« – wie man im Dorfe sagte. Seit mehr als hundert Jahren versammelten sich jeden Freitag vor dem Balkon des Hauses Morstin Landstreicher und Bettler aus der Gegend, um von den Lakaien in Papier gewickelte Kupfermünzen entgegenzunehmen. Gewöhnlich erschien der Graf auf dem Balkon und begrüßte die Armen. Und es war, als dankte er den Bettlern, die ihm dankten; als tauschten Geber und Nehmer Dankbarkeit aus.

Nebenbei gesagt: Es war nicht immer die Güte des Herzens, die alle diese Wohltätigkeit gebar, sondern eines jener ungeschriebenen Gesetze so mancher noblen Familien. Ihre Urahnen mochten noch vor Jahrhunderten aus purer Liebe zum Volk Wohltaten, Hilfe und Unterstützung ausgeübt haben. Allmählich aber, im Wandel der Geschlechter, war diese Güte gewissermaßen zu Pflicht und Überlieferung gefroren und erstarrt. Im übrigen war die heftige Hilfsbereitschaft des Grafen Morstin seine einzige Tätigkeit und seine Zerstreuung. Sie gab seinem ziemlich müßigen Leben eines Grandseigneurs, den, zum Unterschied von seinen Nachbarn und Standesgenossen, nicht einmal die Jagd interessierte, ein Ziel und einen Inhalt und eine ständig wohltuende Bestätigung seiner Macht. Hatte er diesem eine Tabaktrafik, jenem eine Lizenz, dem dritten einen Posten, dem vierten eine Audienz verschafft, so fühlte er sein Gewissen, aber auch seinen Stolz befriedigt. Mißlang ihm aber eine Vermittlung für den und jenen seiner Schutzbefohlenen, so war sein Gewissen unruhig und sein Stolz verletzt. Und er gab nicht nach, und er appellierte an alle Instanzen, bis er seinen Willen, das heißt: den seiner Protektionskinder, durchgesetzt hatte. Deswegen liebte und verehrte ihn die Bevölkerung. Denn das Volk hat keine richtige Vorstellung von den Beweggründen, die einen mächtigen Mann dazu führen, den Kleinen und Ohnmächtigen zu helfen. Es will einfach einen »guten Herrn« sehn – und es ist oft edelmütiger in seinem kindlichen Vertrauen zum Mächtigen als dieser, in dem es immer gläubig den Edelmütigen sieht. Es ist der tiefste und edelste Wunsch des Volkes, den Mächtigen gerecht und adelig zu wissen. Darum rächt es sich so grausam, wenn die Herren es enttäuschen – einem Kinde gleich, das zum Beispiel seine Spielzeuglokomotive vollends zerbricht, wenn sie einmal versagt hat. Deshalb gebe man dem Volk stabile Spielzeuge wie den Kindern und gerechte Mächtige.

Derlei Erwägungen hatte der Graf Morstin gewiß nicht, wenn er Protektion, Güte und Gerechtigkeit übte. Aber diese Erwägungen, die vielleicht den und jenen seiner Vorfahren zur Ausübung der Güte, Barmherzigkeit und Gerechtigkeit geführt hatten, wirkten lebendig im Blut – oder, wie man heutzutage sagt: im »Unterbewußtsein« des Enkels.

Und ebenso wie er den Schwächeren zu helfen sich verpflichtet fühlte, ebenso empfand er Hochachtung, Respekt und Gehorsam gegenüber denjenigen, die höhergestellt waren als er. Die Person Seiner kaiser- und königlichen Majestät, der er gedient hatte, war für ihn immer eine außerhalb alles Gewöhnlichen bleibende Erscheinung. Es wäre dem Grafen zum Beispiel unmöglich gewesen, den Kaiser als einen Menschen schlechthin zu sehn. Der Glaube an die überlieferte Hierarchie war so seßhaft und stark in der Seele Franz Xavers, daß er den Kaiser nicht etwa wegen seiner menschlichen, sondern wegen seiner kaiserlichen Eigenschaften liebte. Er gab jeden Verkehr mit Freunden, Bekannten und Verwandten auf, wenn sie in seiner Anwesenheit ein seiner Ansicht nach respektloses Wort über den

Kaiser fallenließen. Vielleicht ahnte er damals schon, lange vor dem Untergang der Monarchie, daß leichtfertige Witze tödlicher sein können als die Attentate der Verbrecher und die feierlichen Reden ehrgeiziger und rebellischer Weltverbesserer. Dann hätte allerdings die Weltgeschichte den Ahnungen des Grafen Morstin recht gegeben. Denn die alte österreichisch-ungarische Monarchie starb keineswegs an dem hohlen Pathos der Revolutionäre, sondern an der ironischen Ungläubigkeit derer, die ihre gläubigen Stützen hätten sein sollen.

II

Eines Tages, es war ein paar Jahre vor dem großen Krieg, den man den Weltkrieg nennt, wurde dem Grafen Morstin »vertraulich« mitgeteilt, daß die nächsten Kaisermanöver in Lopatyny und Umgebung stattfinden würden. Ein paar Tage, eine Woche oder länger, sollte der Kaiser in seinem Hause wohnen. Und Morstin geriet in eine wahre Aufregung, fuhr zum Bezirkshauptmann, verhandelte mit den zivilen politischen Behörden und den Gemeindebehörden des nächsten Städtchens, ließ den Polizisten und Nachtwächtern der ganzen Umgebung neue Uniformen und Säbel anschaffen, unterhielt sich mit den Geistlichen aller drei Konfessionen, dem griechisch-katholischen und dem römisch-katholischen Pfarrer und dem Rabbiner der Juden, schrieb dem ruthenischen Bürgermeister des Städtchens eine Rede auf, die dieser nicht lesen konnte, aber mit Hilfe des Lehrers auswendig lernen mußte, kaufte weiße Kleidchen für die kleinen Mädchen des Dorfes, alarmierte die Kommandanten der umliegenden Regimenter und all das »im Vertrauen« – dermaßen, daß man im Vorfrühling schon, lange noch vor den Manövern, weit und breit in der Gegend wußte, daß der

Kaiser selbst zu den Manövern kommen würde. Um jene Zeit war der Graf Morstin nicht mehr jung, früh ergraut und hager, Junggeselle, ein Hagestolz, etwas seltsam in den Augen seiner robusteren Standesgenossen, ein wenig »komisch« und »wie aus einer anderen Welt«. Niemals hatte man in der Gegend eine Frau in seiner Nähe gesehn. Niemals auch hatte er den Versuch gemacht, sich zu verheiraten. Niemals hatte man ihn trinken gesehn, niemals spielen, niemals lieben. Er hatte keine andere sichtbare Leidenschaft als die, die »Nationalitätenfrage« zu bekämpfen. Um jene Zeit begann nämlich in der Monarchie diese sogenannte »Nationalitätenfrage« heftig zu werden. Alle Leute bekannten sich – ob sie wollten oder so tun mußten, als wollten sie – zu irgendeiner der vielen Nationen, die es auf dem Gebiete der alten Monarchie gab. Man hatte im neunzehnten Jahrhundert bekanntlich entdeckt, daß jedes Individuum einer bestimmten Nation oder Rasse angehören müsse, wollte es wirklich als bürgerliches Individuum anerkannt werden. »Von der Humanität durch Nationalität zur Bestialität«, hatte der österreichische Dichter Grillparzer gesagt. Man begann just damals mit der »Nationalität«, der Vorstufe zu jener Bestialität, die wir heute erleben. Nationale Gesinnung: Man sah um jene Zeit deutlich, daß sie der vulgären Gemütsart all jener entsprang und entsprach, die den vulgärsten Stand einer neuzeitlichen Nation ausmachen. Es waren Photographen gewöhnlich, im Nebenberuf bei der freiwilligen Feuerwehr, sogenannte Kunstmaler, die aus Mangel an Talent in der Akademie der bildenden Künste keine Heimat gefunden hatten und infolgedessen Schildermaler oder Tapezierer geworden waren, unzufriedene Volksschullehrer, die gerne Mittelschullehrer, Apothekergehilfen, die gerne Doktoren geworden wären, Dentisten, die nicht Zahnärzte werden konnten, niedere Post- und Eisenbahnbeamte, Bankdiener, Förster und überhaupt innerhalb jeder der österreichischen

Nationen all jene, die einen vergeblichen Anspruch auf ein unbeschränktes Ansehen innerhalb der bürgerlichen Gesellschaft erhoben. Allmählich gaben auch die sogenannten höheren Stände nach. Und all die Menschen, die niemals etwas anderes gewesen waren als Österreicher, in Tarnopol, in Sarajevo, in Wien, in Brunn, in Prag, in Czernowitz, in Oderburg, in Troppau, niemals etwas anderes als Österreicher: sie begannen nun, der »Forderung der Zeit« gehorchend, sich zur polnischen, tschechischen, ukrainischen, deutschen, rumänischen, slowenischen, kroatischen »Nation« zu bekennen – und so weiter.

Um diese Zeit ungefähr wurde auch das »allgemeine, geheime und direkte Wahlrecht« in der Monarchie eingeführt. Graf Morstin haßte es, ebenso wie die moderne Auffassung von der »Nation«. Dem jüdischen Schankwirt Salomon Piniowsky, dem einzigen Menschen weit und breit, dem er einigermaßen Vernunft zutraute, pflegte er zu sagen: »Hör mich an, Salomon! Dieser ekelhafte Darwin, der da sagt, die Menschen stammten von den Affen ab, scheint doch recht zu haben. Es genügt den Menschen nicht mehr, in Völker geteilt zu sein, nein! – sie wollen bestimmten Nationen angehören. National – hörst du, Salomon?! – Auf solch eine Idee kommen selbst die Affen nicht. Die Theorie von Darwin scheint mir noch unvollständig. Vielleicht stammen aber die Affen von den Nationalisten ab, denn die Affen bedeuten einen Fortschritt. Du kennst die Bibel, Salomon, du weißt, daß da geschrieben steht, daß Gott am sechsten Tag den Menschen geschaffen hat, nicht den nationalen Menschen. Nicht wahr, Salomon?«

»Ganz recht, Herr Graf!« sagte der Jude Salomon.

»Aber«, fuhr der Graf fort, »etwas anderes: Wir haben diesen Sommer den Kaiser zu erwarten. Ich werde dir Geld geben. Du wirst deinen Laden ausschmücken und das Fenster illuminieren. Du wirst das Kaiserbild säubern und es ins Fenster stellen. Ich werde dir eine schwarz-gelbe Fahne mit Doppeladler schenken, die wirst du vom Dach flattern lassen. Verstanden?«

Ja, der Jude Salomon Piniowsky verstand, wie übrigens alle, mit denen der Graf von der Ankunft des Kaisers gesprochen hatte.

III

Im Sommer fanden die Kaisermanöver statt, und Seine kaiser- und königliche Apostolische Majestät nahm Aufenthalt im Schloß des Grafen Morstin. Man sah den Kaiser jeden Morgen, wenn er ausritt, die Übungen zu besichtigen, und die Bauern und die jüdischen Händler aus der Umgebung versammelten sich, um ihn zu sehn, den Alten, der sie regierte. Und sobald er mit seiner Suite erschien, riefen sie: Hoch und Hurra und niech zyje – jeder in seiner Sprache.

Einige Tage nach der Abreise des Kaisers meldete sich beim Grafen Morstin der Sohn eines Bauern aus der Umgebung. Dieser junge Mensch, der den Ehrgeiz besaß, ein Bildhauer zu werden, hatte eine Büste des Kaisers aus Sandstein verfertigt. Der Graf Morstin war begeistert. Er versprach, dem jungen Bildhauer eine freie Stelle an der Akademie der Künste in Wien zu verschaffen.

Die Büste des Kaisers ließ er vor dem Eingang zu seinem Schlößchen aufstellen.

Hier blieb sie jahrelang, bis zum Ausbruch des großen Krieges, den man den Weltkrieg nennt.

Bevor er freiwillig einrückte, alt, hager, kahlköpfig und hohläugig, wie er im Laufe der Jahre geworden war, ließ der Graf Morstin die Kaiserbüste abnehmen, in Stroh verpacken und im Keller verbergen.

Dort ruhte sie nun, bis zum Ende des Krieges und der Monarchie, der Heimkehr des Grafen Morstin und der Errichtung der neuen polnischen Republik.

IV

Der Graf Franz Xaver Morstin war also heimgekehrt. Aber konnte man das eine Heimkehr nennen? Gewiß, es waren noch die gleichen Felder, die gleichen Wälder, die gleichen Hütten, die gleiche Art der Bauern – die gleiche Art, sagen wir –, denn viele von jenen, die der Graf noch gekannt hatte, waren gefallen.

Es war Winter, man fühlte schon die nahenden Weihnachten. Wie immer um diese Zeit, wie einst lange noch vor dem Krieg, war die Lopatinka gefroren, auf den nackten Kastanien hockten reglos die Krähen, und über die Felder, auf die die westlichen Fenster des Hauses gingen, wehte der ewige sachte Wind des östlichen Winters. Es gab (infolge des Krieges) Witwen und Waisen im Dorf: genug Material für die Wohltätigkeit des heimgekehrten Herrn. Aber statt die Heimat Lopatyny als wiedergefundene Heimat zu begrüßen, begann der Graf Morstin, sich rätselhaften und ungewohnten Überlegungen über das Problem der Heimat überhaupt hinzugeben. Nunmehr, dachte er sich, da dieses Dorf Polen gehört und nicht Österreich: Ist es noch meine Heimat? Was ist überhaupt Heimat? Ist die bestimmte Uniform des Gendarmen und des Zollwächters, der uns in unserer Kindheit begegnet ist, nicht ebenso Heimat wie die Fichte und die Tanne, der Sumpf und die Wiese, die Wolke und der Bach? Verändern sich aber Gendarmen und Finanzwächter und bleiben auch Fichte und Tanne und Bach und Sumpf das gleiche: Ist das noch Heimat? War ich nicht – fragte sich der Graf weiter – nur deshalb heimisch in diesem Ort, weil er einem Herrn gehörte, dem ebenso viele unzählige anders-artige Örter gehörten, die ich liebte? Kein Zweifel! Die unnatürliche Laune der Weltgeschichte hat auch meine private Freude an dem, was ich Heimat nannte, zerstört. Jetzt sprechen sie ringsherum und allerorten vom neuen Vaterland. In ihren Augen bin ich ein sogenannter Vaterlandsloser. Ich bin es immer gewesen. Ach! Es gab einmal ein Vaterland, ein echtes, nämlich eines für die »Vaterlandslosen«, das einzig mögliche Vaterland. Das war die alte Monarchie. Nun bin ich ein Heimatloser, der die wahre Heimat der ewigen Wanderer verloren hat.

In der trügerischen Hoffnung, außerhalb des Landes diesen Zustand vergessen zu können, beschloß der Graf, ehestens zu verreisen. Doch erfuhr er zu seinem Erstaunen, daß man eines Passes und einiger sogenannter Visen bedurfte, um in die Länder zu gelangen, die er zu seinen Reisezielen erwählt hatte. Schon war er alt genug, um Paß und Visen und all die Formalitäten, welche die ehernen Gesetze des Verkehrs zwischen Mensch und Mensch nach dem Kriege geworden waren, für phantastische und kindliche Träume zu halten. Aber ergeben in das Schicksal, den Rest seines Lebens in einem wüsten Traum zu verbringen, und dennoch in der Hoffnung, draußen, in andern Ländern, einen Teil jener alten Wirklichkeit zu finden, in der er vor dem Kriege gelebt hatte, fügte er sich den Anforderungen der gespenstischen Welt, nahm einen Paß, besorgte sich Visen und fuhr zuerst in die Schweiz, in das Land, von dem er glaubte, daß in ihm allein noch der alte Friede zu finden wäre, einfach weil es nicht den Krieg mitgemacht hatte.

Nun, er kannte die Stadt Zürich seit vielen Jahren. Wohl an die zwölf Jahre hatte er sie nicht mehr gesehn. Er glaubte, daß sie ihm nichts Besonderes zu geben haben würde, weder Gutes noch Böses. Sein Eindruck entsprach der nicht ganz unberechtigten Meinung der etwas verwöhnteren, um nicht zu sagen, abenteuersüchtigeren Welt über die braven Städte der braven Schweiz. Was sollte sich schon in ihnen ereignen können? Immerhin: Für einen Mann, der aus dem Krieg und aus dem Osten der früheren österreichischen Monarchie kam, war die Friedlichkeit einer Stadt, die lediglich die vor dem Kriege Geflüchteten gekannt hatte, bereits so etwas wie ein Abenteuer. Franz Xaver Morstin ergab sich in diesen Tagen der lang entbehrten Friedlichkeit. Er aß, trank und schlief.

Eines Tages aber ereignete sich jener häßliche Vorfall in einer nächtlichen Bar in Zürich, der den Grafen Morstin in der Folge zwang, sofort das Land zu verlassen.

In jener Zeit war in den Zeitungen aller Länder oftmals die Rede von einem reichen Bankier gewesen, der nicht nur den größten Teil der habsburgischen Kronjuwelen als Pfänder gegen ein Darlehen an die kaiserliche Familie Österreichs genommen haben sollte, sondern auch die alte Krone der Habsburger. Kein Zweifel, daß diese Nachrichten den Mündern und Federn der leichtfertigen Kundschafter entstammten, die man Journalisten nennt; und mochte vielleicht auch die Nachricht, daß ein bestimmter Teil des Vermögens der kaiserlichen Familie in die Hände eines gewissenlosen Bankiers geraten sei, wahr sein, so gewiß doch nicht die alte Krone der Habsburger, wie Franz Xaver Morstin zu wissen glaubte.

Nun gelangte er eines Nachts in eine der wenigen und nur Kennern zugänglichen nächtlichen Bars der sittsamen Stadt Zürich, in der, wie man weiß, die Prostitution verboten ist, die Sittenlosigkeit verpönt und die Sünde ebenso langweilig wie kostspielig. Nicht etwa, daß der Graf nach ihr gesucht hätte! Nein: Die pure Friedlichkeit hatte begonnen, ihn zu langweilen und ihm schlaflose Nächte zu bereiten, und er hatte beschlossen, die Nächte sei es wo immer zu verbringen.

Er begann zu trinken. Er saß in einem der wenigen friedlichen Winkel, die es in diesem Lokal gab. Zwar störten ihn die amerikanischen neumodischen, rötlichen Lämpchen, das hygienische Weiß des Barmixers, der an einen Operateur erinnerte, das künstliche Blondhaar der Mädchen, das die Assoziation an Apotheken unmittelbar wachrief: Aber woran war er nicht schon alles gewöhnt, der arme, alte Österreicher? Immerhin schrak er aus der Ruhe auf, die er sich selbst mühsam in dieser Umgebung abgerungen hatte, als er eine knarrende Stimme rufen hörte: »Und hier, meine Damen und Herren, ist die Krone der Habsburger!«

Franz Xaver erhob sich. Er sah in der Mitte der länglichen Bar eine größere, heitere Gesellschaft. Sein erster Blick verriet ihm, daß alle Typen, die er haßte, obwohl er bis jetzt keinem einzigen ihrer Vertreter näher begegnet war, an jenem Tisch vertreten waren: blondgefärbte Frauen in kurzen Röcken und mit schamlosen (übrigens häßlichen) Knien, schlanke und biegsame Jünglinge von olivenfarbenem Teint, lächelnd mit tadellosen Zähnen wie die Propagandabüsten mancher Dentisten, gefügig, tänzerisch, feige, elegant und lauernd, eine Art tückischer Barbiere; ältere Herren mit sorgfältig, aber vergeblich verheimlichten Bäuchen und Glatzen, gutmütig, geil, jovial und krummbeinig, kurz und gut: eine Auslese jener Art von Menschen, die das Erbe der untergegangenen Welt vorläufig verwalteten, um es ein paar Jahre später an die noch moderneren und mörderischen Erben mit Gewinn abzugeben.

An jenem Tisch erhob sich nun einer der ältlichen Herren, schwenkte zuerst eine Krone in der Hand, setzte sie sich dann auf den kahlen Kopf, ging um den Tisch, trat in die Mitte der Bar, tänzelte, wackelte mit dem Kopf und mit der auf ihm sitzenden Krone und sang dabei nach der Melodie eines um jene Zeit populären Schlagers:

»Die heilige Krone trägt man so!«

Franz Xaver verstand zuerst keineswegs den Sinn dieses

widerlichen Spektakels. Er empfand nur, daß die Gesellschaft aus würdelosen Greisen (betört von kurzgeschürzten Mannequins) bestand, aus Stubenmädchen, die ihren freien Tag feierten, aus Bardamen, die den Erlös für den Champagner und den eigenen Körper mit den Kellnern teilten, aus nichtsnutzigen Stutzern, die mit Frauen und Devisen handelten, breit wattierte Schultern trugen und flatternde Hosen, die wie Weiberröcke aussahen, ekelhaften Maklern, die Häuser, Läden, Staatsbürgerschaften, Reisepässe, Konzessionen, gute Ehepartien, Taufscheine, Glaubensbekenntnisse, Adelstitel, Adoptionen, Bordelle und geschmuggelte Zigaretten vermittelten. Es war die Gesellschaft, die in allen Hauptstädten der allgemein besiegten europäischen Welt, unwiderruflich entschlossen, vom Leichenfraß zu leben, mit satten und dennoch unersättlichen Mäulern das Vergangene lästerte, die Gegenwart ausbeutete und das Zukünftige preisend verkündete. Dies waren nach dem Weltkrieg die Herren der Welt. Der Graf Morstin kam sich selbst wie sein eigener Leichnam vor. Auf seinem Grab tanzten jene nun. Um den Sieg dieser Menschen vorzubereiten, waren Hunderttausende unter Qualen gestorben – und Hunderte durchaus ehrlicher Sittenprediger hatten den Untergang der alten Monarchie vorbereitet, ihren Zerfall herbeigesehnt und die Befreiung der Nationen! Nun aber, siehe da: Auf dem Grabe der alten Welt und rings um die Wiegen der neugeborenen Nationen und Sezessionsstaaten tanzten die Gespenster der nächtlichen *American Bar.*

Morstin rückte näher, um besser zu sehn. Die schattenhafte Natur dieser wohlgenährten, fleischlichen Gespenster weckte seine Neugier. Und er erkannte auf dem kahlen Schädel des krummbeinigen tänzelnden Mannes das Abbild – gewiß war es das Abbild – der Stephanskrone. Der Kellner, beflissen, seinen Gästen alles Bemerkenswerte mitzuteilen, kam zu Franz Xaver und sagte: »Das ist der Bankier

Walakin, ein Russe. Er behauptet, alle Kronen der entthronten Monarchen zu besitzen. Jeden Abend kommt er mit einer anderen. Gestern war's die Zarenkrone. Heute ist es die Stephanskrone.«

Der Graf Morstin fühlte sein Herz stocken, eine Sekunde nur. In dieser einzigen Sekunde aber – es schien ihm später, daß sie zumindest eine Stunde gedauert hatte – erlebte er eine völlige Verwandlung seiner selbst. Es war, als wüchse in seinem Innern ein ihm unbekannter, erschreckender, fremder Morstin, stieg und wuchs, breitete sich aus, nahm Besitz vom Körper des alten, wohlbekannten und, weiter noch, vom ganzen Raum der *American Bar*. Nie in seinem Leben, seit seiner Kindheit nicht, hatte Franz Xaver Morstin den Zorn gekannt. Er besaß ein weiches Gemüt, und die Geborgenheit, die ihm sein Stand, seine Wohlhabenheit, der Glanz seines Namens, seine Bedeutung sicherten, hatte ihn bis jetzt gleichsam abgeschlossen von aller Roheit dieser Welt, vor jeder Begegnung mit ihrer Niedrigkeit. Gewiß hätte er sonst den Zorn früher kennengelernt. Es war, als fühlte er selbst in dieser einzigen Sekunde, in der sich seine Verwandlung vollzog, daß sich, lange schon vor ihm, die Welt verwandelt hatte. Es war, als erführe er jetzt, daß die eigene Verwandlung lediglich eine notwendige Folge der allgemeinen Verwandlung war. Viel größer noch als der ihm unbekannte Zorn, der jetzt in ihm aufstieg und wuchs und über die Grenzen seiner Persönlichkeit schäumte, mußte die Gemeinheit gewachsen sein, die Gemeinheit dieser Welt, die Niedertracht, die sich so lange geduckt hatte und verborgen unter dem Kleide der schmeichelnden »Loyalität« und der sklavischen Untertänigkeit. Es war, als erführe er, der allen Menschen, ohne sie zu prüfen, von vornherein die selbstverständliche Eigenschaft, Anstand zu besitzen, zugetraut hatte, in dieser Sekunde erst den Irrtum seines Lebens, den Irrtum jedes noblen Herzens: nämlich den, Kredit zu gewähren, schrankenlosen Kredit. Und seine plötzliche Erkenntnis erfüllte ihn mit jener vornehmen Scham, die eine treue Schwester des vornehmen Zornes ist. Im Anblick der Niedrigkeit schämt sich der Vornehme doppelt: einmal, weil allein schon ihre Existenz ihn beschämt, dann auch, weil er sofort einsieht, daß sein Herz betört wurde. Er kommt sich betrogen vor – und sein Stolz rebelliert dagegen, daß man sein Herz hatte betrügen können.

Er war nicht mehr imstande, zu messen, zu wägen und zu überlegen. Es schien ihm, daß kaum irgendeine Art der Gewalttätigkeit bestialisch genug sein könnte, die Niedrigkeit jenes Mannes, der mit den Kronen auf dem kahlen Schädel eines Maklers tanzte, jeden Abend mit einer anderen, zu strafen und zu rächen. Ein Grammophon grölte das Lied vom »Hans, der was mit dem Knie macht«; die Barmädchen kreischten; die jungen Männer klatschten in die Hände; der Barmann, ganz in chirurgischem Weiß, klirrte mit Gläsern, Löffeln, Flaschen, schüttete und mixte, braute und zauberte aus metallenen Gefäßen die geheimnisvollen Zaubertränke der neuen Zeit, schepperte, rasselte und blickte von Zeit zu Zeit mit einem wohlwollenden Aug', das zugleich schon den Konsum kalkulierte, auf das Schauspiel des Bankiers. Die rötlichen Lämpchen zitterten bei jedem stampfenden Schritt des Glatzköpfigen. Das Licht, das Grammophon, die Geräusche, die der Mixer verursachte, das Gurren und Kreischen der Frauen versetzten den Grafen Morstin in eine verwunderliche Raserei. Es geschah das Unglaubliche: Er wurde zum erstenmal in seinem Leben lächerlich und kindisch. Er bewaffnete sich mit der halbgeleerten Sektflasche und mit einem blauen Siphon, trat nahe an die Fremden heran; während er mit der Linken das Sodawasser gegen die Tischgesellschaft verspritzte, als gälte es, einen häßlichen Brand zu löschen, hieb er mit der Rechten die Flasche gegen den Kopf des Tänzers. Der Bankier fiel zu Boden. Die Krone fiel ihm vom Kopf. Und während sich der Graf bückte, um sie aufzuheben, als gälte es, eine wirkliche Krone und alles, was sie darstellte, zu retten, stürzten sich über ihn Kellner, Mädchen und Stutzer. Betäubt von dem starken Parfüm der Mädchen, den Schlägen der jungen Männer, wurde der Graf Morstin schließlich auf die Straße gebracht. Dort, vor der Tür der *American Bar,* präsentierte ihm der beflissene Kellner die Rechnung, auf silbernem Tablett, unter freiem Himmel, sozusagen in Anwesenheit aller gleichgültigen, fernen Sterne: Denn es war eine heitere Winternacht.

Am nächsten Tag kehrte der Graf nach Lopatyny zurück.

V

Warum – sagte er sich unterwegs – nicht nach Lopatyny zurückkehren? Da meine Welt endgültig besiegt zu sein scheint, habe ich keine ganze Heimat mehr. Und es ist besser, ich suche noch die Trümmer meiner alten Heimat auf!

Er dachte an die Büste des Kaisers Franz Joseph, die in seinem Keller ruhte, und an den Leichnam dieses seines Kaisers, der längst in der Kapuzinergruft lag.

Ich war immer ein Sonderling – so dachte er weiter – in meinem Dorfe und in der Umgebung. Ich werde ein Sonderling bleiben.

Er telegraphierte an seinen Hausverwalter den Tag seiner Ankunft.

Und als er ankam, erwartete man ihn, wie immer, wie in früheren Zeiten, als hätte es keinen Krieg gegeben, keine Auflösung der Monarchie, keine neue polnische Republik.

Denn es ist einer der größten Irrtümer der neuen – oder, wie sie sich gerne nennen: modernen – Staatsmänner, daß das Volk (die »Nation«) sich ebenso leidenschaftlich für die Weltpolitik interessiert wie sie selber.

Das Volk lebt keineswegs von der Weltpolitik – und unterscheidet sich dadurch angenehm von den Politikern. Das Volk lebt von der Erde, die es bebaut, vom Handel, den es treibt, vom Handwerk, das es versteht. (Es wählt trotzdem bei den öffentlichen Wahlen, es stirbt in den Kriegen, es zahlt Steuern den Finanzämtern.) Jedenfalls war es so in dem Dorfe des Grafen Morstin, in dem Dorf Lopatyny. Und der ganze Weltkrieg und die ganze Veränderung der europäischen Landkarte hatten die Gesinnung des Volkes von Lopatyny nicht verändert. Wie? – Warum? – Der gesunde Menschenverstand der jüdischen Schankwirte, der ruthenischen und der polnischen Bauern wehrte sich gegen die unbegreiflichen Launen der Weltgeschichte. Ihre Launen sind abstrakt: die Neigungen und Abneigungen des Volkes aber sind konkret. Das Volk von Lopatyny zum Beispiel kannte seit Jahren die Grafen Morstin, die Vertreter des Kaisers und des Hauses Habsburg. Es kamen neue Gendarmen, und ein Steuersequester ist ein Steuersequester, und der Graf Morstin ist der Graf Morstin. Unter der Herrschaft der Habsburger waren die Menschen von Lopatyny glücklich und unglücklich gewesen – je nach dem Willen Gottes. Immer gibt es, unabhängig von allem Wechsel der Weltgeschichte, von Republik und Monarchie, von sogenannter nationaler Selbständigkeit oder sogenannter nationaler Unterdrückung im Leben des Menschen eine gute oder eine schlechte Ernte, gesundes und faules Obst, fruchtbares und kränkliches Vieh, die satte und die magere Weide, den Regen zu Zeit und Unzeit, die fruchtbare Sonne und jene, die Dürre und Unheil brachte; für den jüdischen Händler bestand die Welt aus guten und aus schlechten Kunden; für den Schankwirt aus guten und aus schwachen Trinkern; für den Handwerker wieder war es wichtig, ob die Leute neue Dächer, neue Stiefel, neue Hosen, neue Öfen, neue Schornsteine, neue Fässer brauchten oder nicht. So war es wenigstens, wie gesagt, in Lopatyny. Und was unsere besondere Meinung betrifft, so geht sie dahin, daß sich die ganze große Welt gar nicht so sehr von dem kleinen Dörfchen Lopatyny unterscheidet, wie es die Volksführer und Politiker wissen wollen. Nachdem sie Zeitungen gelesen, Reden gehört, Abgeordnete gewählt, selber mit Freunden die Vorgänge in der Welt besprochen haben, kehren die braven Bauern, Handwerker und Kaufleute – und in den großen Städten auch die Arbeiter – in ihre Häuser und Werkstätten zurück. Und Kummer oder Glück erwarten sie zu Hause: kranke oder gesunde Kinder, zänkische oder friedliche Weiber, zahlende oder säumige Kunden, zudringliche oder geduldige Gläubiger, ein gutes oder ein schlechtes Essen, ein sauberes oder ein schmutziges Bett. Ja, es ist unsere Überzeugung, daß sich die einfachen Menschen gar nicht um die Weltgeschichte kümmern, mögen sie auch an Sonntagen ein langes und breites von ihr reden. Aber dies mag, wie gesagt, unsere private Anschauung sein. Wir haben hier lediglich vom Dorfe Lopatyny zu berichten. Und dort war es so, wie wir es eben beschrieben haben.

Als der Graf Morstin heimgekehrt war, begab er sich sofort zu Salomon Piniowsky, dem klugen Juden, bei dem, wie bei keinem zweiten Menschen in Lopatyny, die Einfalt und die Klugheit einträchtig nebeneinander lebten, als wären sie Schwestern. Und der Graf fragte den Juden: »Salomon, was hältst du von dieser Erde?« »Herr Graf«, sagte Piniowsky, »nicht das geringste mehr. Die Welt ist zugrunde gegangen, es gibt keinen Kaiser mehr, man wählt Präsidenten, und das ist so, wie wenn ich mir einen tüchtigen Advokaten suche, wenn ich einen Prozeß habe. Das ganze Volk wählt sich also einen Advokaten, der es verteidigt. Aber – frage ich, Herr Graf, vor welchem Gericht? – Vor dem Gericht anderer Advokaten wiederum. Und hat das Volk selbst keinen Prozeß und hat es auch nicht nötig, sich zu verteidigen, so wissen wir doch alle, daß die Existenz des Advokaten allein uns schon Prozesse an den Hals schafft. Und so wird es jetzt fortwährend Prozesse geben. Ich habe noch die schwarz-gelbe Fahne, Herr Graf, die Sie mir geschenkt haben. Was soll ich mit ihr? Sie liegt auf dem Dachboden. Ich hab' noch das Bild des alten Kaisers. Was soll ich nun? Ich lese Zeitungen, ich kümmere mich ein bißchen ums Geschäft, ein bißchen um die Welt, Herr Graf. Ich weiß, was sie für Dummheiten machen. Aber unsere Bauern haben keine Ahnung. Sie glauben einfach, der alte Kaiser hätte neue Uniformen eingeführt und Polen befreit. Er residiert nicht mehr in Wien, sondern in Warschau.«

»Laß sie nur«, sagte der Graf Morstin.

Und er ging nach Hause und ließ die Büste des Kaisers Franz Joseph aus dem Keller holen, und er stellte sie auf, vor dem Eingang zu seinem Haus.

Und vom nächsten Tage an – als hätte es keinen Krieg gegeben – als gäbe es keine neue polnische Republik – als ruhte der alte Kaiser nicht längst schon in der Kapuzinergruft – als gehörte dieses Dorf Lopatyny noch zu dem Gebiet der alten Monarchie: zog jeder Bauer, der des Weges vorbeizog, den Hut vor der sandsteinernen Büste des alten Kaisers, und jeder Jude, der mit seinem Päckchen vorbeizog, murmelte das Gebet, das der fromme Jude zu sagen hat beim Anblick eines Kaisers. Und die unscheinbare Büste, hergestellt in billigem Sandstein, von der unbeholfenen Hand eines Bauernjungen, die Büste im alten Waffenrock des toten Kaisers, mit Sternen, Abzeichen, goldenem Vlies, festgehalten im Stein, so wie das kindliche Auge des Burschen den Kaiser gesehen und geliebt hatte, gewann mit der Zeit auch einen besonderen, einen ganz eigenen künstlerischen Wert – selbst in den Augen des Grafen Morstin. Es war, als wollte der erhabene

Gegenstand, je mehr Zeit verging, das Werk, das ihn darstellte, verbessern und veredeln. Wind und Wetter arbeiteten, wie mit künstlerischem Bewußtsein, an dem naiven
Stein. Es war, als arbeiteten auch Verehrung und Erinnerung an diesem Standbild und als veredelte jeder Gruß der
Bauern, jedes Gebet eines gläubigen Juden bis zu künstleri-
scher Vollkommenheit das hilflose Werk der jungen Bauern-
hand.

So stand das Bild jahrelang vor dem Hause des Grafen
Morstin, das einzige Denkmal, das es im Dorf Lopatyny jemals gegeben hatte und auf das alle Einwohner des Dorfes
mit Recht stolz waren.

Dem Grafen selbst aber, der das Dorf niemals mehr verließ, bedeutete dieses Denkmal mehr: Es gab ihm, verließ
er das Haus, die Vorstellung, daß sich nichts geändert hatte.
Allmählich – er wurde früh alt – ertappte er sich von Zeit
zu Zeit auf ganz törichten Gedanken. Stundenlang verharrte
er – obwohl er ja den gewaltigsten aller Kriege mitgemacht
hatte – in der Vorstellung, dieser sei nur ein wüster Traum
gewesen, und alle Veränderungen, die ihm gefolgt waren,
seien noch wüstere Träume. Zwar sah er, jede Woche fast,
daß seine Fürsprache bei Ämtern und Gerichten für seine
Schutzbefohlenen nichts mehr nutzte, ja, daß sich neue Beamte über ihn lustig machten. Er war eher entsetzt als beleidigt. Schon war es allgemein bekannt in dem nächsten
Städtchen wie in der Umgebung und auf den Gütern der
Nachbarn, daß der »alte Morstin halb verrückt« sei. Man
erzählte sich, daß er zu Hause die alte Uniform eines Rittmeisters der Dragoner trage, mit allen alten Orden und Aus-
zeichnungen. Eines Tages fragte ihn ein Gutsbesitzer der
Umgebung – ein gewisser Graf Walewski – geradeheraus,
ob es wahr sei.

»Bis jetzt noch nicht«, erwiderte Morstin, »aber Sie bringen mich auf eine gute Idee. Ich werde meine Uniform an-

ziehn – und zwar nicht zu Hause. Ich werde sie auch draußen tragen.«

Und also geschah es auch.

Von nun an sah man den Grafen Morstin in der Uniform
eines österreichischen Rittmeisters der Dragoner – und die
Einwohner verwunderten sich durchaus nicht darüber. Trat
der Rittmeister aus dem Hause, so salutierte er vor seinem
Allerhöchsten Kriegsherrn, vor der Büste des toten Kaisers Franz Joseph. Dann ging er den gewohnten Weg zwischen den zwei Tannenwäldchen, die sandige Straße entlang, die zum nächsten Städtchen führte. Die Bauern, die
ihm begegneten, zogen die Hüte und sagten: »Gelobt sei Je-
sus Christus«, und sie fügten noch die Anrede »Herr Graf«
dazu – als glaubten sie, der Herr Graf sei eine Art näherer
Verwandter des Erlösers und zwei Titel wären besser. Ach! –
seit langem nicht mehr konnte er ihnen helfen, wie er ihnen früher geholfen hatte! Zwar waren die kleinen Bauern
immer noch ohnmächtig. Er aber, der Herr Graf, war kein
Mächtiger mehr! – Und wie alle, die einst mächtig gewesen
waren, galt er nunmehr noch weniger als die Ohnmächtigen:
Fast gehörte er schon zu der Kaste der Lächerlichen in den
Augen der Beamten. Aber das Volk von Lopatyny und Umgebung glaubte an ihn, immer noch, wie es an den Kaiser
Franz Joseph glaubte, dessen Büste es zu grüßen pflegte.
Den Bauern und den Juden von Lopatyny und Umgebung
erschien der Graf Morstin keineswegs lächerlich, sondern
ehrfurchtsvoll. Man verehrte seine hagere, dürre Gestalt,
sein graues Haar, sein aschfarbenes, verfallenes Gesicht, seine Augen, die in eine Weite ohne Grenze zu blicken schienen; kein Wunder: Sie blickten nämlich in die verlorene
Vergangenheit.

Da ereignete es sich eines Tages, daß der Woiwode von
Lwow, das früher Lemberg hieß, eine Inspektionsreise un-
ternahm und sich aus irgendeinem Grunde in Lopatyny auf-

halten mußte. Man bezeichnete ihm das Haus des Grafen Morstin, zu dem er sich auch sofort aufmachte. Zu seinem Erstaunen erblickte er vor dem Hause des Grafen, mitten in einem Boskett, die Büste des Kaisers Franz Joseph. Er betrachtete sie lange, beschloß endlich, das Haus zu betreten und den Grafen selbst nach dem Sinn dieses Denkmals zu fragen. Aber er erstaunte noch mehr – ja, er erschrak beim Anblick des Grafen Morstin, der dem Woiwoden in der Uniform eines österreichischen Rittmeisters der Dragoner entgegenkam. Der Woiwode war selbst ein »Kleinpole«, daß heißt: Er stammte aus dem früheren Galizien. Er selbst hatte in der österreichischen Armee gedient. Der Graf Morstin erschien ihm wie ein Gespenst aus einem für ihn, den Woiwoden, längst abgelaufenen Kapitel der Geschichte.

Er bezwang sich und fragte vorerst gar nicht. Dann aber, als sie bei Tisch saßen, begann er, sich vorsichtig nach dem Denkmal des Kaisers zu erkundigen. – »Ja«, sagte der Graf, als ob es gar keine neue Welt gäbe, »Seine hochselige Majestät war acht Tage hier. Ein sehr begabter Bauernjunge hat die Büste gemacht. Sie hat immer hier gestanden. Solange ich lebe, wird sie hier stehen.«

Der Woiwode verschwieg den Entschluß, den er eben gefaßt hatte, und sagte lächelnd und wie nebenbei: »Sie tragen immer noch die alte Uniform?«

»Ja«, erwiderte Morstin, »ich bin zu alt, um eine neue anzulegen. Im Zivil, wissen Sie, fühle ich mich seit dieser Veränderung der Verhältnisse nicht ganz wohl. Ich fürchte, man könnte mich dann mit manchen anderen verwechseln. – Auf Ihr Wohl«, fuhr der Graf fort – hob das Glas und trank seinem Gast zu.

Der Woiwode saß noch eine Weile, verließ dann den Grafen und das Dorf Lopatyny, setzte seine Inspektionsreise fort, kam in seine Residenz zurück und gab Auftrag, die Kaiserbüste vor dem Hause des Grafen Morstin zu entfernen.

Dieser Auftrag gelangte schließlich an den Bürgermeister (»Wojt« genannt) des Dörfchens Lopatyny und also unmittelbar hierauf zur Kenntnis des Grafen Morstin.

Zum erstenmal befand sich also der Graf im offenen Konflikt mit der neuen Macht, deren Dasein er bis jetzt kaum zur Kenntnis genommen hatte. Er sah ein, daß er zu schwach war, sich gegen sie aufzulehnen. Er erinnerte sich an die nächtliche Szene in der Züricher *American Bar*. Ach! Es hatte keinen Sinn mehr, die Augen vor der neuen Welt der neuen Republiken, der neuen Bankiers und Kronenträger, der neuen Damen und Herren, der neuen Herrscher der Welt zu schließen. Man mußte die alte Welt begraben. Aber man mußte sie würdig begraben. Und der Graf Franz Xaver Morstin berief zehn der ältesten Einwohner des Dorfes Lopatyny in sein Haus – und darunter befand sich der kluge und zugleich einfältige Jude Salomon Piniowsky. Es kamen ferner: der griechisch-katholische Pfarrer, der römisch-katholische und der Rabbiner.

Und als sie alle versammelt waren, begann der Graf Morstin folgende Rede:

»Meine lieben Mitbürger,

ihr alle habt noch die alte Monarchie gekannt, euer altes Vaterland. Seit Jahren ist es tot – und ich habe eingesehen –, es hat keinen Sinn, nicht einzusehn, daß es tot sei. Vielleicht wird es einmal auferstehn, wir Alten werden es kaum noch erleben. Man hat uns aufgetragen, die Büste Seiner hochseligen Majestät, des Kaisers Franz Joseph des Ersten, ehestens wegzuschaffen.

Wir wollen sie nicht wegschaffen, meine Freunde!

Wenn die alte Zeit tot sein soll, so wollen wir mit ihr verfahren, wie man eben mit Toten verfährt: Wir wollen sie begraben.

Infolgedessen bitte ich euch, meine Lieben, mir zu helfen, daß wir den toten Kaiser, das heißt seine Büste, mit aller Feierlichkeit und Ehrfurcht, die einem toten Kaiser gebühren, von heute in drei Tagen auf dem Friedhof bestatten.«

VI

Der ukrainische Schreiner Nikita Kolohin zimmerte einen großartigen Sarg aus Eichenholz. Drei tote Kaiser hätten in ihm Platz gefunden.

Der polnische Schmied Jaroslaw Wojciechowski schmiedete einen gewaltigen Doppeladler aus Messing, der auf den Deckel des Sarges genietet wurde.

Der jüdische Thoraschreiber Nuchim Kapturak schrieb mit seinem Gänsekiel auf eine kleine Pergamentrolle den Segen, den die gläubigen Juden zu sprechen haben beim Anblick eines gekrönten Hauptes, wickelte sie in gehämmertes Blech und legte es in den Sarg.

Am frühen Vormittag – es war ein heißer Sommertag – zahllose unsichtbare Lerchen trillerten unter dem Himmel, und zahllose unsichtbare Grillen wisperten ihnen Antwort aus den Wiesen – versammelten sich die Bewohner von Lopatyny um das Denkmal Franz Josephs des Ersten. Graf Morstin und der Bürgermeister betteten die Büste in den prachtvollen, großen Sarg. In diesem Augenblick begannen die Glocken der Kirche auf dem Hügel zu läuten. Alle drei Geistlichen stellten sich an die Spitze des Zuges. Den Sarg nahmen vier alte, kräftige Bauern auf die Schultern. Hinter ihm, mit gezogenem Säbel, im feldgrau verdeckten Dragonerhelm, ging der Graf Franz Xaver Morstin, in diesem Dorfe dem toten Kaiser der Nächste, ganz allein in jener Einsamkeit, welche die Trauer gebietet, und hinter ihm, mit rundem schwarzem Käppchen auf dem silbrigen Kopf, der Jude Salomon Piniowsky, den runden Samthut in der Linken, die große schwarz-gelbe Fahne mit dem Doppeladler in der erhobenen rechten Hand. Und hinter ihm das ganze Dorf, die Männer und die Frauen.

Die Kirchenglocken dröhnten, die Lerchen trillerten, die Grillen wisperten unaufhörlich.

Das Grab war bereit. Man ließ den Sarg hinab, breitete die Fahne über ihn – und Franz Xaver Morstin grüßte zum letztenmal mit dem Säbel den Kaiser.

Da erhob sich ein Schluchzen in der Menge, als hätte man jetzt erst den Kaiser Franz Joseph begraben, die alte Monarchie und die alte Heimat.

Die drei Geistlichen beteten.

Also begrub man den alten Kaiser zum zweitenmal im Dorfe Lopatyny, im ehemaligen Galizien.

Ein paar Wochen später geriet die Kunde von diesem Vorfall in die Zeitungen. Diese schrieben ein paar witzige Worte über den Vorfall, unter der Rubrik »Glossen«.

VII

Der Graf Morstin aber verließ das Land. Er lebt jetzt an der Riviera, ein alter, verbrauchter Mann, der am Abend mit alten russischen Generälen Schach und Skat spielt. Ein paar Stunden am Tage schreibt er an seinen Erinnerungen. Wahrscheinlich werden sie keinen bedeutenden literarischen Wert besitzen: denn der Graf Morstin hat keine literarische Übung und auch keinen schriftstellerischen Ehrgeiz. Da er aber ein Mann von besonderer Gnade und Art ist, gelingen ihm zuweilen ein paar denkwürdige Sätze, wie, zum Beispiel, die folgenden, die ich mit seiner Erlaubnis hierhersetze:

»Ich habe erlebt«, schreibt der Graf, »daß die Klugen dumm werden können, die Weisen töricht, die echten Propheten Lügner, die Wahrheitsliebenden falsch. Keine menschliche Tugend hat in dieser Welt Bestand, außer einer einzigen: der echten Frömmigkeit. Der Glaube kann uns nicht enttäuschen, da er uns nichts auf Erden verspricht. Der wahre Gläubige enttäuscht uns nicht, weil er auf Erden keinen Vorteil sucht. Auf das Leben der Völker angewandt, heißt das: Sie suchen vergeblich nach sogenannten nationalen Tugenden, die noch fraglicher sind als die individuellen. Deshalb hasse ich Nationen und Nationalstaaten. Meine alte Heimat, die Monarchie, allein war ein großes Haus mit vielen Türen und vielen Zimmern, für viele Arten von Menschen. Man hat das Haus verteilt, gespalten, zertrümmert. Ich habe dort nichts mehr zu suchen. Ich bin gewohnt, in einem Haus zu leben, nicht in Kabinen.«

So stolz und so traurig schreibt der alte Graf. Gefaßt und friedvoll wartet er auf seinen Tod. Wahrscheinlich sehnt er sich auch nach ihm. Denn er hat in seinem Testament bestimmt, daß er im Dorfe Lopatyny bestattet werde – und zwar nicht in der Familiengruft, sondern neben dem Grab, in dem der Kaiser Franz Joseph liegt, die Büste des Kaisers.

DER LEVIATHAN

Novelle

I

In dem kleinen Städtchen Progrody lebte einst ein Korallenhändler, der wegen seiner Redlichkeit und wegen seiner guten, zuverlässigen Ware weit und breit in der Umgebung bekannt war. Aus den fernen Dörfern kamen die Bäuerinnen zu ihm, wenn sie zu besonderen Anlässen einen Schmuck brauchten. Leicht hätten sie in ihrer Nähe schon noch andere Korallenhändler gefunden, aber sie wußten, daß sie dort nur alltäglichen Tand und billigen Flitter bekommen konnten. Deshalb legten sie in ihren kleinen, ratternden Wägelchen manchmal viele Werst zurück, um nach Progrody zu gelangen, zu dem berühmten Korallenhändler Nissen Piczenik.

Gewöhnlich kamen sie an jenen Tagen, an denen der Jahrmarkt stattfand. Am Montag war Pferdemarkt, am Donnerstag Schweinemarkt. Die Männer betrachteten und prüften die Tiere, die Frauen gingen in unregelmäßigen Gruppen, barfuß und die Stiefel über die Schultern gehängt, mit den bunten, auch an trüben Tagen leuchtenden Kopftüchern in das Haus Nissen Piczeniks. Die harten, nackten Sohlen trommelten gedämpft und fröhlich auf den hohlen Brettern des hölzernen Bürgersteigs und in dem weiten, kühlen Flur des alten Hauses, in dem der Händler wohnte. Aus dem gewölbten Flur gelangte man in einen stillen Hof, wo zwischen den unregelmäßigen Pflastersteinen sanftes Moos wucherte und in der warmen Jahreszeit einzelne Gräslein sprossen. Hier kamen den Bäuerinnen schon die Hühner Piczeniks freundlich entgegen, voran die Hähne mit den stolzen Kämmen, die *so* rot waren wie die rötesten Korallen.

Man mußte dreimal an die eiserne Tür klopfen, an der ein eiserner Klöppel hing. Dann öffnete Piczenik eine kleine Luke, die in die Tür eingeschnitten war, sah die Leute, die Einlaß heischten, schob den Riegel zurück und ließ die Bäuerinnen eintreten. Bettlern, wandernden Sängern, Zigeunern und den Männern mit den tanzenden Bären pflegte er durch die Luke ein Almosen zu reichen. Er mußte recht vorsichtig sein, denn auf allen Tischen in seiner geräumigen Küche wie im Wohnzimmer lagen die edlen Korallen in großen, kleinen, mittleren Haufen, verschiedene Völker und Rassen von Korallen durcheinandergemischt oder auch bereits nach ihrer Eigenart und Farbe geordnet. Man hatte nicht zehn Augen im Kopf, um jeden Bettler zu beobachten, und Piczenik wußte, daß die Armut die unwiderstehliche Verführerin zur Sünde ist. Zwar stahlen manchmal auch wohlhabende Bäuerinnen; denn die Frauen erliegen leicht der Lust, sich den Schmuck, den sie bequem kaufen könnten, heimlich und unter Gefahr anzueignen. Aber bei den Kunden drückte der Händler eines seiner wachsamen Augen zu, und ein paar Diebstähle kalkulierte er auch in die Preise ein, die er für seine Ware forderte.

Er beschäftigte nicht weniger als zehn Fädlerinnen, hübsche junge Mädchen, mit guten, sicheren Augen und feinen Händen. Die Mädchen saßen in zwei Reihen an einem langen Tisch und angelten mit zarten Nadeln nach den Korallen. Also entstanden die schönen, regelmäßigen Schnüre, an deren Enden die kleinsten Korallen, in deren Mitte die größten und leuchtendsten steckten. Bei dieser Arbeit sangen die Mädchen im Chor. Und im Sommer, an heißen, blauen und sonnigen Tagen, war im Hof der lange Tisch aufgestellt, an dem die fädelnden Frauen saßen, und ihren sommerlichen Gesang hörte man im ganzen Städtchen, und er übertönte die schmetternden Lerchen unter dem Himmel und die zirpenden Grillen in den Gärten.

Es gibt viel mehr Arten von Korallen, als die gewöhnlichen Leute wissen, die sie nur aus den Schaufenstern oder Läden kennen. Es gibt geschliffene und ungeschliffene vor allem; ferner flach an den Rändern geschnittene und kugelrunde; dornen- und stäbchenartige, die wie Stacheldraht aussehn; gelblich leuchtende, fast weißrote Korallen von der Farbe, wie sie manchmal die oberen Ränder der Teerosenblätter zeigen, gelblichrosa, rosa, ziegelrote, rübenrote, zinnoberfarbene und schließlich die Korallen, die aussehen wie feste, runde Blutstropfen. Es gibt ganz- und halbrunde; Korallen, die wie kleine Fäßchen, andere, die wie Zylinderchen aussehen; es gibt gerade, schiefgewachsene und sogar bucklige Korallen. Es gibt Sterne, Stacheln, Zinken, Blüten. Denn die Korallen sind die edelsten Pflanzen der ozeanischen Unterwelt, Rosen für die launischen Göttinnen der Meere, so reich an Formen und Farben wie die Launen dieser Göttinnen selbst.

Wie man sieht, hielt Nissen Piczenik keinen offenen Laden. Er betrieb das Geschäft in seiner Wohnung, das heißt: er lebte mit den Korallen, Tag und Nacht, Sommer und Winter, und da in seiner Stube wie in seiner Küche die Fenster in den Hof gingen und obendrein von dichten, eisernen Gittern geschützt waren, herrschte in dieser Wohnung eine schöne, geheimnisvolle Dämmerung, die an Meeresgrund erinnerte, und es war, als wüchsen dort die Korallen, und nicht, als würden sie gehandelt. Ja, dank einer besonderen, geradezu geflissentlichen Laune der Natur war Nissen Piczenik, der Korallenhändler, ein rothaariger Jude, dessen kupferfarbenes Ziegenbärtchen an eine Art rötlichen Tangs erinnerte und dem ganzen Mann eine frappante Ähnlichkeit mit einem Meergott verlieh. Es war, als schüfe oder pflanzte und pflückte er selbst die Korallen, mit denen er handelte. Und so stark war die Beziehung seiner Ware zu seinem

Aussehen, daß man ihn nicht nach seinem Namen im Städtchen Progrody nannte, mit der Zeit diesen sogar vergaß und ihn lediglich nach seinem Beruf bezeichnete. Man sagte zum Beispiel: Hier kommt der Korallenhändler – als gäbe es in der ganzen Welt außer ihm keinen anderen.

Nissen Piczenik hatte in der Tat eine familiäre Zärtlichkeit für Korallen. Von den Naturwissenschaften weit entfernt, ohne lesen und schreiben zu können – denn er hatte niemals eine Schule besucht, und er konnte nur unbeholfen seinen Namen zeichnen –, lebte er in der Überzeugung, daß die Korallen nicht etwa Pflanzen seien, sondern lebendige Tiere, eine Art winziger roter Seetiere – – und kein Professor der Meereskunde hätte ihn eines Besseren belehren können. Ja, für Nissen Piczenik lebten die Korallen noch, nachdem sie gesägt, zerschnitten, geschliffen, sortiert und gefädelt worden waren. Und er hatte vielleicht recht. Denn er sah mit eigenen Augen, wie seine rötlichen Korallenschnüre an den Busen kranker oder kränklicher Frauen allmählich zu verblassen begannen, an den Busen gesunder Frauen aber ihren Glanz behielten. Im Verlauf seiner langen Korallenhändlerpraxis hatte er oft bemerkt, wie Korallen, die blaß – trotz ihrer Röte – und immer blasser in seinen Schränken gelegen waren, plötzlich zu leuchten begannen, wenn sie um den Hals einer schönen, jungen und gesunden Bäuerin gehängt wurden, als nährten sie sich von dem Blut der Frauen. Manchmal brachte man dem Händler Korallenschnüre zum Rückkauf, er erkannte sie, die Kleinodien, die er einst selbst gefädelt und behütet hatte – und er erkannte sofort, ob sie von gesunden oder kränklichen Frauen getragen worden waren.

Er hatte eine eigene, ganz besondere Theorie von den Korallen. Seiner Meinung nach waren sie, wie gesagt, Tiere des Meeres, die gewissermaßen nur aus kluger Bescheidenheit Bäume und Pflanzen spielten, um nicht von den Haifischen angegriffen oder gefressen zu werden. Es war die Sehnsucht der Korallen, von den Tauchern gepflückt und an die Oberfläche der Erde gebracht, geschnitten, geschliffen und aufgefädelt zu werden, um endlich ihrem eigentlichen Daseinszweck zu dienen: nämlich der Schmuck schöner Bäuerinnen zu werden. Hier erst, an den weißen, festen Hälsen der Weiber, in innigster Nachbarschaft mit der lebendigen Schlagader, der Schwester der weiblichen Herzen, lebten sie auf, gewannen sie Glanz und Schönheit und übten die ihnen angeborene Zauberkraft aus, Männer anzuziehen und deren Liebeslust zu wecken. Zwar hatte der alte Gott Jehovah alles selbst geschaffen, die Erde und ihr Getier, die Meere und alle ihre Geschöpfe. Dem Leviathan aber, der sich auf dem Urgrund aller Wasser ringelte, hatte Gott selbst für eine Zeitlang, bis zur Ankunft des Messias nämlich, die Verwaltung über die Tiere und Gewächse des Ozeans, insbesondere über die Korallen, anvertraut.

Nach all dem, was hier erzählt ist, könnte man glauben, daß der Händler Nissen Piczenik als eine Art Sonderling bekannt war. Dies war keineswegs der Fall. Piczenik lebte in dem Städtchen Progrody als ein unauffälliger, bescheidener Mensch, dessen Erzählungen von den Korallen und dem Leviathan ganz ernst genommen wurden, als Mitteilungen eines Mannes vom Fach nämlich, der sein Gewerbe ja kennen mußte, wie der Tuchhändler Manchesterstoffe von deutschem Perkal unterschied und der Teehändler den russischen Tee der berühmten Firma Popoff von dem englischen Tee, den der ebenso berühmte Lipton aus London lieferte. Alle Einwohner von Progrody und Umgebung waren überzeugt, daß die Korallen lebendige Tiere sind und daß sie von dem Urfisch Leviathan in ihrem Wachstum und Benehmen unter dem Meere bewacht werden. Es konnte nicht daran gezweifelt werden, da es ja Nissen Piczenik selbst erzählt hatte.

Die schönen Fädlerinnen arbeiteten oft bis spät in die Nacht und manchmal sogar nach Mitternacht im Hause Nissen Piczeniks. Nachdem sie sein Haus verlassen hatten, begann der Händler selbst, sich mit seinen Steinen, will sagen: Tieren, zu beschäftigen. Zuerst prüfte er die Ketten, die seine Mädchen geschaffen hatten, hierauf zählte er die Häufchen der noch nicht und der schon nach ihrer Rasse und Größe geordneten Korallen, dann begann er, selbst zu sortieren und mit seinen rötlich behaarten, starken und feinfühligen Fingern jede einzelne Koralle zu befühlen, zu glätten, zu streicheln. Es gab wurmstichige Korallen. Sie hatten Löcher an den Stellen, an denen Löcher keineswegs zu brauchen waren. Da hatte der sorglose Leviathan einmal nicht aufgepaßt. Und um ihn zurechtzuweisen, zündete Nissen Piczenik eine Kerze an, hielt ein Stück roten Wachses über die Flamme, bis es heiß und flüssig ward, und verstopfte mittels einer feinen Nadel, deren Spitze er in das Wachs getaucht hatte, die Wurmbohrungen im Stein. Dabei schüttelte er den Kopf, als begriffe er nicht, daß ein so mächtiger Gott wie Jehovah einem so leichtsinnigen Fisch wie dem Leviathan die Obhut über die Korallen hatte überlassen können.

Manchmal, aus purer Freude an den Steinen, fädelte er selbst Korallen, bis der Morgen graute und die Zeit gekommen war, das Morgengebet zu sagen. Die Arbeit ermüdete ihn keineswegs, er fühlte keinerlei Schwäche. Seine Frau schlief noch unter der Decke. Er warf einen kurzen, gleichgültigen Blick auf sie. Er haßte sie nicht, er liebte sie nicht, sie war eine der vielen Fädlerinnen, die bei ihm arbeiteten, weniger hübsch und reizvoll als die meisten. Zehn Jahre war er schon mit ihr verheiratet, sie hatte ihm keine Kinder geschenkt – und das allein wäre ihre Aufgabe gewesen. Eine fruchtbare Frau hätte er gebraucht, fruchtbar wie die See, auf deren Grund so viele Korallen wuchsen. Seine Frau aber war wie ein trockener Teich. Mochte sie schlafen, allein, so viele Nächte sie wollte! Das Gesetz hätte ihm erlaubt, sich von ihr scheiden zu lassen. Aber inzwischen waren ihm Kinder und Frauen gleichgültig geworden. Er liebte die Korallen. Und ein unbestimmtes Heimweh war in seinem Herzen, er hätte sich nicht getraut, es bei Namen zu nennen: Nissen Piczenik, geboren und aufgewachsen mitten im tiefsten Kontinent, sehnte sich nach dem Meere.

Ja, er sehnte sich nach dem Meere, auf dessen Grund die Korallen wuchsen, vielmehr, sich tummelten – nach seiner Überzeugung. Weit und breit gab es keinen Menschen, mit dem er von seiner Sehnsucht hätte sprechen können, in sich verschlossen mußte er es tragen, wie die See die Korallen trug. Er hatte von Schiffen gehört, von Tauchern, von Kapitänen, von Matrosen. Seine Korallen kamen in wohlverpackten Kisten, an denen noch der Seegeruch haftete, aus Odessa, Hamburg oder Triest. Der öffentliche Schreiber in der Post erledigte ihm seine Geschäftskorrespondenz. Die bunten Marken auf den Briefen der fernen Lieferanten betrachtete er ausführlich, bevor er die Umschläge wegwarf. Nie in seinem Leben hatte er Progrody verlassen. In diesem kleinen Städtchen gab es keinen Fluß, nicht einmal einen Teich, nur Sümpfe ringsherum, und man hörte wohl unter der grünen Oberfläche das Wasser glucksen, aber man sah es niemals. Nissen Piczenik bildete sich ein, daß es einen geheimen Zusammenhang zwischen dem verborgenen Gewässer der Sümpfe und den gewaltigen Wassern der großen Meere gebe – und daß auch tief unten, in den Sümpfen, Korallen vorhanden sein könnten. Er wußte, daß er, wenn er diese Ansicht jemals geäußert hätte, zum Gespött des Städtchens geworden wäre. Er schwieg daher und erwähnte seine Ansicht nicht. Er träumte manchmal davon, daß das große Meer – er wußte nicht welches, er hatte niemals eine Landkarte gesehen, und alle Meere der Welt waren für ihn einfach *das* große Meer – eines Tages Rußland überschwemmen würde, und zwar just jene Hälfte, auf der er lebte. Dann wäre also die See, zu der er niemals zu gelangen hoffte, zu ihm gekommen, die gewaltige, unbekannte See mit dem unmeßbaren Leviathan auf ihrem Grunde und mit all ihren süßen und herben und salzigen Geheimnissen.

Der Weg von dem Städtchen Progrody zum kleinen Bahnhof, in dem nur dreimal in der Woche die Züge ankamen, führte zwischen den Sümpfen vorbei. Und immer, auch wenn Nissen Piczenik keine Korallensendungen zu erwarten hatte, und selbst an den Tagen, an denen keine Züge kamen, ging er zum Bahnhof, das heißt zu den Sümpfen. Am Rande des Sumpfes stand er eine Stunde und länger und hörte das Quaken der Frösche andächtig, als könnten sie ihm vom Leben auf dem Grunde der Sümpfe berichten, und glaubte manchmal in der Tat, allerhand Berichte empfangen zu haben. Im Winter, wenn die Sümpfe gefroren waren, wagte er sogar, seinen Fuß auf sie zu setzen, und das bereitete ihm ein sonderbares Vergnügen. Am faulen Geruch des Sumpfes erkannte er ahnungsvoll den gewaltig herben Duft des großen Meeres, und das leise, kümmerliche Glucksen der unterirdischen Gewässer verwandelte sich in seinen hellhörigen Ohren in ein Rauschen der riesigen grünblauen Wogen. Im Städtchen Progrody aber wußte kein Mensch, was alles sich in der Seele des Korallenhändlers abspielte. Alle Juden hielten ihn für ihresgleichen. Der handelte mit Stoffen und jener mit Petroleum; einer verkaufte Gebetmäntel, der andere Wachskerzen und Seife, der dritte Kopftücher für Bäuerinnen und Taschenmesser; einer lehrte die Kinder beten, der andere rechnen, der dritte handelte mit Kwaß und Kukuruz und gesottenen Saubohnen. Und ihnen allen schien es, Nissen Piczenik sei ihresgleichen – nur handele er eben mit Korallen. Indessen war er – wie man sieht – ein ganz Besonderer.

Er hatte arme und reiche Kunden, ständige und zufällige. Zu seinen reichen Kunden zählte er zwei Bauern aus der Umgebung, von denen der eine, nämlich Timon Semjonowitsch, Hopfen angepflanzt hatte und jedes Jahr, wenn die Kommissionäre aus Nürnberg, Saaz und Judenburg kamen, eine Menge glücklicher Abschlüsse machte. Der andere Bauer hieß Nikita Iwanowitsch. Der hatte nicht weniger als acht Töchter gezeugt, von denen eine nach der anderen heiratete und von denen jede Korallen brauchte. Die verheirateten Töchter – bis jetzt waren es vier – bekamen, kaum zwei Monate nach der Vermählung, Kinder – und es waren wieder Töchter – und auch diese brauchten Korallen; als Säuglinge schon, um den bösen Blick abzuwenden. Die Mitglieder dieser zwei Familien waren die vornehmsten Gäste im Hause Nissen Piczeniks. Für die Töchter beider Bauern, ihre Enkel und Schwiegersöhne hatte der Händler den guten Schnaps bereit, den er in seinem Kasten aufbewahrte, einen selbstgebrannten Schnaps, gewürzt mit Ameisen, trockenen Schwämmen, Petersilie und Tausendgüldenkraut. Die anderen, gewöhnlichen Kunden begnügten sich mit einem gewöhnlichen gekauften Wodka. Denn es gab in jener Gegend keinen richtigen Kauf ohne Trunk. Käufer und Verkäufer tranken, damit das Geschäft beiden Gewinn und Segen bringe. Auch Tabak lag in Haufen in der Wohnung des Korallenhändlers, vor dem Fenster, von feuchten Löschblättern überdeckt, damit er frisch bleibe. Denn die Kunden kamen zu Nissen Piczenik nicht, wie Menschen in einen Laden kommen, einfach, um die Ware zu kaufen, zu bezahlen und wieder wegzugehn. Die meisten Kunden hatten einen Weg von vielen Werst zurückgelegt, und sie waren nicht nur Kunden, sondern auch Gäste Nissen Piczeniks. Er gab ihnen zu trinken, zu rauchen und manchmal auch zu essen. Die Frau des Händlers kochte Kascha mit Zwiebeln, Borschtsch mit Sahne, sie briet Äpfel am Rost, Kartoffeln und im Herbst Kastanien. So waren die Kunden nicht nur Kunden, sondern auch Gäste im Hause Piczeniks. Manchmal mischten sich die Bäuerinnen, während sie nach passenden Korallen suchten, in den Gesang der Fädlerinnen; alle sangen sie zusammen, und sogar Nissen Piczenik begann, vor sich hinzusummen; und seine Frau rührte im Takt den Löffel am Herd. Kamen dann die Bauern vom Markt oder aus der Schenke, um ihre Frauen abzuholen und deren Einkäufe zu bezahlen, so mußte der Korallenhändler auch mit ihnen Schnaps oder Tee trinken und eine Zigarette rauchen. Und jeder alte Kunde küßte sich mit dem Händler wie mit einem Bruder.

Denn wenn wir einmal getrunken haben, sind alle guten und redlichen Männer unsere Brüder und alle lieben Frauen unsere Schwestern – und es gibt keinen Unterschied zwischen Bauer und Händler, Jud' und Christ; und wehe dem, der das Gegenteil behaupten wollte!

III

Jedes neue Jahr wurde Nissen Piczenik unzufriedener mit seinem friedlichen Leben, ohne daß es jemand in dem Städtchen Progrody gemerkt hätte. Wie alle Juden ging auch der Korallenhändler zweimal jeden Tag, morgens und abends, ins Bethaus, feierte die Feiertage, fastete an den Fasttagen, legte Gebetriemen und Gebetmantel an, schaukelte seinen Oberkörper, unterhielt sich mit den Leuten, sprach von Politik, vom Russisch-Japanischen Krieg, überhaupt von allem, was in den Zeitungen stand und was die Welt bewegte. Aber die Sehnsucht nach dem Meere, der Heimat der Korallen, trug er im Herzen, und aus den Zeitungen, die zweimal in der Woche nach Progrody kamen, ließ er sich, da er sie nicht entziffern konnte, etwaige maritime Nachrichten zuerst vorlesen. Ähnlich wie von den Korallen hatte er vom Meer eine ganz besondere Vorstellung. Zwar wußte er, daß es viele Meere in der Welt gab, das wirkliche, eigentliche Meer aber war jenes, das man durchqueren mußte, um nach Amerika zu gelangen.

Nun ereignete es sich eines Tages, daß der Sohn des Barchenthändlers Alexander Komrower, der vor drei Jahren eingerückt und zur Marine gekommen war, auf einen kurzen Urlaub heimkehrte. Kaum hatte der Korallenhändler von der Rückkehr des jungen Komrower gehört, da erschien er auch schon in dessen Hause und begann, den Matrosen nach allen Geheimnissen der Schiffe, des Wassers und der Winde auszufragen.

Während alle Welt in Progrody überzeugt war, daß sich der junge Komrower lediglich infolge seiner Dummheit auf die gefährlichen Ozeane hatte verschleppen lassen, betrachtete der Korallenhändler den Matrosen als einen begnadeten Jungen, dem die Ehre und das Glück zuteil geworden waren, gewissermaßen ein Vertrauter der Korallen zu werden, ja, ein Verwandter der Korallen. Und man sah den fünfundvierzigjährigen Nissen Piczenik mit dem zweiundzwanzigjährigen Komrower Arm in Arm über den Marktplatz des Städtchens streichen, stundenlang. Was will er vom Komrower? fragten sich die Leute. Was will er eigentlich von mir? fragte sich auch der Junge.

Während des ganzen Urlaubs, den der junge Mann in Progrody verbringen durfte, wich der Korallenhändler fast nicht von seiner Seite. Sonderbar erschienen dem Jungen die Fragen des Älteren, wie zum Beispiel diese:

»Kann man mit einem Fernrohr bis auf den Grund des Meeres sehen?«

»Nein«, sagte der Matrose, »mit dem Fernrohr schaut man nur in die Weite, nicht in die Tiefe.«

»Kann man«, fragte Nissen Piczenik weiter, »wenn man Matrose ist, sich auf den Grund des Meeres fallen lassen?«

»Nein«, sagte der junge Komrower, »wenn man ertrinkt, dann sinkt man wohl auf den Grund des Meeres.«

»Der Kapitän kann's auch nicht?«

»Auch der Kapitän kann es nicht.«

»Hast du schon einen Taucher gesehen?«

»Manchmal«, sagte der Matrose.

»Steigen die Tiere und Pflanzen des Meeres manchmal an die Oberfläche?«

»Nur die Fische und die Walfische, die eigentlich keine Fische sind.«

»Beschreibe mir«, sagte Nissen Piczenik, »wie das Meer aussieht.«

»Es ist voller Wasser«, sagte der Matrose Komrower.

»Und ist es so weit wie ein großes Land, eine weite Ebene zum Beispiel, auf der kein Haus steht?«

»So weit ist es – und noch weiter!« sagte der junge Matrose. »Und es ist so, wie Sie sagen: eine weite Ebene, und hier und da sieht man ein Haus, das ist aber sehr selten, und es ist gar kein Haus, sondern ein Schiff.«

»Wo hast du die Taucher gesehen?«

»Es gibt bei uns«, sagte der Junge, »bei der Militärmarine, Taucher. Aber sie tauchen nicht, um Perlen oder Austern oder Korallen zu fischen. Es ist eine militärische Übung, zum Beispiel für den Fall, daß ein Kriegsschiff untergeht, und dann müßte man wertvolle Instrumente oder Waffen herausholen.«

»Wieviel Meere gibt es in der Welt?«

»Das kann ich Ihnen nicht sagen«, erwiderte der Matrose, »wir haben es zwar in der Instruktionsstunde gelernt, aber ich habe nicht achtgegeben. Ich kenne nur das Baltische Meer, die Ostsee, das Schwarze Meer und den großen Ozean.«

»Welches Meer ist das tiefste?«

»Weiß ich nicht.«

»Wo finden sich die meisten Korallen?«

»Weiß ich auch nicht.«

»Hm, hm«, machte der Korallenhändler Piczenik, »schade, daß du es nicht weißt.«

Am Rande des Städtchens, dort, wo die Häuschen Progrodys immer kümmerlicher wurden, bis sie schließlich ganz aufhörten, und die weite, bucklige Straße zum Bahnhof begann, stand die Schenke Podgorzews, ein schlecht beleumundetes Haus, in dem Bauern, Taglöhner, Soldaten, leichtfertige Mädchen und nichtswürdige Burschen verkehrten. Eines Tages sah man dort den Korallenhändler Piczenik mit dem Matrosen Komrower eintreten. Man reichte ihnen kräftigen, dunkelroten Met und gesalzene Erbsen. »Trink, mein Junge! Trink und iß, mein Junge!« sagte Nissen Piczenik väterlich zu dem Matrosen. Dieser trank und aß fleißig, denn so jung er auch war, so hatte er doch schon einiges in den Häfen gelernt, und nach dem Met gab man ihm einen schlechten, sauren Wein und nach dem Wein einen neunziggrädigen Schnaps. Während er den Met trank, war er so schweigsam, daß der Korallenhändler fürchtete, er würde nie mehr etwas von dem Matrosen über die Wasser hören, sein Wissen sei einfach erschöpft. Nach dem Wein aber begann der kleine Komrower, sich mit dem Wirt Podgorzew zu unterhalten, und als der Neunziggrädige kam, sang er mit lauter Stimme ein Liedchen nach dem anderen, wie ein richtiger Matrose. »Bist du aus unserem lieben Städtchen?« fragte der Wirt. »Gewiß, ein Kind eures Städtchens – meines – unseres lieben Städtchens«, sagte der Matrose, ganz so, als wäre er nicht der Sohn des behäbigen Juden Komrower, sondern ein ganzer Bauernjunge. Ein paar Tagediebe und Landstreicher setzten sich an den Tisch neben Nissen Piczenik und den Matrosen, und als der Junge das Publikum sah, fühlte er sich von einer fremdartigen Würde erfüllt, so einer Würde, von der er gedacht hatte, nur Seeoffiziere könnten sie besitzen. Und er munterte die Leute auf: »Fragt, Kinderchen, fragt nur! Auf alles kann ich euch antworten. Seht, diesem lieben Onkel hier, ihr kennt ihn wohl, er ist der beste Korallenhändler im ganzen Gouvernement, ihm habe ich schon vieles erzählt!« Nissen Piczenik nickte. Und da es ihm nicht behaglich in dieser fremdartigen Gesellschaft war, trank er einen Met und noch einen. Allmählich kamen ihm all die verdächtigen Gesichter, die er immer nur durch eine Türluke gesehen hatte, ebenfalls menschlich vor wie sein eigenes. Da aber die Vorsicht und das Mißtrauen tief in seiner Brust eingewurzelt waren, ging er in den Hof hinaus und barg das Säckchen mit dem Silbergeld in der Mütze. Nur einige Münzen behielt er lose in der Tasche. Befriedigt von seinem Einfall und von dem beruhigenden Druck, den das Geldsäckchen unter der Mütze auf seinen Schädel ausübte, kehrte er wieder an den Tisch zurück.

Dennoch gestand er sich, daß er eigentlich selber nicht wußte, warum und wozu er hier in der Schenke mit dem Matrosen und den unheimlichen Gesellen saß. Hatte er doch sein ganzes Leben regelmäßig und unauffällig verbracht, und seine geheimnisvolle Liebe zu den Korallen und ihrer Heimat, dem Ozean, war bis zur Ankunft des Matrosen und eigentlich bis zu dieser Stunde niemandem und niemals offenbar geworden. Und es ereignete sich noch etwas, was Nissen Piczenik aufs tiefste erschreckte. Er, der keineswegs gewohnt war, in Bildern zu denken, erlebte in dieser Stunde die Vorstellung, daß seine geheime Sehnsucht nach den Wassern und allem, was auf und unter ihnen lebte und geschah, auf einmal an die Oberfläche seines eigenen Lebens gelangte, wie zuweilen ein kostbares und seltsames Tier, gewohnt und heimisch auf dem Grunde des Meeres, aus unbekanntem Grunde an die Oberfläche emporschießt. Wahrscheinlich hatten der ungewohnte Met und die durch die Erzählungen des Matrosen befruchtete Phantasie des Korallenhändlers dieses Bild in ihm geweckt. Aber er erschrak und wunderte sich darüber, daß ihm derlei verrückte Einfälle kommen konnten, noch mehr als über die Tatsache, daß er auf einmal imstande war, an einem Tisch in der Schenke mit wüsten Gesellen zu sitzen.

Diese Verwunderung und dieser Schrecken aber vollzogen sich gleichsam unter der Oberfläche seines Bewußtseins. Inzwischen hörte er sehr wohl mit eifrigem Vergnügen den märchenhaften Erzählungen des Matrosen Komrower zu. »Auf welchem Schiff dienst *du?*« fragten ihn die Tischgenossen. Er dachte eine Weile nach – sein Schiff hieß nach einem bekannten Admiral aus dem neunzehnten Jahrhundert, aber der Name schien ihm so gewöhnlich in diesem Augenblick wie sein eigener, Komrower war entschlossen, gewaltig zu imponieren –, und er sagte also: »Mein Kreuzer heißt ›Mütterchen Katharina‹. Und wißt ihr, wer das war? Ihr wißt es natürlich nicht – und deshalb werde ich es euch erzählen. Also, Katharina war die schönste und reichste Frau von ganz Rußland, und deshalb heiratete sie der Zar eines Tages im Kreml in Moskau und führte sie sofort mit Schlitten – es war ein Frost von 40 Grad –, mit einem Sechsgespann direkt nach Zarskoje Selo. Und hinter ihnen fuhr das ganze Gefolge in Schlitten – und es waren so viele, daß die ganze Landstraße drei Tage und drei Nächte verstopft war. Eine Woche nach dieser prächtigen Hochzeit kam der gewalttätige und ungerechte König von Schweden in den Hafen von Petersburg, mit seinen lächerlichen, hölzernen Kähnen, auf denen aber viele Soldaten standen – denn zu Lande sind die Schweden sehr tapfer –, und nichts weniger wollte dieser Schwede, als ganz Rußland erobern. Die Zarin Katharina aber bestieg unverzüglich ein Schiff, eben den Kreuzer, auf dem ich diene, und beschoß eigenhändig die blödsinnigen Kähne des schwedischen Königs, daß sie untergingen. Und ihm selbst warf sie einen Rettungsgürtel zu und nahm ihn später gefangen. Sie ließ ihm die Augen herausnehmen, aß sie auf, und dadurch wurde sie noch klüger, als sie vorher gewesen war. Den König ohne Augen aber verschickte sie nach Sibirien.«

»Ei, ei«, sagte da ein Taugenichts und kratzte sich am Hinterkopf, »ich kann dir beim besten Willen nicht alles glauben.«

»Wenn du das noch einmal sagst«, erwiderte der Matrose Komrower, »so hast du die kaiserlich-russische Marine beleidigt, und ich muß dich mit meiner Waffe erschlagen. So wisse denn, daß ich diese ganze Geschichte gelernt habe in unserer Instruktionsstunde, und Seine Hochwohlgeboren, unser Kapitän Woroschenko selbst, hat sie uns erzählt.«

Man trank noch Met und mehrere Schnäpse, und der Korallenhändler Nissen Piczenik bezahlte. Auch er hatte einiges getrunken, wenn auch nicht soviel wie die anderen. Aber als er auf die Straße trat, Arm in Arm mit dem jungen Matrosen Komrower, schien es ihm, daß die Straßenmitte ein Fluß sei, die Wellen gingen auf und nieder, die spärlichen Petroleumlaternen waren Leuchttürme, und er mußte sich hart an den Rand halten, um nicht ins Wasser zu fallen. Der Junge schwankte fürchterlich. Ein Leben lang, fast seit seiner Kindheit, hatte Nissen Piczenik jeden Abend die vorgeschriebenen Abendgebete gesagt, das eine, das bei der Dämmerung zu beten ist, das andere, das den Einbruch der Dunkelheit begrüßt. Heute hatte er zum erstenmal beide versäumt. Vom Himmel glitzerten ihm die Sterne vorwurfsvoll entgegen, er wagte nicht, seinen Blick zu heben. Zu Hause erwartete ihn die Frau und das übliche Nachtmahl, Rettich mit Gurken und Zwiebeln und ein Schmalzbrot, ein Glas Kwaß und heißer Tee. Er schämte sich mehr vor sich selbst als vor den andern. Es war ihm von Zeit zu Zeit, während er so dahinging, den schweren, torkelnden jungen Mann am Arm, als begegnete er sich selbst, der Korallenhändler Nissen Piczenik dem Korallenhändler Nissen Piczenik – und einer lachte den anderen aus. Immerhin vermied er außerdem noch, andern Menschen zu begegnen. Dieses gelang ihm. Er begleitete den jungen Komrower nach Hause, führte ihn ins Zimmer, wo die alten Komrowers saßen, und sagte: »Seid nicht böse mit ihm, ich war mit ihm in der Schenke, er hat ein wenig getrunken.«

»Ihr, Nissen Piczenik, der Korallenhändler, wart mit ihm in der Schenke?« fragte der alte Komrower.

»Ja, ich!« sagte Piczenik. »Guten Abend!« Und er ging nach Hause. Noch saßen alle seine schönen Fädlerinnen an den langen vier Tischen, singend und Korallen fischend mit ihren feinen Nadeln in den zarten Händen.

»Gib mir gleich den Tee«, sagte Nissen Piczenik zu seiner Frau, »ich muß arbeiten.«

Und er schlürfte den Tee, und während sich seine heißen Finger in die großen, noch nicht sortierten Korallenhaufen gruben und in ihrer wohltätigen, rosigen Kühle wühlten, wandelte sein armes Herz über die weiten und rauschenden Straßen der gewaltigen Ozeane.

Und es brannte und rauschte in seinem Schädel. Er nahm aber vernünftigerweise die Mütze ab, holte das Geldsäckchen heraus und barg es wieder an seiner Brust.

IV

Und es näherte sich der Tag, an dem der Matrose Komrower wieder auf seinen Kreuzer einrücken mußte, und zwar nach Odessa – und es war dem Korallenhändler weh und bang ums Herz. In ganz Progrody ist der junge Komrower der einzige Seemann, und Gott weiß, wann er wieder einen Urlaub erhalten wird. Fährt er einmal weg, so hört man weit und breit nichts mehr von den Wassern der Welt, es sei denn, es steht zufällig etwas in den Zeitungen.

Es war spät im Sommer, ein heiterer Sommer übrigens, ohne Wolke, ohne Regen, von dem ewig sanften Wind der wolynischen Ebene belebt und gekühlt. Zwei Wochen noch – und die Ernte begann, und die Bauern aus den Dörfern kamen nicht mehr zu den Markttagen, Korallen bei Nissen Piczenik einzukaufen. In diesen Wochen war die Saison der Korallen. In diesen Wochen pflegten die Kundinnen in Scharen und in Haufen zu kommen, die Fädlerinnen konnten mit der Arbeit kaum nachkommen, es gab nächtelang zu fädeln und zu sortieren. An den schönen Vorabenden, wenn die untergehende Sonne ihren goldenen Abschiedsgruß durch die vergitterten Fenster Piczeniks schickte und die Korallenhaufen jeder Art und Färbung, von ihrem wehmütigen und zugleich tröstlichen Glanz belebt, zu leuchten begannen, als trüge jedes einzelne Steinchen ein winziges Licht in seiner feinen Höhlung, kamen die Bauern heiter und angeheitert, um die Bäuerinnen abzuholen, die blauen und rötlichen Taschentücher gefüllt mit Silber- und Kupfermünzen, in schweren, genagelten Stiefeln, die auf den Steinen des Hofes knirschten. Die Bauern begrüßten Nissen Piczenik mit Umarmungen, Küssen, unter Lachen und Weinen, als fänden sie in ihm einen lang nicht mehr geschauten, langentbehrten Freund nach Jahrzehnten wieder. Sie meinten es gut mit ihm, sie liebten ihn sogar, diesen stillen, langaufgeschossenen, rothaarigen Juden mit den treuherzigen und manchmal verträumten, porzellanblauen Äuglein, in denen die Ehrlichkeit wohnte, die Redlichkeit des Handelns, die Klugheit des Fachmanns und zugleich die Torheit eines Menschen, der niemals das Städtchen Progrody verlassen hatte. Es war nicht leicht, mit den Bauern fertig zu werden. Denn obwohl sie den Korallenhändler als einen der seltenen ehrlichen Handelsleute der Gegend kannten, dachten sie doch immer daran, daß er ein Jude war. Auch machte ihnen das Feilschen einiges Vergnügen. Zuerst setzten sie sich behaglich auf die Stühle, das Kanapee, die zwei breiten hölzernen und mit hohen Polstern bedeckten Ehebetten. Manche lagerten sich auch mit den Stiefeln, an deren Rändern der silbergraue Schlamm klebte, auf die Betten, das Sofa und auch auf den Boden. Aus den weiten Taschen ihrer sackleinenen Hosen oder von den Vorräten auf dem Fensterbrett holten sie den losen Tabak, rissen die weißen Ränder alter Zeitungen ab, die im Zimmer Piczeniks herumlagen, und drehten Zigaretten – denn auch den Wohlhabenden unter ihnen schien Zigarettenpapier ein Luxus. Ein dichter blauer Rauch von billigem Tabak und grobem Papier erfüllte die Wohnung des Korallenhändlers, ein goldig durchsonnter, blauer Rauch, der in kleinen Wölkchen durch die Quadrate der vergitterten und geöffneten Fenster langsam in die Straße zog. In zwei kupfernen Samowaren – auch in ihnen spiegelte sich die untergehende Sonne – kochte heißes Wasser auf einem der Tische in der Mitte des Zimmers, und nicht weniger als fünfzig billige Gläser aus grünlichem Glas mit doppeltem Boden gingen reihum von Hand zu Hand, gefüllt mit dampfendem braungoldenem Tee und mit Schnaps. Längst, am Vormittag noch, hatten die Bäuerinnen stundenlang den Preis der Korallenketten ausgehandelt. Nun erschien der Schmuck ihren Männern noch zu teuer, und aufs neue begann das Feilschen. Es war ein hartnäckiger Kampf, den der magere Jude allein gegen eine gewaltige Mehrzahl geiziger und mißtrauischer, kräftiger und manchmal gefährlich betrunkener Männer auszufechten hatte. Unter dem seidenen schwarzen Käppchen, das Nissen Piczenik im Hause zu tragen pflegte, rann der Schweiß die spärlich bewachsenen, sommersprossigen Wangen hinunter in den roten Ziegenbart, und die Härchen des Bartes klebten aneinander, am Abend, nach dem Gefecht, und er mußte sie mit seinem eisernen Kämmchen strählen. Schließlich siegte er doch über alle seine Kunden, trotz seiner Torheit. Denn er kannte von der ganzen großen Welt nur die Korallen und die Bauern seiner Heimat – und er wußte, wie man jene fädelt und sortiert und wie man diese überzeugt. Den ganz und gar Hartnäckigen schenkte er eine sogenannte »Draufgabe« – das heißt: er gab ihnen, nachdem sie den von ihm zwar nicht sofort genannten, aber im stillen ersehnten Preis gezahlt hatten, noch ein winziges Korallenschnürchen mit, aus den billigen Steinen hergestellt, Kindern zugedacht, um Ärmchen und Hälschen zu tragen und unbedingt wirksam gegen den bösen Blick mißgünstiger Nachbarn und schlechtgesinnter Hexen. Dabei mußte er genau auf die Hände seiner Kunden achtgeben und die Höhe und den Umfang der Korallenhaufen immer abschätzen. Ach, es war kein leichter Kampf!

In diesem Spätsommer aber zeigte sich Nissen Piczenik zerstreut, achtlos beinahe, ohne Interesse für die Kunden und das Geschäft. Seine brave Frau, gewohnt an seine Schweigsamkeit und sein merkwürdiges Wesen seit vielen Jahren, bemerkte seine Zerstreutheit und machte ihm Vorwürfe. Hier hatte er einen Bund Korallen zu billig verkauft, dort einen kleinen Diebstahl nicht bemerkt, heute einem alten Kunden keine Draufgabe geschenkt; gestern dagegen einem neuen und gleichgültigen eine ziemlich wertvolle Kette. Niemals hatte es Streit im Hause Piczeniks gegeben. In diesen Tagen aber verließ die Ruhe den Korallenhändler, und er fühlte selbst, wie die Gleichgültigkeit, die normale Gleichgültigkeit gegen seine Frau sich jäh in Widerwillen gegen sie wandelte. Ja, er, der niemals imstande gewesen wäre, eine der vielen Mäuse, die jede Nacht in seine Fallen gingen, mit eigener Hand zu ertränken – wie alle Welt es in Progrody zu tun pflegte –, sondern die gefangenen Tierchen dem Wasserträger Saul zur endgültigen Vernichtung gegen ein Trinkgeld übergab: Er, dieser friedliche Nissen Piczenik, warf an einem dieser Tage seiner Frau, da sie ihm die üblichen Vorwürfe machte, einen schweren Bund Korallen an den Kopf, schlug die Tür zu, verließ das Haus und ging an den Rand des großen Sumpfes, des entfernten Vetters der großen Ozeane.

Knapp zwei Tage vor der Abreise des Matrosen tauchte plötzlich in dem Korallenhändler der Wunsch auf, den jungen Komrower nach Odessa zu begleiten. Solch ein Wunsch kommt plötzlich, ein gewöhnlicher Blitz ist nichts dagegen, und er trifft genau den Ort, von dem er gekommen ist, nämlich das menschliche Herz. Er schlägt sozusagen in seinem eigenen Geburtsort ein. Also war auch der Wunsch Nissen Piczeniks. Und es ist kein weiter Weg von solch einem Wunsch bis zu seinem Entschluß.

Und am Morgen des Tages, an dem der junge Matrose Komrower abreisen sollte, sagte Nissen Piczenik zu seiner Frau: »Ich muß für ein paar Tage verreisen.«

Die Frau lag noch im Bett. Es war acht Uhr morgens, der Korallenhändler war eben aus dem Bethaus vom Morgengebet gekommen.

Sie setzte sich auf. Mit ihren wirren, spärlichen Haaren, ohne Perücke, gelbliche Reste des Schlafs in den Augenwinkeln, erschien sie ihm fremd und sogar feindlich. Ihr Aussehn, ihre Überraschung, ihr Schrecken schienen seinen Entschluß, den er selbst noch für einen tollkühnen gehalten hatte, vollends zu rechtfertigen.

»Ich fahre nach Odessa!« sagte er, mit aufrichtiger Gehässigkeit. »In einer Woche bin ich zurück, so Gott will!«

»Jetzt? Jetzt?« stammelte die Frau zwischen den Kissen. »Jetzt, wo die Bauern kommen?«

»Grade jetzt!« sagte der Korallenhändler. »Ich habe wichtige Geschäfte. Pack mir meine Sachen!«

Und mit einer bösen und gehässigen Wollust, die er niemals früher gekannt hatte, sah er die Frau aus dem Bett steigen, sah ihre häßlichen Zehen, ihre fetten Beine unter dem langen Hemd, auf dem ein paar schwarze, unregelmäßige Punkte hingesprenkelt waren, Zeichen der Flöhe, und hörte er ihren altbekannten Seufzer, das gewohnte, beständige Morgenlied dieses Weibes, mit dem ihn nichts anderes verband als die ferne Erinnerung an ein paar zärtliche, nächtliche Stunden und die hergebrachte Angst vor einer Scheidung.

Im Innern Nissen Piczeniks aber jubelte gleichzeitig eine fremde und dennoch wohlvertraute Stimme: Piczenik geht zu den Korallen! Er geht zu den Korallen! In die Heimat der Korallen geht Nissen Piczenik! ...

V

Er bestieg also mit dem Matrosen Komrower den Zug und fuhr nach Odessa. Es war eine ziemlich umständliche und lange Reise, man mußte in Kiew umsteigen. Der Korallenhändler saß zum erstenmal in seinem Leben in der Eisenbahn, aber ihm ging es nicht wie so vielen anderen, die zum erstenmal Eisenbahn fahren. Lokomotive, Signal, Glocken, Telegraphenstangen, Schienen, Schaffner und die flüchtige Landschaft hinter den Fenstern interessierten ihn nicht. Ihn beschäftigte das Wasser und der Hafen, denen er entgegenfuhr, und wenn er überhaupt etwas von den Eigenschaften und Begleiterscheinungen der Eisenbahn zur Kenntnis nahm, so tat er es lediglich im Hinblick auf die ihm noch unbekannten Eigenschaften und Begleiterscheinungen der Schiffahrt. »Gibt es bei euch auch Glocken?« fragte er den Matrosen. »Läutet man dreimal vor der Abfahrt eines Schiffes? Pfeifen und tuten die Schiffe wie die Lokomotiven?

Muß das Schiff wenden, wenn es zurückfahren will, oder kann es ganz einfach rückwärts schwimmen?«

Gewiß traf man, wie es auf Reisen ja immer vorkommt, unterwegs Passagiere, die sich unterhalten wollten und mit denen man dies und jenes besprechen mußte. »Ich bin Korallenhändler«, sagte Nissen Piczenik wahrheitsgemäß, wenn man ihn nach der Art seiner Geschäfte fragte. Fragte man ihn aber weiter: »Was wollen Sie in Odessa?«, so begann er zu lügen. »Ich habe dort größere Geschäfte vor«, sagte er. »Das interessiert mich«, sagte plötzlich ein Mitreisender, der bis jetzt geschwiegen hatte. »Auch ich habe in Odessa größere Geschäfte vor, und die Ware, mit der ich handle, ist sozusagen mit Korallen verwandt, wenn auch viel feiner und teurer als Korallen!« »Teurer, das kann sein«, sagte Nissen Piczenik, »aber feiner ist sie keineswegs.« »Wetten, daß sie feiner ist?« rief der andere. »Ich sage Ihnen, es ist unmöglich. Da braucht man gar nicht zu wetten!« »Nun«, triumphierte der andere, »ich handle mit Perlen!« »Perlen sind gar nicht feiner«, sagte Piczenik. »Außerdem bringen sie Unglück.« »Ja, wenn man sie verliert«, sagte der Perlenhändler. Alle anderen begannen, diesem sonderbaren Streit aufmerksam zuzuhören. Schließlich öffnete der Perlenhändler seine Hose und zog ein Säckchen voller schimmernder, tadelloser Perlen hervor. Er schüttete einige auf seine flache Hand und zeigte sie allen Mitreisenden. »Hunderte von Austern müssen aufgemacht werden«, sagte er, »ehe man eine Perle findet. Die Taucher werden teuer bezahlt. Unter allen Kaufleuten der Welt gehören wir Perlenhändler zu den angesehensten. Ja, wir bilden sozusagen eine ganz eigene Rasse. Sehen Sie mich zum Beispiel. Ich bin Kaufmann erster Gilde, wohne in Petersburg, habe die vornehmste Kundschaft, zwei Großfürsten zum Beispiel, ihre Namen sind mein Geschäftsgeheimnis, ich bereise die halbe Welt, jedes Jahr bin ich in Paris, Brüssel, Amsterdam. Fragen Sie, wo Sie wollen, nach dem Perlenhändler Gorodotzki, Kinder werden Ihnen Auskunft geben.«

»Und ich«, sagte Nissen Piczenik, »bin niemals aus unserem Städtchen Progrody herausgekommen – und nur Bauern kaufen meine Korallen. Aber Sie werden mir alle hier zugeben, daß eine einfache Bäuerin, angetan mit ein paar Schnüren schöner, fleckenloser Korallen, mehr darstellt als eine Großfürstin. Korallen trägt übrigens hoch und nieder, sie erhöhen den Niederen, und den Höhergestellten zieren sie. Korallen kann man morgens, mittags, abends und in der Nacht, bei festlichen Bällen zum Beispiel tragen, im Sommer, im Winter, am Sonntag und an Wochentagen, bei der Arbeit und in der Ruhe, in fröhlichen Zeiten und in der Trauer. Es gibt viele Arten von Rot in der Welt, meine lieben Reisegenossen, und es steht geschrieben, daß unser jüdischer König Salomo ein ganz besonderes Rot hatte für seinen königlichen Mantel, denn die Phönizier, die ihn verehrten, hatten ihm einen ganz besonderen Wurm geschenkt, dessen Natur es war, rote Farbe als Urin auszuscheiden. Es war eine Farbe, die heutzutage nicht mehr da ist, der Purpur des Zaren ist nicht mehr dasselbe, der Wurm ist nämlich nach dem Tode Salomos ausgestorben, die ganze Art dieser Würmer. Und seht ihr, nur bei den ganz roten Korallen kommt diese Farbe noch vor. Wo aber in der Welt hat man je rote Perlen gesehn?«

Noch niemals hatte der schweigsame Korallenhändler eine so lange und so eifrige Rede vor lauter fremden Menschen gehalten. Er schob die Mütze aus der Stirn und wischte sich den Schweiß. Er lächelte die Mitreisenden der Reihe nach an, und alle zollten sie ihm den verdienten Beifall. »Recht hat er, recht!« riefen sie alle auf einmal.

Und selbst der Perlenhändler mußte gestehen, daß Nissen Piczenik in der Sache zwar nicht recht habe, aber als Redner für Korallen ganz ausgezeichnet sei.

Schließlich erreichten sie Odessa, den strahlenden Hafen, mit dem blauen Wasser und den vielen bräutlich-weißen Schiffen. Hier wartete schon der Panzerkreuzer auf den Matrosen Komrower wie ein väterliches Haus auf seinen Sohn. Auch Nissen Piczenik wollte das Schiff näher besichtigen. Und er ging mit dem Jungen bis zum Wachtposten und sagte: »Ich bin sein Onkel, ich möchte das Schiff sehn.« Er verwunderte sich selbst über seine Kühnheit. Ach ja: es war nicht mehr der alte kontinentale Nissen Piczenik, der da mit einem bewaffneten Matrosen sprach, es war nicht der Nissen Piczenik aus dem kontinentalen Progrody, sondern ein ganz neuer Mann, so etwa wie ein Mensch, dessen Inneres nach außen gestülpt worden war, ein sozusagen gewendeter Mensch, ein ozeanischer Nissen Piczenik. Ihm selbst schien es, daß er nicht aus der Eisenbahn gestiegen war, sondern geradezu aus dem Meer, aus der Tiefe des Schwarzen Meeres. So vertraut war er mit dem Wasser, wie er niemals mit seinem Geburts- und Wohnort Progrody vertraut gewesen war. Überall, wo er hinsieht, sind Schiffe und Wasser, Wasser und Schiffe. An die blütenweißen, die rabenschwarzen, die korallenroten – ja die korallenroten – Wände der Schiffe, der Boote, der Kähne, der Segeljachten, der Motorboote schlägt zärtlich das ewig plätschernde Wasser, nein, es schlägt nicht, es streichelt die Schiffe mit hunderttausend kleinen Wellchen, die wie Zungen und Hände in einem sind, Zünglein und Händchen in einem. Das Schwarze Meer ist gar nicht schwarz. In der Ferne ist es blauer als der Himmel, in der Nähe ist es grün wie eine Wiese. Tausende kleiner, hurtiger Fischchen springen, hüpfen, schlüpfen, schlängeln sich, schießen und fliegen herbei, wirft man ein Stückchen Brot ins Wasser. Wolkenlos spannt sich der blaue Himmel über den Hafen. Ihm entgegen ragen die Mäste und die Schornsteine der Schiffe. »Was ist dies? – Wie heißt man jenes?« fragt unaufhörlich Nissen Piczenik. Dies heißt Mast und jenes Bug, hier sind Rettungsgürtel, Unterschiede gibt es zwischen Boot und Kahn, Segel und Dampfer, Mast und Schlot, Kreuzer und Handelsschiff, Deck und Heck, Bug und Kiel. Hundert neue Worte stürmen geradezu auf Nissen Piczeniks armen, aber heiteren Kopf ein. Er bekommt nach langem Warten (ausnahmsweise, sagt der Obermaat) die Erlaubnis, den Kreuzer zu besichtigen und seinen Neffen zu begleiten. Der Herr Schiffsleutnant selbst erscheint, um einen jüdischen Händler an Bord eines Kreuzers der kaiserlich-russischen Marine zu betrachten. Seine Hochwohlgeboren, der Schiffsleutnant, lächeln. Der sanfte Wind bläht die langen schwarzen Rockschöße des hageren roten Juden, man sieht seine abgewetzte, mehrfach geflickte, gestreifte Hose in den matten Kniestiefeln. Der Jude Nissen Piczenik vergißt sogar die Gebote seiner Religion. Vor der strahlenden weißgoldenen Pracht des Offiziers nimmt er die schwarze Mütze ab, und seine roten, geringelten Haare flattern im Wind. »Dein Neffe ist ein braver Matrose!« sagen Seine Hochwohlgeboren, der Herr Offizier. Nissen Piczenik findet keine passende Antwort, er lächelt nur, er lacht nicht, er lächelt lautlos. Sein Mund ist offen, man sieht die großen gelblichen Pferdezähne und den rosa Gaumen, und der kupferrote Ziegenbart hängt beinahe über die Brust. Er betrachtet das Steuer, die Kanonen, er darf durch das Fernrohr blicken – und weiß Gott, die Ferne wird nahe, was noch lange nicht da ist, ist dennoch da, hinter den Gläsern. Gott hat den Menschen Augen gegeben, das ist wahr, aber was sind gewöhnliche Augen gegen Augen, die durch ein Fernglas sehn? Gott hat den Menschen Augen gegeben, aber auch den Verstand, damit sie Fernrohre erfinden und die Kraft dieser Augen verstärken! –

Und die Sonne scheint auf das Verdeck, bestrahlt den Rücken Nissen Piczeniks, und dennoch ist ihm nicht heiß. Denn der ewige Wind weht über das Meer, ja, es scheint, daß aus dem Meer selbst ein Wind kommt, ein Wind aus den Tiefen des Wassers.

Schließlich kam die Stunde des Abschieds. Nissen Piczenik umarmte den jungen Komrower, verneigte sich vor dem Leutnant und hierauf vor den Matrosen und verließ den Panzerkreuzer.

Er hatte sich vorgenommen, sofort nach dem Abschied vom jungen Komrower nach Progrody zurückzufahren. Aber er blieb dennoch in Odessa. Er sah den Panzerkreuzer abfahren, die Matrosen grüßten ihn, der am Hafen stand und mit seinem blauen, rotgestreiften Taschentuch winkte. Er sah noch viele andere Schiffe abfahren, und er winkte allen fremden Passagieren zu. Denn er ging jeden Tag zum Hafen. Und jeden Tag erfuhr er etwas Neues. Er hörte zum Beispiel, was es heißt: die Anker lichten, oder: die Segel einziehn, oder: Ladung löschen, oder: Taue anziehn und so weiter.

Er sah jeden Tag viele junge Männer in Matrosenanzügen auf den Schiffen arbeiten, die Masten emporklettern, er sah die jungen Männer durch die Straßen von Odessa wandeln, Arm in Arm, eine ganze Kette von Matrosen, die die ganze Breite der Straße einnahm – und es fiel ihm schwer aufs Herz, daß er selbst keine Kinder hatte. Er wünschte sich in diesen Stunden Söhne und Enkel – und es war kein Zweifel –, er hätte sie alle zur See geschickt, Matrosen wären sie geworden. Indessen lag, unfruchtbar und häßlich, seine Frau daheim in Progrody. Sie verkaufte heute an seiner Statt Korallen. Konnte sie es überhaupt? Wußte sie, was Korallen bedeuten?

Und Nissen Piczenik vergaß schnell im Hafen von Odessa die Pflichten eines gewöhnlichen Juden aus Progrody. Und er ging nicht am Morgen und nicht am Abend ins Bethaus, die vorgeschriebenen Gebete zu verrichten, sondern er betete zu Hause, sehr eilfertig und ohne echte und rechte Gedanken an Gott, und wie ein Grammophon betete er lediglich, die Zunge wiederholte mechanisch die Laute, die in sein Gehirn eingegraben waren. Hatte die Welt jemals solch einen Juden gesehn?

Zu Haus in Progrody war indessen die Saison für Korallen. Dies wußte Nissen Piczenik wohl, aber es war ja nicht mehr der alte kontinentale Nissen Piczenik, sondern der neue, der neugeborene ozeanische.

Ich habe Zeit genug, sagte er sich, nach Progrody zurückzukehren! Was hätte ich dort schon zu verlieren! Und wieviel habe ich hier noch zu gewinnen!

Und er blieb drei Wochen in Odessa, und er verlebte jeden Tag mit dem Meer, mit den Schiffen, mit den Fischchen fröhliche Stunden.

Es waren die ersten Ferien im Leben Nissen Piczeniks.

VI

Als er wieder nach Hause nach Progrody kam, bemerkte er, daß ihm nicht weniger als hundertsechzig Rubel fehlten, Reisespesen mit eingerechnet. Seiner Frau aber und allen andern, die ihn fragten, was er so lange in der Fremde getrieben habe, sagte er, daß er in Odessa »wichtige Geschäfte« abgeschlossen hätte.

In dieser Zeit begann die Ernte, und die Bauern kamen nicht mehr so häufig zu den Markttagen. Es wurde, wie alle Jahre in diesen Wochen, stiller im Hause des Korallenhändlers. Die Fädlerinnen verließen schon am Vorabend sein Haus. Und am Abend, wenn Nissen Piczenik aus dem Bethaus heimkehrte, erwartete ihn nicht mehr der helle Gesang der schönen Mädchen, sondern lediglich seine Frau, der gewohnte Teller mit Zwiebeln und Rettich und der kupferne Samowar.

Dennoch – in der Erinnerung nämlich an die Tage in

Odessa, von deren geschäftlicher Fruchtlosigkeit kein anderer Mensch außer ihm selber eine Ahnung hatte – fügte sich der Korallenhändler Piczenik in die gewöhnlichen Gesetze seiner herbstlichen Tage. Schon dachte er daran, einige Monate später neuerdings wichtige Geschäfte vorzuschützen und in eine andere Hafenstadt zu reisen, zum Beispiel Petersburg.

Materielle Not hatte er nicht zu fürchten. Alles Geld, das er im Verlauf seines langjährigen Handels mit Korallen zurückgelegt hatte, lag, unaufhörlich Zinsen gebärend, bei dem Geldverleiher Pinkas Warschawsky, einem angesehenen Wucherer der Gemeinde, der unbarmherzig alle Schulden eintrieb, aber pünktlich alle Zinsen auszahlte. Körperliche Not hatte Nissen Piczenik nicht zu fürchten; und kinderlos war er und hatte also für keine Nachkommen zu sorgen. Weshalb da nicht noch nach einem der vielen Häfen reisen?

Und schon begann der Korallenhändler, seine Pläne für den nächsten Frühling zu spinnen, als sich etwas Ungewöhnliches in dem benachbarten Städtchen Sutschky ereignete.

In diesem Städtchen, das genauso klein war wie die Heimat Nissen Piczeniks, das Städtchen Progrody, eröffnete nämlich eines Tages ein Mann, den niemand in der ganzen Gegend bis jetzt gekannt hatte, einen Korallenladen. Dieser Mann hieß Jenö Lakatos und stammte, wie man bald erfuhr, aus dem fernen Lande Ungarn. Er sprach Russisch, Deutsch, Ukrainisch, Polnisch, ja, nach Bedarf und wenn es zufällig einer gewünscht hätte, so hätte Herr Lakatos auch Französisch, Englisch und Chinesisch gesprochen. Es war ein junger Mann, mit glatten, blauschwarzen, pomadisierten Haaren – nebenbei gesagt, der einzige Mann weit und breit in der Gegend, der einen glänzenden, steifen Kragen trug, eine Krawatte und ein Spazierstöckchen mit goldenem Knauf. Dieser junge Mann war vor ein paar Wochen nach Sutschky gekommen, hatte dort Freundschaft mit dem Schlächter Nikita Kolchin geschlossen und diesen so lange behandelt, bis er sich entschloß, gemeinsam mit Lakatos einen Korallenhandel zu beginnen. Die Firma mit dem knallroten Schild lautete: N. Kolchin & Compagnie.

Im Schaufenster dieses Ladens leuchteten tadellose rote Korallen, leichter zwar an Gewicht als die Steine Nissen Piczeniks, aber dafür um so billiger. Ein ganzer großer Bund Korallen kostete einen Rubel fünfzig, Ketten gab es für zwanzig, fünfzig, achtzig Kopeken. Die Preise standen im Schaufenster des Ladens. Und damit ja niemand an diesem Laden vorbeigehe, spielte drinnen den ganzen Tag ein Phonograph heiter grölende Lieder. Man hörte sie im ganzen Städtchen und weiter – in den umliegenden Dörfern. Es gab zwar keinen großen Markt in Sutschky wie etwa in Progrody. Dennoch – und trotz der Erntezeit – kamen die Bauern zum Laden des Herrn Lakatos, die Lieder zu hören und die billigen Korallen zu kaufen.

Nachdem dieser Herr Lakatos ein paar Wochen sein anziehendes Geschäft betrieben hatte, erschien eines Tages ein wohlhabender Bauer bei Nissen Piczenik und sagte: »Nissen Semjonowitsch, ich kann nicht glauben, daß du mich und andere seit 20 Jahren betrügst. Jetzt aber gibt es in Sutschky einen Mann, der verkauft die schönsten Korallenschnüre, fünfzig Kopeken das Stück. Meine Frau wollte schon hinfahren – aber ich habe gedacht, man müsse zuerst dich fragen, Nissen Semjonowitsch.«

»Dieser Lakatos«, sagte Nissen Piczenik, »ist gewiß ein Dieb und ein Schwindler. Anders kann ich mir seine Preise nicht erklären. Aber ich werde selbst hinfahren, wenn du mich auf deinem Wagen mitnehmen willst.«

»Gut!« sagte der Bauer. »Überzeuge dich selbst.«

Also fuhr der Korallenhändler nach Sutschky, stand eine Weile vor dem Schaufenster, hörte die grölenden Lieder aus dem Innern des Ladens, trat schließlich ein und begann, mit Herrn Lakatos zu sprechen. »Ich bin selbst Korallenhändler«, sagte Nissen Piczenik. »Meine Waren kommen aus Hamburg, Odessa, Triest, Amsterdam. Ich begreife nicht, warum und wieso Sie so billige und schöne Korallen verkaufen können.«

»Sie sind von der alten Generation«, erwiderte Lakatos, »und, entschuldigen Sie mir den Ausdruck, ein bißchen zurückgeblieben.«

Währenddessen kam Lakatos hinter dem Ladentisch hervor – und Nissen Piczenik sah, daß er etwas hinkte. Offenbar war sein linkes Bein kürzer, denn er trug am linken Stiefel einen doppelt so hohen Absatz wie am rechten. Er duftete gewaltig und betäubend – und man wußte nicht, wo eigentlich an seinem schmächtigen Körper die Quelle all seiner Düfte untergebracht war. Blauschwarz wie eine Nacht waren seine Haare. Und seine dunklen Augen, die man im ersten Moment für sanft hätte halten können, glühten von Sekunde zu Sekunde so stark, daß eine merkwürdige Brandröte mitten in ihrer Schwärze aufglühte. Unter dem schwarzen, gezwirbelten Schnurrbärtchen lächelten weiß und schimmernd die Mausezähnchen des Lakatos.

»Nun?« fragte der Korallenhändler Nissen Piczenik.

»Ja, nun«, sagte Lakatos, »wir sind nicht verrückt. Wir tauchen nicht auf die Gründe der Meere. Wir stellen einfach künstliche Korallen her. Meine Firma heißt: Gebrüder Lowncastle, New York. In Budapest habe ich zwei Jahre mit Erfolg gearbeitet. Die Bauern merken nichts. Nicht die Bauern in Ungarn, erst recht nicht die Bauern in Rußland. Schöne, rote, tadellose Korallen wollen sie. Hier sind sie. Billig, wohlfeil, schön, schmückend. Was will man mehr? Echte Korallen können nicht so schön sein!«

»Woraus sind Ihre Korallen gemacht?« fragte Nissen Piczenik.

»Aus Zelluloid, mein Lieber, aus Zelluloid!« rief Lakatos entzückt.

»Sagen Sie mir nur nichts gegen die Technik! Sehn Sie: In Afrika wachsen die Gummibäume, aus Gummi macht man Kautschuk und Zelluloid.

Ist das Unnatur? Sind Gummibäume weniger Natur als Korallen? Ist ein Baum in Afrika weniger Natur als ein Korallenbaum auf dem Meeresgrund? – Was nun, was sagen Sie nun? – Wollen wir zusammen Geschäfte machen? – Entscheiden Sie sich! – Von heute in einem Jahr haben Sie infolge meiner Konkurrenz alle Ihre Kunden verloren – und Sie können mit allen Ihren echten Korallen wieder auf den Meeresgrund gehn, woher die schönen Steinchen kommen. Sagen Sie: ja oder nein?«

»Lassen Sie mir zwei Tage Zeit«, sagte Nissen Piczenik. Und er fuhr nach Hause.

VII

Auf diese Weise versuchte der Teufel den Korallenhändler Nissen Piczenik zum erstenmal. Der Teufel hieß Jenö Lakatos aus Budapest, und er führte die falschen Korallen im russischen Lande ein, die Korallen aus Zelluloid, die so bläulich brennen, wenn man sie anzündet, wie das Heckenfeuer, das ringsum die Hölle umsäumt.

Als Nissen Piczenik nach Hause kam, küßte er gleichgültig sein Weib auf beide Wangen, begrüßte die Fädlerinnen und begann, mit einigermaßen verwirrten, vom Teufel verwirrten Augen, seine lieben Korallen zu betrachten, die lebendigen Korallen, die lange nicht so tadellos aussahen wie die falschen Steine aus Zelluloid des Konkurrenten Jenö Lakatos. Und der Teufel gab dem redlichen Korallenhändler Nissen Piczenik den Gedanken ein, unter die echten Korallen falsche zu mischen.

Also ging er eines Tages zur Post und diktierte dem öffentlichen Schreiber einen Brief an Jenö Lakatos in Sutschky, so daß dieser ihm ein paar Tage später nicht weniger als zwanzig Pud falscher Korallen schickte. Nun, man weiß, daß Zelluloid ein leichtes Material ist, und zwanzig Pud falscher Korallen ergeben eine Menge von Schnüren und Bunden. Nissen Piczenik, vom Teufel verführt und geblendet, mischte die falschen Korallen unter die echten, dermaßen einen Verrat übend an sich selbst und an den echten Korallen.

Ringsum im Lande hatte die Ernte bereits begonnen, und es kamen fast keine Bauern mehr, Korallen einzukaufen. Aber an den seltenen, die hie und da erschienen, verdiente Nissen Piczenik jetzt mehr, dank den falschen Korallen, als er vorher an den zahlreichen Kunden verdient hatte. Er mischte Echtes mit Falschem – und das war noch schlimmer, als wenn er lauter Falsches verkauft hätte. Denn also geht es den Menschen, die vom Teufel verführt werden: An allem Teuflischen übertreffen sie noch sogar den Teufel. Auf diese Weise übertraf Nissen Piczenik den Jenö Lakatos aus Budapest. Und alles, was Nissen Piczenik verdiente, trug er gewissenhaft zu Pinkas Warschawsky. Und so sehr hatte der Teufel den Korallenhändler verführt, daß er eine wahre Wollust bei dem Gedanken empfand, daß sein Geld sich vermehre und Zinsen trage.

Da starb plötzlich an einem dieser Tage der Wucherer Pinkas Warschawsky, und Nissen Piczenik erschrak und ging sofort zu den Erben des Wucherers und verlangte sein Geld mit Zinsen. Er bekam es auch auf der Stelle, nicht weniger als fünftausendvierhundertundfünfzig Rubel und sechzig Kopeken. Von diesem Geld bezahlte er seine Schulden an Lakatos, und er forderte noch einmal zwanzig Pud falscher Korallen an.

Eines Tages kam der reiche Hopfenbauer zu Nissen Piczenik und verlangte eine Kette aus Korallen für eines seiner Enkelkinder, gegen den bösen Blick.

Der Korallenhändler fädelte ein Kettchen aus lauter falschen, aus Zelluloid-Korallen zusammen, und er sagte noch: »Dies sind die schönsten Korallen, die ich habe.«

Der Bauer bezahlte den Preis, der für echte Korallen angebracht war, und fuhr in sein Dorf.

Sein Enkelkind starb eine Woche, nachdem man ihm die falschen Korallen um das Hälschen gelegt hatte, einen schrecklichen Erstickungstod, an Diphtherie. Und in dem Dorfe Solowetzk, wo der reiche Hopfenbauer wohnte (aber auch in den umliegenden Dörfern), verbreitete sich die Kunde, daß die Korallen Nissen Piczeniks aus Progrody Unglück und Krankheit brächten – und nicht nur jenen, die bei ihm eingekauft hatten. Denn die Diphtherie begann in den benachbarten Dörfern zu wüten, sie raffte viele Kinder hinweg, und es verbreitete sich das Gerücht, daß die Korallen Nissen Piczeniks Krankheit und Untergang bringen.

Infolgedessen kamen den Winter über keine Kunden mehr zu Nissen Piczenik. Es war ein harter Winter. Er hatte im November eingesetzt, er dauerte bis zum späten März. Jeder Tag brachte einen unerbittlichen Frost, der Schnee fiel selten, selbst die Raben schienen zu frieren, wie sie so auf den kahlen Ästen der Kastanienbäume hockten. Sehr still war es im Hause Nissen Piczeniks. Er entließ eine Fädlerin nach der anderen. An den Markttagen begegnete er zuweilen dem und jenem seiner alten Kunden. Aber sie grüßten ihn nicht.

Ja, die Bauern, die ihn im Sommer geküßt hatten, taten so, als kennten sie den Korallenhändler nicht mehr.

Es gab Fröste bis zu vierzig Grad. Das Wasser in den Kannen der Wasserträger gefror auf dem Wege vom Brunnen zum Hause. Eine dicke Eisschicht bedeckte die Fensterscheiben Nissen Piczeniks, so daß er nicht mehr sah, was auf der

Straße vorging. Große und schwere Eiszapfen hingen an den Stäben der Eisengitter und verdichteten die Fenster noch mehr. Und da kein Kunde mehr zu Nissen Piczenik kam, gab er daran nicht etwa den falschen Korallen die Schuld, sondern dem strengen Winter. Indessen war der Laden des Herrn Lakatos in Sutschky immer überfüllt. Und bei ihm kauften die Bauern die tadellosen und billigen Korallen aus Zelluloid und nicht die echten bei Nissen Piczenik.

Vereist und glatt wie Spiegel waren die Straßen und Gassen des Städtchens Progrody. Alle Einwohner tasteten ihre Wege entlang mit eisenbeschlagenen Stöcken. Dennoch stürzten so manche und brachen Hals und Bein.

Eines Abends stürzte auch die Frau Nissen Piczeniks. Sie blieb lange bewußtlos liegen, ehe sie mitleidige Nachbarn aufhoben und ins Haus trugen.

Sie begann bald, sich heftig zu erbrechen, der Feldscher von Progrody sagte, es sei eine Gehirnerschütterung.

Man brachte die Frau ins Spital, und der Doktor bestätigte die Diagnose des Feldschers.

Der Korallenhändler ging jeden Morgen ins Krankenhaus. Er setzte sich an das Bett seiner Frau, hörte eine halbe Stunde ihre wirren Reden, sah in ihre fiebrigen Augen, auf ihr spärliches Kopfhaar, erinnerte sich an die paar zärtlichen Stunden, die er ihr geschenkt hatte, roch den scharfen Duft von Kampfer und Jodoform und kehrte wieder heim und stellte sich selbst an den Herd und kochte Borschtsch und Kascha und schnitt sich selbst das Brot und schabte sich selbst den Rettich und kochte sich selbst den Tee und heizte selbst den Ofen. Dann schüttete er auf einen seiner vier Tische alle Korallen aus den vielen Säckchen und begann, sie zu sortieren. Die Zelluloidkorallen des Herrn Lakatos lagen gesondert im Schrank. Die echten Korallen erschienen Nissen Piczenik längst nicht mehr wie lebendige Tiere. Seitdem dieser Lakatos in die Gegend gekommen war und er selbst, der Korallenhändler Piczenik, die leichten Dinger aus Zelluloid unter die schweren und echten Steine zu mischen begonnen hatte, waren die Korallen, die in seinem Hause lagerten, erstorben. Jetzt machte man Korallen aus Zelluloid! Aus einem toten Material machte man Korallen, die aussahen wie lebendig und noch schöner und vollkommener waren als echte und lebendige! Was war, damit verglichen, die Gehirnerschütterung der Frau?

Acht Tage später starb sie, infolge der Gehirnerschütterung, gewiß! Aber nicht mit Unrecht sagte sich Nissen Piczenik, daß seine Frau nicht an der Gehirnerschütterung allein gestorben war, sondern auch, weil ihr Leben von dem Leben keines andern Menschen auf dieser Welt abhängig gewesen war. Kein Mensch hatte gewünscht, daß sie am Leben bleibe, und also war sie auch gestorben.

Nun war der Korallenhändler Nissen Piczenik Witwer. Er betrauerte die Frau in vorgeschriebener Weise. Er kaufte ihr einen der dauerhaftesten Grabsteine und ließ ehrende Worte in diesen einmeißeln. Und er sprach morgens und abends das Totengebet für sie. Aber er vermißte sie keineswegs. Essen und Tee bereiten konnte er selber. Einsam fühlte er sich nicht, sobald er mit den Korallen allein war. Und ihn bekümmerte lediglich die Tatsache, daß er sie verraten hatte, an die falschen Schwestern, die Korallen aus Zelluloid, und sich selbst an den Händler Lakatos.

Er sehnte sich nach dem Frühling. Und als er endlich kam, erkannte Nissen Piczenik, daß er sich umsonst nach ihm gesehnt hatte. Sonst pflegten, jedes Jahr, noch vor Ostern, wenn die Eiszapfen um die Mittagsstunde zu schmelzen begannen, die Kunden in knarrenden Wägelchen oder in klingenden Schlitten zu kommen. Für Ostern brauchten sie Korallen. Nun aber war der Frühling da, immer wärmer brütete die Sonne, jeden Tag wurden die Eiszapfen an den Dächern kürzer und die schmelzenden Schneehaufen am Straßenrand kleiner – und keine Kunden kamen zu Nissen Piczenik. In seinem Schrank aus Eichenholz, in seinem fahrbaren Koffer, der, mächtig und mit eisernen Gurten versehen, neben dem Ofen auf seinen vier Rädern stand, lagen die edelsten Korallen in Haufen, Bünden und Schnüren. Aber kein Kunde kam. Es wurde immer wärmer, der Schnee verschwand, der linde Regen regnete, die Veilchen in den Wäldern sprossen, und in den Sümpfen quakten die Frösche: aber kein Kunde kam.

Um diese Zeit bemerkte man auch zum erstenmal in Progrody eine gewisse merkwürdige Veränderung im Wesen und Charakter Nissen Piczeniks. Ja, zum erstenmal begannen die Einwohner von Progrody zu vermuten, daß der Korallenhändler ein Sonderbarer sei, ein Sonderling sogar – und manche verloren den hergebrachten Respekt vor ihm, und manche lachten ihn sogar öffentlich aus. Viele gute Leute von Progrody sagten nicht mehr: »Hier geht der Korallenhändler vorbei«, sondern sie sagten einfach: »Nissen Piczenik geht eben vorbei – er war ein großer Korallenhändler.«

Er selbst war daran schuld. Denn er benahm sich keineswegs so, wie es die Gesetze und die Würde der Trauer einem Witwer vorschreiben. Hatte man ihm noch seine sonderbare Freundschaft für den Matrosen Komrower nachgesehen und den Besuch in der berüchtigten Schenke Podgorzews, so konnte man doch nicht, ohne weiterhin schwersten Verdacht gegen ihn zu schöpfen, seine Besuche in jener Schenke zur Kenntnis nehmen. Denn jeden Tag beinahe seit dem Tode seiner Frau ging Nissen Piczenik in die Schenke Podgorzews. Er begann, Met mit Leidenschaft zu trinken. Und da ihm mit der Zeit der Met zu süß erschien, ließ er sich noch einen Wodka beimischen. Manchmal setzte sich eines der leichtfertigen Mädchen neben ihn. Und er, der nie in seinem Leben eine andere Frau gekannt hatte als seine nunmehr tote Ehefrau, er, der niemals eine andere Lust gekannt hatte als die, seine wirklichen Frauen, nämlich die Korallen, zu liebkosen, zu sortieren und zu fädeln, er fühlte sich manchmal in der wüsten Schenke Podgorzews anheimgefallen dem billigen weißen Fleisch der Weiber, seinem eigenen Blut, das der Würde seiner bürgerlichen und geachteten Existenz spottete, und der großartigen, heißen Vergessenheit, die die Leiber der Mädchen ausströmten. Und er trank, und er liebkoste die Mädchen, die neben ihm saßen, zuweilen sich auf seinen Schoß setzten. Wollust empfand er, die gleiche Wollust wie etwa beim Spiel mit seinen Korallen. Und mit seinen starken, rotbehaarten Fingern tastete er, weniger geschickt, sogar lächerlich unbeholfen, nach den Brustwarzen der Mädchen, die so rot waren wie manche Korallen. Und er verfiel – wie man zu sagen pflegt – schnell, immer schneller, von Tag zu Tag beinahe. Er fühlte es selbst. Sein Gesicht wurde magerer, sein hagerer Rücken krümmte sich, Rock und Stiefel putzte er nicht mehr, den Bart strählte er nicht mehr. Mechanisch verrichtete er jeden Morgen und Abend seine Gebete. Er fühlte es selbst: Er war nicht mehr der Korallenhändler schlechthin, er war Nissen Piczenik, einst ein großer Korallenhändler.

Er spürte, daß er noch ein Jahr, noch ein halbes Jahr später, zum Gespött des Städtchens werden müßte – und was ging es ihn eigentlich an? Nicht Progrody, der Ozean war seine Heimat.

Also faßte er eines Tages den tödlichen Entschluß seines Lebens.

Vorher aber machte er sich eines Tages nach Sutschky auf – und siehe da: Im Laden des Jenö Lakatos aus Budapest sah er alle seine alten Kunden, und sie lauschten den grölenden Liedern des Phonographen andächtig, und sie kauften Zelluloidkorallen, zu fünfzig Kopeken die Kette.

»Nun, was habe ich Ihnen vor einem Jahr gesagt?« rief

Lakatos Nissen Piczenik zu. »Wollen Sie noch zehn Pud, zwanzig, dreißig?«

Nissen Piczenik sagte: »Ich will keine falschen Korallen mehr. Ich, was mich betrifft, *ich* handle nur mit echten.«

VIII

Und er fuhr heim nach Progrody und ging in aller Stille und Heimlichkeit zu Benjamin Broczyner, der ein Reisebureau unterhielt und mit Schiffskarten für Auswanderer handelte. Es waren vor allem Deserteure und ganz arme Juden, die nach Kanada und Amerika auswandern mußten und von denen Broczyner lebte. Er verwaltete in Progrody die Vertretung einer Hamburger Schiffahrtsgesellschaft.

»Ich will nach Kanada fahren!« sagte der Korallenhändler Nissen Piczenik. »Und zwar so bald wie möglich.«

»Das nächste Schiff heißt ›Phönix‹ und geht in vierzehn Tagen von Hamburg ab. Bis dahin verschaffen wir Ihnen die Papiere«, sagte Broczyner.

»Gut, gut!« erwiderte Piczenik. »Sagen Sie niemandem etwas davon.«

Und er ging nach Hause und packte alle Korallen, die echten, in seinen fahrbaren Koffer.

Die Zelluloidkorallen aber legte er auf das kupferne Untergestell des Samowars, zündete sie an und sah zu, wie sie bläulich und stinkend verbrannten. Es dauerte lange, mehr als fünfzehn Pud falscher Korallen waren es. Es gab dann einen gewaltigen Haufen schwarzgrauer, geringelter Asche. Und um die Petroleumlampe in der Mitte des Zimmers schlängelte und ringelte sich der graublaue Rauch des Zelluloids. Dies war der Abschied Nissen Piczeniks von seiner Heimat.

Am 21. April bestieg er in Hamburg den Dampfer »Phönix« als ein Zwischendeckpassagier.

Vier Tage war das Schiff unterwegs, als die Katastrophe kam: Vielleicht erinnern sich noch manche daran.

Mehr als zweihundert Passagiere gingen mit der »Phönix« unter. Sie ertranken natürlich.

Was aber Nissen Piczenik betrifft, der ebenfalls damals unterging, so kann man nicht sagen, er sei einfach ertrunken wie die anderen. Er war vielmehr – dies kann man mit gutem Gewissen erzählen – zu den Korallen heimgekehrt, auf den Grund des Ozeans, wo der gewaltige Leviathan sich ringelt.

Und wollen wir dem Bericht eines Mannes glauben, der durch ein Wunder – wie man zu sagen pflegt – damals dem Tode entging, so müssen wir mitteilen, daß sich Nissen Piczenik lange noch, bevor die Rettungsboote gefüllt waren, über Bord ins Wasser stürzte zu seinen Korallen, zu seinen echten Korallen.

Was mich betrifft, so glaube ich es gerne. Denn ich habe Nissen Piczenik gekannt, und ich bürge dafür, daß er zu den Korallen gehört hat und daß der Grund des Ozeans seine einzige Heimat war.

Möge er dort in Frieden ruhn neben dem Leviathan bis zur Ankunft des Messias.

NACHWORT

Im Jahr 1925 wird Joseph Roth – er hat mit gerade einmal 31 Jahren bereits ein ereignisreich-stürmisches Leben hinter sich: Galizien, Lemberg, Wien, Militärdienst in Galizien, Berlin, Prag – im Auftrag der ›Frankfurter Zeitung‹ als Feuilletonkorrespondent nach Paris geschickt. Er und seine junge Frau Friedl sind begeistert von der Atmosphäre dieser Stadt. Ihrer beider Entzücken und Glück wird noch gesteigert, als sie gemeinsam für Roths Artikelserie ›Im mittäglichen Frankreich‹ den Süden des Landes bereisen: Lyon, Avignon, Nîmes, Arles, Tarascon und Marseille. Dieser neuen Welt und den befreienden Erfahrungen dieses Jahres, die nach Maßstäben irdischen Glücks den Höhepunkt seines Lebens bilden, bleibt der Dichter bis zu seinem frühen Tod am 27. Mai 1939 in Paris ebenso schicksalhaft verbunden wie seiner galizischen Heimat und Herkunft. Er sei, so schreibt er beides verknüpfend am 1. Oktober 1926 an Benno Reifenberg, »ein Franzose aus dem Osten«, der ab jetzt insbesondere seinem erwachenden schriftstellerischen Selbstverständnis nach als ein Autor von französischem Zuschnitt gewertet werden will.

Ab Januar 1933 verändert sich die zweite, die geistige Heimat für den Mann aus dem Osten mit Hitlers Machtergreifung allerdings grundsätzlich. Paris wird für Joseph Roth nun zum unfreiwilligen Ort des Exils, der den jüdisch-intellektuellen Flüchtling, den Bruder Hiobs, den Ruhelosen, den Reisenden, den Heimatlosen – schon 1925 beginnend – mit den falschen Tröstungen des Alkohols in tiefer Melancholie, Verzweiflung, Depression und Trauer gefangen hält. Mit einiger Beklemmung liest sich das briefliche Geständnis Joseph Roths an Bernard von Brentano, das er vermutlich am 27. Juni 1925 aus Paris abschickt: »Bin krank: Trinkerleber. Wächst bis *zum Herz*.« Das briefliche Geständnis mündet mit erschreckender Unausweichlichkeit in den Schlusssatz seiner aus autobiografischen Motiven zu einer Art überhöhten Selbstdarstellung entwickelten ›Legende vom heiligen Trinker‹: »Gebe Gott uns allen, uns Trinkern, einen so leichten und so schönen Tod.« Sie wurde wenige Wochen vor seinem Tod vollendet und erschien postum.

Von 1925 bis 1939, ein Zeitraum, den die beiden Pariser Geständnisse markieren, bildet sich Joseph Roth aber nicht nur zum »heiligen Trinker« aus, sondern nach einigen poetischen Vorübungen verwandelt sich der lyrische Feuilletonist und bewährt sich glänzend seiner eigentlichen Bestimmung nach als Erzähler und Romanautor. Zwei Geschichten flankieren diese Wandlung und sie lassen Erhellendes auch über des Dichters Leben und Schreiben durchscheinen. In eben jenem Jahr des Glücks 1925 legte Joseph Roth die Erzählung ›April. Die Geschichte einer Liebe‹ vor; sie ist zart und, obgleich die Liebe unerfüllt bleibt, doch sehr hoffnungsfroh. Am anderen Ende des steilen Bogens steht die Novelle ›Der Leviathan‹, die als letzte Veröffentlichung zu Lebzeiten im Oktober/November 1938 in der ›Pariser Tageszeitung‹ erschien. Sie endet mit einem mit der ›Legende vom heiligen Trinker‹ korrespondierenden Schlusssatz, einer Wendung aus Hoffnung und Wunschdenken, wie sie sich an Gräbern versteht und dort üblich ist. »Möge er dort«, so die formelhafte Rede über den auf dem Grund des Ozeans ertrunkenen Korallenhändler Nissen Piczenik, »in Frieden ruhn neben dem Leviathan bis zur Ankunft des Messias.« (S. 194) In diesem wie im Falle von Joseph Roths unausweichlichem Tod leuchtet am Ende aller Lebenserwartungen metaphysische

Hoffnung auf Heimat auf, die die reale Heimatlosigkeit von Figur und Autor beenden könnte.

Hoffnung, entschiedene Lebenshoffnung, beleuchtet auch das Ende der relativ frühen Erzählung ›April‹, die sich dem Publikum ja noch nicht als vom berühmten Verfasser des ›Radetzkymarsches‹ (1932), des ›Hiob‹ (1930), des ›Falschen Gewichts‹ (1937) oder der ›Kapuzinergruft‹ (1938) vorstellen konnte. »»Das Leben ist sehr wichtig!‹ lachte ich. ›Sehr wichtig!‹ und fuhr nach New York.« (S. 61) Der Ich-Erzähler der Geschichte, der so hoffnungsfroh spricht, ist zwar nicht mit dem Autor Joseph Roth identisch, aber das Phantasiegebilde, das der gestalthungrige Dichter als seine Blaupause anbietet, scheint erstaunlich oft einer Meinung mit ihm. Neben stilistisch charakteristischen Wendungen enthält der Text nämlich eine inhaltlich merkwürdige Passage, in der sie ihre gemeinsamen Erfahrungen zum Austausch bringen. »Anna«, so der Ich-Erzähler, »konnte den Zusammenhang zwischen Abel, meinem Freund, und dem langen Eisenbahnassistenten nicht begreifen.« (S. 47) In der Tat ist für Anna der Zusammenhang von zwei kleinen Episoden, den ihr ihr Liebhaber zu begreifen nahelegt, schwer zu verstehen. Dieser Liebhaber ist ein in ihrem Hotel einquartierter reisender Schriftsteller, den Joseph Roth gleichzeitig zum immanenten Erzähler seiner ›Geschichte einer Liebe‹ bestimmt. Diese Geschichte einer Liebe ist eigentlich eine doppelte Liebesgeschichte, eine mit Anna und eine mit dem schönen, angeblich todkranken Mädchen am Fenster des Postmeisterhauses. Die Liebe zu Anna ist eher eine durch schnelle Ermüdung bestimmte gewöhnliche Bettgeschichte, die Liebe zu dem schönen Mädchen ist dagegen ein durch Überreizung gekennzeichnetes poetisches Liebesverhältnis. Beide stehen in Kontrast zueinander.

Auch in den Anna zur Vergleichung anempfohlenen Episoden geht es um zwei sehr verschiedene Arten der Liebe:

zum einen um die nicht minder poetische Liebe des Freundes Abel, der an seiner Sehnsucht zugrunde geht, und zum anderen um die Liebesübungen des beiden verhassten Eisenbahnassistenten in dem kleinen Städtchen, in dem der Erzähler Aufenthalt genommen hat. Wenn der Eisenbahnassistent liebte, so die vernichtende Darstellung durch den Erzähler, »so legte er bestimmt die Kappe mit der Öffnung nach oben sorgsam auf einen Stuhl.« Es kommt noch schlimmer, wenn der Erzähler noch nachschiebt: »Er vergaß nicht, die Hose im Bug zusammenzufalten.« (S. 46) Aber der Eisenbahnbeamte wird, anders als Abel, leben und wahrscheinlich Stationsvorsteher werden.

Dass sich das schöne kranke Mädchen am Fenster, für das der Erzähler romantisch entbrennt, am Ende als die gesunde Braut oder Frau des Eisenbahnassistenten entpuppt, wirbelt die Vorstellungen von gewöhnlichen und poetischen Liebesverhältnissen recht unsentimental durcheinander. Der Offenbarungsblick, den der Erzähler beim Abschied am Bahnhof hinter dem Rücken des Eisenbahnassistenten aber schlussendlich von dem schönen Mädchen noch erhält, erzählt sprichwörtlich Bände oder, um es mit Joseph Roth zu formulieren: »in meinen Augen lag eine lange Rede«. (S. 56) Nur um dieser langen Rede ihrer Augen bzw. ihres Blickes willen »habe ich«, so sein Geständnis, »diese Geschichte geschrieben.« (S. 61)

Die Wendungen lassen sich auch als ein poetologisches Programm für Joseph Roths erzählerisches Werk lesen, das sich ab 1925 in beeindruckender Weise aufzutürmen beginnt. Von hier, von solchen erzählenden Kunststücken wie dieser aussichtslos-heiteren Liebesgeschichte, führt der Aufstieg des Journalisten Joseph Roth in die Weltliteratur, und zwar basierend auf eben jenen Voraussetzungen, die die Geschichten Abels, des Eisenbahnassistenten, des schönen Mädchens, der Hotelangestellten Anna und schließlich des

Erzählers selbst charakterisieren. Der Erzähler kann mit seiner Profession nicht zurückhalten und gibt Anna – ob sie diesen Zusammenhang versteht, ist zweifelhaft – auf ihre Frage, warum er ihr von Abel erzähle, eine gediegene poetologische Erklärung: »›Anna‹, sagte ich, ›alle Geschichten hängen zusammen. Weil sie einander ähnlich sind oder weil jede das Entgegengesetzte beweist.‹« (S. 47)

Oft ist gerätselt worden, wo die Wende in Joseph Roths Werk von der Neuen Sachlichkeit zur literarisch-poetischen Produktion anzusetzen sei, wo sich die Berichtsliteratur in gestaltete Realität veränderte, wo glühender Sozialismus in monarchistische Nostalgie umschlug: Wenn man sich an das bescheidene Programm aus der Geschichte von 1925 hält, dann gibt es diese Wende gar nicht, dann lassen sich alle Erzählungen, alle Geschichten und Romane von Joseph Roth als *ein* Zusammenhang erkennen. Sie sind einander ähnlich, sogar wenn sie das Gegenteil beweisen sollten, und sie besitzen auch Ähnlichkeiten und Gegensätzlichkeiten mit Szenen aus dem Leben ihres Verfassers. In seiner Person treffen sie aufeinander.

Ein kleiner exemplarischer Spaziergang durch die Erzählungen, die hier vorgelegt werden, mag unter Aussparung der großen literarischen Formen des Romans zeigen, dass sich bestimmte Grundgegebenheiten in Joseph Roths Geschichten wiederholen und zu Ähnlichkeiten und Korrespondenzen oder auch zum Gegensätzlichen zusammenfügen lassen. Die Wiederholung ist jedoch stets schöpferische Variation, die den Autor und sein Weltbild erkennen lässt. Da setzt sich die Mini-Geschichte aus der ›Geschichte einer Liebe‹, die Geschichte von Abel, der nach New York fährt und es sofort wieder verlässt, fort in der Geschichte vom ›Stationschef Fallmerayer‹. In ihrem Protagonisten bietet der Erzähler alle Voraussetzungen auf, um ihn als einen Menschen von ungewöhnlicher Gewöhnlichkeit, als zum Typus »Eisenbahnassistent« gehörig zu qualifizieren: das Milieu der »kleinen Leute«, die Trägheit der dahinwelkenden Donaumonarchie vor dem Ausbruch des Ersten Weltkriegs, eine moderate Abgestumpftheit seiner bürgerlich-kleinbürgerlichen Verhältnisse. »Und der Regen regnete« (S. 65) jeglichen Tag, wie so oft in den Erzählungen. Damit ist eigentlich Roths höchste Verachtung zum Ausdruck gebracht.

Aber die Geschichte des Stationschefs beweist das Entgegengesetzte, beweist ihn als einen, der wie Abel zugrunde geht, weil er eine Sehnsucht hat. »Er verlor sein Leben … auf eine verblüffende Weise.« Gegen alle Erwartungen trifft ihn ein »ungewöhnliches Geschick« (S. 63), ein Geschick, wie es den Primus Anton Wanzl in der frühen Erzählung ›Der Vorzugsschüler‹ aus unerfindlichen Gründen nicht ereilt. Er ist sozusagen der Ur-Eisenbahnassistent und als solcher geistert er und auch sein Gegenteil durch alle Geschichten von Joseph Roth. Jeder wird auf minimal-karikierende Weise geoutet. Faltet der eine seine Hose im Bug zusammen, bevor er zu (s)einer Frau ins Bett steigt, zeigt der Ur-Typ die erste menschliche Regung, wenn er im Sarg liegt. Tief drinnen im schwarzen Metallsarg liegend, so der seinerseits emotionslos berichtende Erzähler, passiert das Unglaubliche: »Anton Wanzl lachte zum ersten Male.« (S. 23) Der phantasielose Streber und Karrierist geht mit diesem Lachen in der Tat zum ersten Male auf ironische Distanz zu sich und seinem Leben.

Wie das Leben, so auf verblüffende Weise der Abschied bzw. der Tod: Die Figuren der Erzählungen erleiden ihn ähnlich und unähnlich zugleich. Die Gewöhnlichen werden nicht bestraft, die von der Sehnsucht Berührten finden sich nicht unbedingt erlöst. Barbara, die Wäscherin aus der gleichnamigen Erzählung, die wie eine Grundskizze zu Franz Werfels Figur der Haushälterin Teta Linek aus dem ›Veruntreuten Himmel‹ wirkt, taumelte »unverstanden und verständnislos[,] hinüber in die Ewigkeit.« (S. 36) Ihr stumpfsinniger Sohn, dem sie auf dem Sterbebett von »der einzigen Liebe ihres Lebens« (S. 35) in zarten Andeutungen sprechen will, gähnt verstohlen und schweigt und geht weg. Andere, wie Fini aus der Erzählung ›Der blinde Spiegel‹, von Herkunft und Geschichte durchaus der unglücklich liebenden Barbara verwandt, erfahren gleichwohl eine Erlösung im Sinne jenes grammatischen Modus »Möge!« oder »Gebe!«. Fini, so scheint es für die Welt und im Polizeibericht, war ins Wasser gefallen und ertrunken. Aber sie hatte in den Himmel gehen wollen zu ihrem Geliebten. »Sie zerschellte«, so der Schlusssatz in der Möglichkeitsform des Traumes, im Irrealis der Illusion, »an den weichen Treppen aus purpurnen und goldenen Wolken.«

Zugrunde gehen auch Abel, der aus New York fortläuft, und der Stationschef Fallmerayer. Er reist einfach ab. »Man hat nie mehr etwas von ihm gehört.« (S. 92) Vom erzählenden Schriftsteller aus der ›Geschichte einer Liebe‹ gibt es natürlich auch keine Nachrichten mehr. Aber er reist nach New York ab, weil er im Gegensatz zu Fallmerayer das Leben vorerst noch für sehr wichtig hält. So denkt auch sein *alter ego*, Joseph Roth, dieser Händler von echten Korallen vergleichbaren Poesien. Es treibt ihn wie den umtriebigen Korallenhändler Nissen Piczenik um. Beide haben eine Sehnsucht, eine Sehnsucht weniger nach romantischer Liebe, sondern nach Heimat, aus der sie sich als Ostjuden vertrieben sehen. Die vergebliche Suche macht Joseph Roth zum Lebensthema seiner schriftstellerischen Tätigkeit. Die reale und generelle Heimatlosigkeit aller ›Juden auf Wanderschaft‹ verschärfte sich ja entschieden in der kurzen Lebensspanne, die Joseph Roth vergönnt war, und zwar auf doppelte Weise: zum einen durch den Zusammenbruch der Habsburgermonarchie und zum anderen durch das Heraufziehen der Nazidiktatur, die Exil oder Vernichtung bedeutete. Für Joseph Roth waren die Zeichen der Zeit um 1925 klar an der Wand zu lesen, und in seinen Erzählungen und Romanen erfahren sie variationsreiche Gestaltung, einerseits als Sehnsucht und Suche nach der verlorenen Zeit in transnationaler Heimat und als Furcht vor heraufziehender obdachloser Zukunft.

Alle seine positiv besetzten Figuren und ihre Geschichten – und das schließt auch die Nichtjuden dieser Geschichten mit ein – verbindet ein Glaubensbekenntnis mit ihrem Schöpfer. Dieses Glaubensbekenntnis steht am Ende der Erzählung ›Die Büste des Kaisers‹, die 1935 erschien. Es ist einem Mann in den Mund gelegt, der für Joseph Roth und seine ihm anverwandten Figuren spricht. Er spricht nicht als engstirniger Konservativer, als nostalgisch-spleeniger Monarchist, wohl aber als einer, der im Exil lebt, der faktisch und geistig heimat- und obdachlos geworden ist. Der Erzähler qualifiziert das Bekenntnis des übernationalen Grafen Morstin gegen den skurrilen Anschein, den die Beerdigungsgeschichte erzeugt, im Vorhinein als »denkwürdig«:

»›Ich habe erlebt‹«, diktiert er dem Grafen in seine Lebenserinnerungen, »›daß die Klugen dumm werden können, die Weisen töricht, die echten Propheten Lügner, die Wahrheitsliebenden falsch. Keine menschliche Tugend hat in dieser Welt Bestand, außer einer einzigen: der echten Frömmigkeit. Der Glaube kann uns nicht enttäuschen, da er uns nichts auf Erden verspricht. Der wahre Gläubige enttäuscht uns nicht, weil er auf Erden keinen Vorteil sucht. Auf das Leben der Völker angewandt, heißt das: Sie suchen vergeblich nach sogenannten nationalen Tugenden, die noch fraglicher sind als die individuellen. Deshalb hasse ich Nationen und Nationalstaaten. Meine alte Heimat, die Monarchie, allein war ein großes Haus mit vielen Türen und vielen Zimmern, für viele Arten von Menschen. Man hat das Haus verteilt, gespalten, zertrümmert. Ich habe dort nichts mehr zu suchen. Ich bin gewohnt, in einem Haus zu leben, nicht in Kabinen.‹« (S. 154)

Der Auf- und Ausbau eines neuen, übernationalen Hauses in Europa mit Platz für viele Arten von Menschen war für Joseph Roth in jenen Jahren nicht im Ansatz erahnbar, er konnte es nur restaurativ denken und wünschen. Er und sein Volk auf Wanderschaft mussten erst noch durch das tiefste Dunkel gehen, Wanderschaft, Vertreibung, Heimatlosigkeit gesteigert als »transzendentale Obdachlosigkeit« erfahren. Millionen fanden auf dem Weg durch das Dunkel mit Nissen Piczenik ihr Grab auf dem Grund des Meeres und warten in der teuflischen Obhut des sagenhaften Urfisches Leviathan auf die Ankunft des Erlösers. Millionen verloren dabei, wie viele der Protagonisten der Erzählungen und ihr Autor selbst, das Vertrauen in die Sinnstiftungen höherer Ordnungen. Der Verlust wiegt neben den realen Verlusten an politisch-gesellschaftlichen Wohnrechten doppelt schwer. Die metaphysischen Hoffnungen und Tröstungen, auf die Hiob noch bauen konnte, die göttlichen Heimsuchungen, die der Roman 1930 noch in göttliche Gnade an dem Dulder Hiob verwandeln konnte, kennen die späteren Werke nicht mehr. Der Skeptiker Roth sehnte sie wohl herbei, aber er konnte ob der wachsenden Düsternis nicht mehr daran glauben. Er sehnte seinen Tod herbei, indem er ihm mit schleichender Selbstzerstörung durch Alkohol nachhalf. Dann verschwand er fast lautlos. Er war zwar noch immer nicht zu Hause, aber dort, wo er ankam, wartet er seinerseits in Frieden auf die Ankunft des Messias. Vielleicht ist aber auch der Tod selbst schon die Aufhebung aller Vertreibung und die Erfüllung der Sehnsucht nach Obdach, Geborgenheit und Heimat. Dann ist Galizien kein Ort nirgendwo, sondern eine Chiffre für diesen Tod.

Joseph Kiermeier-Debre

Zeittafel

1894	Moses Joseph Roth wird am 2. September als Sohn des Getreidehändlers Nachum Roth und seiner Frau Maria im galizischen Brody bei Lemberg geboren. Nachum Roth verschwindet noch vor der Geburt des Sohnes auf einer Geschäftsreise und stirbt 1910 in geistiger Umnachtung.
1901-1905	Besuch der Baron-Hirsch-Schule in Brody.
1905-1913	Besuch des Kronprinz Rudolf-Gymnasiums in Brody.
1913-1914	Studium der Philosophie und Germanistik in Lemberg und Wien.
1915	Erscheinen der Novelle ›Der Vorzugsschüler‹.
ab 1916	Teilnahme am Ersten Weltkrieg, anfangs als Feldjäger, später als Mitarbeiter des Pressedienstes. Außerdem Veröffentlichungen von Gedichten und Feuilletonartikeln in verschiedenen Zeitungen in Wien und Prag.
1918	Rückkehr nach Wien.
1919	Mitarbeiter der linksliberalen Tageszeitung ›Der neue Tag‹.
1920	Umzug nach Berlin, wo Roth unter anderem für die Zeitungen ›Vorwärts‹ und ›Die neue Berliner Zeitung‹ Artikel schreibt.
1922	Heirat mit Friederike Reichler (»Friedl«), einer Angestellten der Wiener Gemüse- und Obstzentrale.

1923	Rückkehr nach Wien. Journalistische und literarische Arbeiten entstehen.
	Von Oktober bis November wird ›Das Spinnennetz‹ als Fortsetzungsroman in der ›Arbeiter-Zeitung‹ veröffentlicht.
1924	Die Romane ›Hotel Savoy‹ und ›Die Rebellion‹ erscheinen im Ernst Peter Tal-Verlag.
1925	Als Korrespondent der ›Frankfurter Zeitung‹ in Paris.
	Publikation von ›April. Die Geschichte einer Liebe‹ und ›Der blinde Spiegel‹.
1926	Reise in die Sowjetunion, die zu einer Artikelreihe (›Reise in Rußland‹) und der Abkehr vom Sozialismus führt. Roth ist im Zuge seiner journalistischen Tätigkeit in den nächsten Jahren viel unterwegs und verbringt die meiste Zeit ohne festen Wohnsitz und meist allein in Hotels.
1927	Weitere Artikelserien folgen, darunter ›Reise nach Albanien‹ und ›Briefe aus Deutschland‹. Veröffentlichung von ›Juden auf Wanderschaft‹ und ›Die Flucht ohne Ende‹.
1928	Beginn der tiefen Freundschaft mit Stefan Zweig. Einweisung von Friederike Roth in eine Pflegeanstalt wegen Schizophrenie. Erscheinen von ›Zipper und sein Vater‹.
1929	Publikation von ›Rechts und Links‹. Begegnung mit der Redakteurin Manga Bell.
1930	Zusammenleben mit Manga Bell und ihren Kindern. Im Oktober erscheint ›Hiob. Roman eines einfachen Mannes‹. Mit diesem Werk gelingt Roth der Durchbruch. Seine Reise-Reportagen erscheinen in dem Band ›Panoptikum. Gestalten und Kulissen.‹

1932	Publikation von ›Radetzkymarsch‹.

1932   Publikation von ›Radetzkymarsch‹.

1933   Emigration nach Paris, wo Roth aber aus Rastlosigkeit immer nur wenige Monate am Stück verbringen wird. Seine Bücher erscheinen nun in holländischen Verlagen. Roths Alkoholsucht wird durch private Probleme und die Enttäuschung über die politische Entwicklung in den nächsten Jahren verstärkt. ›Stationschef Fallmerayer‹ erscheint.

1934   Es entstehen die Werke: ›Tarabas‹, ›Triumph der Schönheit‹, ›Die Büste des Kaisers‹, ›Der Antichrist‹. Mitarbeit bei verschiedenen Exilzeitschriften.

1935   Publikation von ›Die hundert Tage‹.

1936   Veröffentlichung von ›Beichte eines Mörders, erzählt in einer Nacht‹. Roth lernt in Ostende durch Egon Erwin Kisch die Schriftstellerin Irmgard Keun kennen und zieht mit ihr zusammen.

1937   ›Das falsche Gewicht. Geschichte eines Eichmeisters‹ und ›Die Geschichte von der 1002. Nacht‹ erscheinen. Roth und Keun reisen nach Paris, Wilna, Lemberg, Warschau, Wien, Salzburg, Brüssel und Amsterdam.

1938   Irmgard Keun beendet die Beziehung. Veröffentlichung von ›Die Kapuzinergruft‹. Roths finanzielle Situation verschärft sich und er leidet unter chronischer Magenentzündung infolge des übermäßigen Alkoholgenusses.

1939   Am 23. Mai wird Roth in das Hopital Necker eingeliefert, wo er am Morgen des 27. Mai stirbt. Posthum erscheint ›Die Legende vom heiligen Trinker‹. 1940 folgt ›Der Leviathan‹; 1967 ›Das Spinnennetz‹.